Dans la liste des sept arts, la littérature est considérée comme étant le cinquième. La collection Quai n° 5 lui est passionnément dédiée : on s'y embarque aimanté par ce que l'horizon transporte et tout ce qui nage sous la surface des choses.

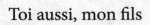

Toi aussi, mon fils

Jonathan Pedneault

Toi aussi, mon fils

roman

QUAI
No
5

Catalogage avant publication de Bibliothèque et Archives nationales du Québec et Bibliothèque et Archives Canada

Pedneault, Jonathan, 1990-

    Toi aussi, mon fils

    (Quai n° 5)

    Publié en formats imprimé(s) et électronique(s).

    ISBN 978-2-89772-085-8

    ISBN 978-2-89772-086-5 (PDF)

    ISBN 978-2-89772-087-2 (EPUB)

    I. Titre. II. Collection : Quai n° 5.

PS8631.E365T64 2017   C843".6   C2017-941214-0

PS9631.E365T64 2017   C2017-941215-9

Les Éditions XYZ bénéficient du soutien financier du gouvernement du Québec par l'entremise du programme de crédit d'impôt pour l'édition de livres et de la Société de développement des entreprises culturelles du Québec (SODEC). L'éditeur remercie également le Conseil des arts du Canada de l'aide accordée à son programme de publication.

Financé par le gouvernement du Canada | **Canadä**

Direction littéraire : Tristan Malavoy-Racine

Révision linguistique : Sophie Marcotte

Correction d'épreuves : Élaine Parisien

Conception typographique et montage : Édiscript enr.

Conception et graphisme de la couverture : David Drummond [salamanderhill.com]

ISBN version imprimée : 978-2-89772-085-8

ISBN version numérique (PDF) : 978-2-89772-086-5

ISBN version numérique (ePub) : 978-2-89772-087-2

Dépôt légal : 4e trimestre 2017

Bibliothèque et Archives nationales du Québec

Bibliothèque et Archives Canada

Diffusion/distribution au Canada :   **Diffusion/distribution en Europe :**

Distribution HMH   Librairie du Québec/DNM

1815, avenue De Lorimier   30, rue Gay-Lussac

Montréal (Québec) H2K 3W6   75005 Paris, FRANCE

www.distributionhmh.com   www.librairieduquebec.fr

Imprimé au Canada

quaino5.com

Déjà la pierre pense où votre nom
        s'inscrit
Déjà vous n'êtes plus qu'un mot d'or sur
        nos places
Déjà le souvenir de vos amours s'efface
Déjà vous n'êtes plus que pour avoir péri
                        LOUIS ARAGON,
                        Tu n'en reviendras pas

Prologue

21 avril 2041. 23 h 23. Dans un bistro de Menton, une table basse. Un épais nuage de fumée. Un journal à moitié ouvert. Une pinte de bière. Deux vieillards qui me regardent, sans dire un mot. Des quadragénaires trop maquillées qui me toisent en se chuchotant à l'oreille.

Des larmes coulent sur mes joues.

Frank, le gérant, s'approche.

— Rentre donc chez toi, Matisse.

Ils me connaissent tous. Je suis le fils qui s'est perdu. Le père qui n'a jamais été. L'époux qui a abandonné. Le Matisse qui a choisi de tout peindre en noir et blanc.

Un cri. Le mien.

— Allez tous vous faire foutre !

Il était écrit que je finirais comme mon père. Au diable les bons sentiments…

Tu verras bien un jour qu'il n'est pas nécessaire de vivre dans un village pour se sentir en prison. Mais sache qu'il n'y a rien de pire que de se sentir en prison dans un village. La boulangère du coin, Mme Gaston, me châtie des yeux tous les matins en me donnant mes croissants. « C'est qu'ils étaient si beaux ensemble », racontent les dizaines de promeneurs du voisinage et des environs qui s'arrêtent devant la maison depuis une semaine. Ils épient l'ancien nid d'amour : « Tu savais, toi, que c'est la pauvre mère qui a dessiné la baraque ? »

Oui, c'est bien elle. Elle qui a dessiné le lieu de la tragédie. Elle qui a mis en forme les contours de notre déchéance. « Ils disent que ce sont les absences de son époux qui l'ont tuée, la pauvre mère. Et elle n'avait pas même quarante ans… »

Les petites gens cherchent toujours à se repaître du malheur des autres. Du nôtre, ils se font un buffet à volonté.

Oui, tu verras bien, petite. Tu verras bien en grandissant comment ils te regarderont. Tu verras cette pitié malaisée dans leurs yeux. Ô combien ils voudront te chérir, petit trésor rescapé de la misère des autres ! De notre misère à nous. À ta mère et moi.

Nous aurions pu faire bien mieux. Mais vois-tu, il est des moments où on ne peut faire qu'avec ce qu'on a. Et ce qui nous manque, soit on cherche à le combler, soit on prétend pouvoir s'en passer. J'ai cherché à le combler. Ça m'aura perdu. Ta mère aura préféré prétendre. Ça l'aura rongée. Et puis voilà, voilà, on sera partis tous les deux.

On sera partis tous les deux parce qu'au bout du compte, ils ont raison, ces idiots du village. Nous ne te méritions pas. Ou peut-être est-ce plutôt toi qui ne nous méritais pas. Qui ne méritait pas ça. Je ne sais pas. Tu trouveras bien ta vérité à toi, le moment venu. Ce que je sais pour l'instant, c'est qu'on ne peut pas tout planifier ni tout connaître. Sinon, on ne s'aventurerait jamais à procréer. Ça remue beaucoup trop de questions. Bien trop de souffrances. Et soit on les gère, soit on les enterre. Dans notre cas, ce sera six pieds par en dessous.

Ce qui me rassure, c'est qu'elle est très sympathique, la jeune voisine du coin. Quinze ans, jolie comme tout, avec un de ces francs sourires qui me laissent croire qu'elle s'occupera de toi le temps qu'ils comprennent. Avec ses dix euros à l'heure, elle se fera une belle petite fortune – si tant est que nos proches paient – et ce sera bien suffisant pour qu'elle se remette de cet involontaire traumatisme. Parce qu'il leur faudra sans doute un moment pour réaliser ce qui s'est passé. Et elle s'occupera de toi entre-temps. Je le sais. Bien avant que n'arrivent la police, les enquêteurs, mes parents et nos amis. Bien avant que tes yeux marins ne s'éveillent sur la sécheresse du monde dans lequel on t'a mise.

Et je m'en excuse, petite. Je m'en excuse, de cette sécheresse. De cette laideur qui nous entoure. De ces horreurs dont je n'ai su te protéger. Je ne sais pas si tu pourras un jour me comprendre ou me pardonner. Sans doute pas. Mais quel choix avons-nous en définitive ? Quel choix as-tu eu de naître ou de ne pas naître ?

Quel choix avons-nous eu, ta mère et moi? Avec ces parents qui sont les nôtres. Dans ce monde dont on ne peut s'échapper. Quel choix avons-nous? Tu es trop jeune pour décider. Pas moi.

Frank va garder mon carnet. L'excuse est facile. « Frank, je suis trop bourré. Tu gardes ça pour moi, s'te plaît? »

Quand ça sortira dans les journaux de la place, il l'apportera à la police, j'en suis certain. C'est un bon mec, Frank. Mon meilleur ami depuis une semaine… Chez lui, la bière coule toujours à flots pour les épaves comme moi. Puis je prendrai un taxi. Un de ces taxis rebeus qui sentent le shit. On descendra ensemble vers le port en écoutant du Brel ou du Khaled. Puis là-bas, juste un peu passé le quai, je regarderai le soleil se lever. Il se lèvera lentement parce que c'est le printemps. Le ciel virera du noir au mauve au rose, puis y aura de l'orange et du jaune et du bleu et du blanc. Un cocktail multicolore, égal à celui de ces cachets antidépressifs qui finiront bien par faire leur putain de boulot.

Et au petit matin, sans qu'ils s'y attendent, ce seront peut-être les pêcheurs de l'aube ou les vacanciers du dimanche qui me verront flotter au loin. Arrêt cardiaque? Eau dans les poumons? Je ne sais pas trop. Mais avec un peu de chance, suffisamment de temps se sera écoulé pour que les poissons y soient passés. Et des uns les yeux. Et des autres la langue. Et pis voilà, ils se souviendront de moi comme de l'homme qui n'a rien vu venir et n'a rien su dire.

Mais toi tu connaîtras la vérité, le temps venu. Ma mère s'en chargera. Je le sais. Elle est la gardienne des secrets.

MATISSE

Antoine
Carnets 2011-2012

1. Ça finit toujours ainsi

Leïla est partie à l'aube pour la boulangerie, sans savoir que la guerre avait été déclarée. Elle avait treize ans, un frère plus âgé qui bossait dans la capitale et une mère inapte qui végétait à la maison. Un obus lui est tombé dessus. Ses petites jambes ensanglantées, c'est tout ce qu'on a retrouvé. Fin de l'histoire, et y a pas de quoi en faire un roman.

Ça ne faisait pas trois semaines qu'on était là et des morts, y en avait déjà à satiété : brûlés vifs dans une cabane en tôle ; étendus dans une mare de sang au bord de la route ; la cervelle explosée à un carrefour passant ; le corps gonflé et bleui dans une morgue non réfrigérée. On meurt tous. Et y en a qui meurent plus que d'autres.

Je rédigeais quand ils sont rentrés, poussiéreux comme pas possible, les traits tirés par la fatigue. Ils n'avaient pas encore retiré leurs gilets pare-balles que déjà ils se mettaient sur mon cas. C'était devenu routinier, avec ces deux-là.

— Allez, musique, Antoine ! Quelle journée qu'on a eue !

— Va te faire foutre, Quentin, j'ai du taf moi !

— Fais pas la gueule, connard. Sois quand même heureux pour nous ! Nos images sont nickel aujourd'hui. Et du topo humain, qu'on a. Sophie a vraiment topé ! Allez, raconte-lui, ma grande…

— Alors vraiment, chéri, t'aurais dû voir comme elle s'est mise à chialer la pauv'mère. T'aurais a-do-ré. Ce sera parfait pour le 20 h. Je vois déjà notre grand mou de Languellec annoncer le truc : « C'est à Ain el-Qasr que sont tombés ce matin les premiers missiles d'une guerre qui s'annonce des plus meurtrières. La première victime du conflit : une fillette de treize ans prénommée Leïla. Sophie L'Anglais a rencontré pour nous sa mère, en exclusivité. » Aah, ça devrait le faire, ça !

Ce qu'elle se la jouait, parfois, cette pauvre Sophie !

— Sinon, toi, t'as du neuf ?

— Non. Je termine justement le texte sur la fille. Sinon, pas grand-chose. Hamzaoui a encore repoussé l'entrevue. Et la rédac s'impatiente. Enfin, peuvent aller se faire foutre. Tant qu'ils ont de l'AFP, sont contents.

— Ouais, ouais, tout beau tout ça, mais tu nous la mets la musique, oui ou merde ? On a un sacré reportage à célébrer ! Sophie, tu veux bien faire l'envoi ?

— Va te faire foutre, Quentin.

— Bon, bon, ça va. Mon boulot. Compris. Tu me sers le scotch au moins ?

— Ça, je veux bien… Antoine, tu veux bien nous mettre la zik, s'te plaît ?

— Oui, oui, les tourtereaux! Tu me verses quand même un verre, hein Sophie?

— Alors toi, faut que t'arrêtes de boire si tu veux finir ton papier…

— Ça va, ça va… Allez, file-moi un verre!

Ça bardait dehors. Les murs tremblaient. La lumière vacillait. Bref, les bombes tombaient. De petits ronds se formaient à la surface de mon scotch. Un peu comme dans les flaques d'eau de *Jurassic Park* à l'approche du T-Rex. *Faded* résonnait et on se croyait au début des années deux mille. Ça ne nous rajeunissait pas… Enfin. Du bon vieux Soul Decision ne pouvait pas faire de mal au soul en question, que je m'étais dit comme un con. Et c'est qu'elle allait bien me rester en tête, cette chanson: «*Thinking about making my move tonight/I can't pretend that you're only my friend/When you're holding my body tight/Cause I like the way you're making it move/I like the way you're making me wait.*»

Et pendant que Quentin transférait, on en dansait presque sur nos chaises, Sophie et moi. Bon, rien de bien effrayant. On bougeait divinement même en travaillant. On avait l'habitude. Après Kaboul, Beyrouth, Le Caire, Tripoli et toutes ces fins de soirée passées à vomir des bouts de falafels mélangés à du gin, du scotch ou de l'eau de Cologne dilués dans du coca – style zapoï d'Erofeïev quand il ne reste plus que ça à boire pour dormir –, on était choyés ce soir-là avec notre Gold Label.

Et ce n'était encore que de la petite bière, cette guérette. Évidemment, officiellement, faut dire que ça ne faisait que douze heures que ça durait. Tout aurait bien le temps de se corser, qu'on espérait. On aurait bien le temps de sortir nos boîtes de Valium le soir pour les digérer, nos histoires. Ou de se cacher dans les toilettes turques avec nos ordis pour se branler ou se rouler la bille, parce qu'une bonne chatte asiat'en train de se faire défoncer par un Noir sur écran, ça vous change quand même des burqas qui mendient du pain pour nourrir leurs mômes. On aurait bien le temps, au final, de se brailler dans les bras les uns des autres « parce qu'on en a trop vu, parce que c'est la merde, parce qu'y a des gosses comme les nôtres qui crèvent devant nos appareils photo » et bouhouhou. Mais pour le moment, on tenait le coup.

Parlant d'appareils photo, on se disait que la horde de vautours n'allait plus tarder à débarquer. Nous, on avait eu le réflexe de se pointer près d'un mois à l'avance. C'est ça, avoir de l'expérience. Ça sentait la soupe chaude, qu'on s'était dit. Et puis, y avait déjà des rumeurs de nombreux massacres. Ce serait suffisant pour nous faire tenir quelques semaines, qu'on s'était dit. Et on n'avait pas eu tort. Même si… après une dizaine de jours, on se lasse de raconter toujours les mêmes foutues histoires.

Alors y avait eu les chrétiens de l'église le dimanche. Un kamikaze sunnite s'était fait exploser au milieu des agenouillés. Cinquante-trois morts dont vingt-six enfants qui n'ont jamais eu le temps de recevoir leurs saints sacrements. Une bouillie bien tomatée de visages et de corps entremêlés. Cinq cent cinquante-six mots.

Le mardi, ça avait continué avec les sunnites de la vallée. Les milices chrétiennes étaient entrées dans leur village, histoire de venger les morts de l'église. On avait tué tous les mecs présents – quarante-trois au total – et violé les mamans et les jeunes filles. Celles qui avaient résisté s'en étaient pris une ou deux dans le crâne. Pour celles qui avaient perdu leur réputation, celles aux jupons de sang et de sperme barbouillés, ils avaient laissé l'honneur à leurs maris, pères ou fils de les buter plus tard. Sept cent vingt-cinq mots.

Puis y avait eu l'erreur fatale du mercredi. Les sunnites du village le plus proche, soucieux de venger leurs voisins, s'en étaient pris aux druzes d'à côté qu'ils soupçonnaient erronément d'avoir perpétré le massacre. On avait découvert ce jeudi-là les corps d'à peu près quinze d'entre eux flottant près du pont, à l'entrée de la ville. Je dis à peu près, car on ne s'y retrouvait plus, venus en pièces IKEA comme ils étaient. Huit cent trente-quatre mots.

Et pour finir en beauté, le vendredi, ça avait été les druzes de la cité qui, souhaitant châtier les meurtriers de leurs coreligionnaires, s'en étaient pris aux femmes et aux enfants du quartier sunnite après la prière, en tuant une vingtaine au total. Ils avaient fait propre, à la kalach. Les pères et les maris des victimes étaient absents de la fête, partis chasser le chrétien comme ils l'étaient dans les camps de déplacés qui pullulaient désormais aux environs de Jabah. Neuf cent treize mots.

Bref, on nous jetait de petites histoires en pleine gueule comme ça. On savait bien que ça n'intéressait personne à Paris. Et je ne dis pas ça pour provoquer les bien-pensants. Seulement, c'était trop compliqué. Pour nous aussi d'ailleurs. Alors de toute façon... à quoi bon ? On ne se forçait pas trop sur la tournure de phrase. À tout le moins, ça nous permettait de justifier notre présence auprès de nos rédacs de cons en attendant le début de la guerre. Le début du vrai truc, quoi. Quand y aurait des missiles, et des boums et des images vert fluo dans les téléviseurs qui nous donneraient l'occasion de montrer ce que c'est que de vraies frappes chirurgicales. Qui nous permettraient de réfléchir en une phrase sur le sens du mot *bavure*, quand des bambins se feraient écraser sous les débris d'immeubles qui se trouvaient par erreur sur la trajectoire du scalpel...

Bref, le vrai truc s'en venait, on le sentait. Les troupes se massaient au sud et les spéculations allaient bon train. Un tel y allait de déclarations belliqueuses. Un autre y répondait par l'insulte. Ça n'allait pas tarder. À New York, on butait déjà sur les mots qu'il fallait choisir. À Washington et à Londres, on assurait sans détour les uns du soutien indéfectible de l'empire. À Moscou, on rassurait timidement les autres en envoyant chier les Amerloques et leurs laquais.

À Paris, on écoutait avec admiration des philosophes vêtus de chemises blanches Armani déboutonnées jusqu'au nombril qui se disaient arbitres des uns et des autres mais ne savaient pas s'entendre entre eux. À Bruxelles et à Berlin, on rêvait d'imposer l'austérité aux belligérants. Et à Pékin, on fermait sa gueule comme toujours en continuant de commercer avec les concernés. Manquait que l'étincelle.

Selon les médias de la partie adverse, des « combattants » avaient traversé la frontière avant de se faire buter, ce qui nécessitait évidemment une réponse ferme et sans équivoque de l'État-rnelle « victime ». C'est comme ça que les premiers missiles se sont mis à pleuvoir le lendemain sur les villages au nord de la frontière, histoire de couvrir la lente avancée des troupes terrestres. Ain el-Qasr était un de ces villages. C'est là qu'on se trouvait. Leïla aussi, d'ailleurs. Avant de mourir, va sans dire.

Ça bardait donc toujours dehors. Je venais d'envoyer mon texte à la rédac du *Fig'* et on venait de passer en *shuffle* de Led Zeppelin à Rihanna sur mon putain de Mac à la con. Il était 22 h 30 et j'avais bien besoin d'une grande cigarette d'air pur, histoire d'échapper à la Caribéenne de mes deux. Je suis sorti dans la cour de la maison qu'ils louaient avec leur budget télé, comme mes connards de collègues ne fumaient pas et que l'odeur les emmerdait. Enfin, ils avaient arrêté récemment. C'était bien dommage. On ne dira jamais assez à quel point la clope peut sauver des vies. Enfin…

Je suis allé faire le pied de grue contre le mur extérieur, et c'est à peu près à ce moment-là que le missile a frappé. Le deuxième étage. Sans exploser. La bâtisse a craqué puis s'est effondrée. Sur eux. En moins de deux. Ou de trois. Bref, ce fut rapide. Trop. Y aurait pas de scotch le lendemain. Ça m'a laissé comme un goût de poussière dans la bouche. J'en avais d'ailleurs plein la gueule.

On m'a rapatrié. Aux funérailles, je n'irai pas. Parce que c'est ce qu'on fait, après tout : on meurt tous. Et puis, ça n'intéresse personne. Moi encore moins.

Paris, 27 septembre 2011

2. *Ave Maria*

Bon, ce n'est pas entièrement vrai. J'y suis allé à leurs putains de funérailles. Y avait leurs mômes. Fallait bien leur expliquer pourquoi. Comment. Même s'ils n'ont pas encore cinq ans.

Et pis je suis revenu sur Orly avec ce qui restait de Quentin et Sophie. Et pis y avait ce connard de président de la république. Et des journalistes pas de couilles. Et des gendarmes en bleu. Et Valérie. Valérie qui pleurait comme une idiote sans savoir à quel point j'aurais préféré que ce soit elle dans le cercueil. Valérie qui m'avait soûlé tous les putains de matins pendant six jours en se maquillant pour que j'y aille, à ces funérailles. «Ça te fera du bien, mon chou», qu'elle m'a même dit.

Ce que je déteste me faire materner par cette erreur monumentale !

Bref, j'y suis allé. Parce que c'est ce qu'on fait tous, après tout. On est cons. Et au final je ne suis qu'un con de plus. Alors j'ai pleuré, parce que les autres pleuraient. J'ai chialé parce que tous chialaient. J'ai même dû être sincère, parce que leurs mômes, à Quentin et Sophie, ils étaient les seuls à l'être. Et la solidarité, moi, ça me tient à cœur.

Paris, 1er octobre 2011

3. L'alcool

Paris, l'hiver, c'est froid et je me les gèle. Le connard, là-bas sur son banc, ben il se les gèle aussi. Et la putain qui lui taille une pipe, au connard, elle doit bien se les geler, elle aussi. On se les gèle, vous comprenez? La nuit surtout. En particulier si vous n'avez pas de toit. Si votre putain de trésor vous a mis à la rue, par exemple. Pute. Une vraie pute.

Alors oui, Paris, l'hiver, c'est froid. Et que ces connards qui ont du taf et qui s'amusent en Éthiopie à photographier ces petits bouts d'os déambulant ne viennent pas me dire le contraire. J'en ai rien à foutre de ce qu'ils pensent. Rien, que je vous dis! Ils peuvent se les mettre où je pense, leurs marmots maigrichons prêts à faire pleurer les comtesses. Je le sais bien, moi, qu'elles ne valent rien, leurs images. Rien, leurs histoires. Des larmes pour les marquises et les petites princesses que je vous dis. Bouhouhou.

Fait froid. Cette salope de Valérie m'a mis dehors. Trop de tragédie qu'elle disait, la vache. Et moi qui n'y étais pas la moitié de l'année. Trop de tragédie!

Avec elle, c'était toujours moi, moi et moi. Et blable-blibloblu. Toujours ses petits problèmes de bourge de merde. Fallait pas qu'elle s'en étonne, de la baffe que je lui réservais. Tiens, je lui en aurais bien collé une dizaine, d'ailleurs.

« Trop d'alcool… » Ah ! Et toi, chère Valérie, avec tes cocktails de pouffiasse dans les salons du onzième ? Et toi, chère Valérie, avec tes amis comptables de merde ? Et toi, chère Valérie, qui t'envoies en l'air avec ce pas de couilles de Lambert dès que je pars bosser ? C'est pour ça que tu m'as mis dehors, hein, salope ? Il doit goûter fichtrement bon, son foutre, à Lambert, pour le vouloir à temps plein comme ça ! Ou c'est peut-être que tu préfères une mauviette qui te laisse le mettre dans le cul ? C'est peut-être ça, hein Valérie ?

Sale garce de mes deux…

Ç'avait pourtant bien commencé. Je l'avais rencontrée à mon retour d'Afghanistan, un soir de printemps, à Barcelone, y a neuf ans. On était tous les deux assis au parc Güell. Cliché pas possible.

Elle lisait. Un de ces romans sensuels à l'eau de rose. Un Harlequin probablement vomi en deux nuits par une vieille proxénète aux cuisses ramollies et gantées de jarretelles de dentelle belge. Et moi, ben, j'écrivais. Un autre texte sombre, acide, cynique et pornographique comme j'aimais à croire qu'il ne s'en faisait plus, sauf au Japon – et encore, qu'en japonais.

Elle n'était pas trop affreuse, la Valérie, assise qu'elle était sur ce banc, fragile comme une poupée, sereine comme elles le sont toutes au début, couverte d'un grand châle pastel qui cachait trop bien ses poignées d'amour. J'ai pris place en face d'elle, les cheveux en bataille, cigarette au bec, pantalons tachés de stylos mal refermés, tel un Rimbaud hétéro pas peu fier de l'être. Toute bourge qu'elle paraissait, sans doute qu'elle m'avait fait de l'effet.

C'est moi qui avais entamé la discussion, en espagnol. Elle avait rougi, incapable de parler autre chose que le parisien. J'aurais bien dû me méfier, mais elle a fini la soirée dans ma chambre. Et puis, je l'ai si bien baisée qu'elle ne m'a plus quitté d'une semelle de tout le week-end. Je m'improvisais expert en architecture et en culture catalanes. Et, la bouche béate d'admiration, elle me payait en fellations sur le bord de mer, la nuit tombée. Ça m'amusait.

Alors c'est comme ça qu'on est revenus sur Paris ensemble. Après Zaïnab, Keiko, Frances et Isabel – qu'on prononçait «Izavvvvelll» –, mes vieux lepénistes de parents étaient bien contents de rencontrer une fille du bled. Enfin, du bled de l'extrême centre intra-muros, quoi. Les pauvres nazes se disaient qu'elle saurait sans doute me dompter : les enfants, la maison, le boulot stable. Je les emmerdais tous. Sauf Valérie, qui à ce moment-là gardait quand même rudement bien sa place, se retenant de me dire quoi faire. Les absences de trois mois, les colères d'assiettes brisées, les infidélités qui n'en sont pas réellement, l'alcool cul sec, les copains des banlieues, le «travail de nuit» ;

elle avait bien supporté. Jusqu'à ce que le pauvre type que je suis finisse par l'engrosser. Alors là, elle a commencé, la pagaille : « Mais tu peux pas partir comme ça alors que j'attends notre enfant ! » « T'es barjo ou quoi ? Tu veux vraiment ne pas voir ton fils grandir ? » « Ça suffit, t'as déjà manqué ses premiers pas, tu veux manquer ses premiers mots aussi ? » « Connard ! Alors c'est qui, cette Geneviève ? Allez, réponds, fils de pute ! » « Dis, chéri, t'es certain qu'on peut pas passer Noël tous ensemble dans ma famille, cette année ? » Elle aurait dit « Chanukah » que je me serais cru Woody Allen, avec plus de cheveux et moins d'esprit.

Et puis, depuis que Sophie est morte… ben, ç'a été la galère. Parce que Sophie, c'était… elle était quelque chose. Et Valérie en était jalouse. Bien jalouse parce que Sophie, je l'aimais. On s'était connus à Kaboul, en 2001, un peu avant que ma bourge ou son Quentin entrent dans le décor. Je n'étais encore qu'un débutant – qui débutait depuis douze ans –, jeune trentaine, tout frais libéré des cales de Toulouse Télévision où on m'avait fait poireauter trop longtemps. Et elle, eh bien, elle était déjà Sophie L'Anglais. *La* Sophie L'Anglais. Celle qui faisait des entrevues télé avec Bush, Kadhaf et Poutine. Celle qui avait couvert de A à Z la guerre chez les Tchétchènes, à la fin des années quatre-vingt-dix. Celle qui avait pénétré chez les talibans avant que les premières bombes tombent sur Kaboul. Et voici qu'elle était dans la chambre d'en face, dans ce fichu hôtel de style soviet qui surplombait la ville. On s'était salués.

Puis je l'avais invitée pour un verre. Et comme ils ont tous une putain de tête enflée, les journos, ç'avait été facile de la convaincre en jouant le jeu du semi-débutant soucieux de connaître les secrets du métier. Et au final, c'est moi qui allais lui en apprendre. Dans la vie comme au lit. Puis elle avait rencontré son caméraman de Quentin. Et moi, ma poupée de Valérie. On s'était parfois revus en couvrant les mêmes théâtres, sans pour autant baiser, parce que oui, on savait aussi très bien être amis, qu'elle disait. Et on était partis ensemble sur Ain el-Qasr. Et puis… kaboum. On meurt tous. Et y a pas de quoi en faire un roman.

Paris, 28 octobre 2011

4. La maison

Entre cafés et wifis publics, j'ai bien dû envoyer une trentaine de CV, histoire de me trouver du taf à nouveau. Les réponses vont du plus général :

Monsieur,
Nous avons bien reçu votre offre de service, mais nous ne sommes malheureusement pas en période de recrutement. Nous nous permettrons de vous contacter si un poste se libère.
Cordialement,
La Rédaction

au plus personnalisé :

Antoine,
Je comprends bien ta situation, mon pauvre, et je compatis. Seulement, je me vois bien mal faire appel à tes services après le scandale que tu as fait au Fig'.
Sans nul doute, tes capacités demeurent, mais il faut te faire soigner, mon vieux. C'est dur, ce que t'as

vécu à Aïn el-Qasr. Et faut parfois savoir accepter l'aide qu'on nous offre, tu sais. Ne le prends surtout pas mal, c'est pour ton bien que je dis ça.

N'hésite surtout pas à m'appeler si t'as besoin de quoi que ce soit. Je suis toujours dispo pour toi. Embrasse Valérie de ma part,

Genssons

Je lui aurais bien répondu, à ce connard, que ce dont j'avais besoin, c'était de taf et non de bons mots, et que Valérie et moi n'étions plus ensemble, et que je l'envoyais se faire foutre, mais je lui ai écrit :

Merci pour tout Genssons, je m'en souviendrai.
Bonne semaine !
Antoine

Je sais, c'est d'une angoissante platitude.

C'est que c'est un petit monde, celui des médias parisiens. Tout se sait, y compris la baffe que je lui ai donnée, à ce connard de patron du *Fig'*. L'enculé voulait me faire voir une psycho de merde… Alors fallait surtout pas que j'en rajoute en lui disant ses quatre vérités, à Genssons. Ça se serait su, ça aussi. En plus, c'est qu'ils sont pas nombreux, les papiers à faire dans l'inter. Alors à défaut de me résigner à couvrir des chicanes d'AOC en Haute-Savoie ou à faire le portrait détaillé d'un agriculteur de province qui se fait dire «Casse-toi, pauv' con !» par le président de la république, ben j'ai dû me trouver un nouveau chez-moi en attendant, comme la salope refuse que je remette les pieds à l'appart et que les parents...

Bof, les parents...

Faut dire que j'ai d'abord piaulé au Meurice après ma nuit de poète dans le parc. Mais comme on m'a fichu dehors à coups de matraque pour défaut de paiement et abus de pastis, ça fait maintenant une semaine que je crèche au tunnel des Halles, emmitouflé dans le manteau BCBG que j'ai réussi à dégoter à l'appart avant qu'elle me foute à la rue, la meuf. Alors avec ça, mes papiers, mon ordi et mon sac de cuir, je fais chic quand même, comme SDF. D'ailleurs, tiens, on ne m'en donne pas à moi, des centimes...

Aux Halles, je fais quand même connaissance. Y a Jacob, un migrant économique des terres reculées du Nord, près de la Belgique. Il raconte sans cesse des histoires de zombies en sabots et chapeau de paille qui dévorent les enfants des gitans. J'ai d'abord cru qu'il parlait métaphoriquement de l'affaire Dutroux, mais il est trop jeune pour savoir ce que c'est. Et puis, il est sûrement sur l'acide. Le pauvre type nous réveille tous la nuit, d'ailleurs, pleurant et chialant dans son délire. « Aidez-moi ! Aidez-moooiiiii ! » qu'il crie à s'en déchirer la gorge. Et maigrichon comme il est, on dirait Gaza : ça t'émeut au début, puis tu t'en fiches, puis tu veux simplement qu'il la ferme, sa gueule.

J'ai aussi rencontré une Slovène, Brina Žežik, une cousine germaine de l'autre – le philoso. Elle dit qu'il faut tout détruire – les dogmes, les habitudes, les bourges, les végétaliens accros à Apple –, et comme à ses yeux le monde n'existe qu'à travers elle, elle s'est lancée sur le chemin de l'autodestruction. Elle parle tellement, d'ailleurs, qu'on a bien hâte qu'elle y arrive, à destination.

Et puis y a Jamel, un demi-Blacko de vingt-deux ans, à la rue parce que son connard d'ex-employeur l'a accusé de voler des montres. Depuis, on ne l'embauche plus. Il m'a pas trop l'air du type cambrioleur, le morveux. Mais sait-on jamais ? Je dors toujours loin de lui, des fois qu'il me piquerait mon ordi...

Mais bon, faut dire qu'il est plutôt touchant de naïveté, ce petit. Y a un roman qu'il écrit sur des bouts de mouchoirs. Il espère bien que ça le sortira de la rue. Qu'il se ramassera un Renaudot, tiens ! Mais je l'ai lu, son manuscrit, et c'est de la vraie merde.

Y en a d'autres, et des plus barjos encore. Mais je m'épargne l'énumération. J'ai les doigts gelés, et j'ai mal à ma putain de vie. Ma saleté de vie... Tout ça pour arriver ici. Autant crever, merde.

Paris, 5 novembre 2011

5. Paristocrates

Chaque matin, je dois me taper ce calvaire de tous les voir, ces fichus travailleurs désoviétisés, foulards de soie noués autour du cou, manteaux de laine sur le dos, aller bosser en empruntant ce corridor de mes deux avec leurs mines grises tout droit sorties du cimetière. Ou s'y rendant, on ne sait pas trop. Ils ne réalisent même pas, ces idiots, la chance qu'ils ont d'au moins avoir un patron sur lequel reporter la faute de tous leurs foutus malheurs. Moi, j'ai plus que moi-même à blâmer, et ça me fait flipper grave. Remarquez, je les préfère encore peinés. Les voir sourire, ça me ferait rudement chier.

Cet aprèm, j'ai eu ce moment de faiblesse de con de première. Fallait absolument, comme un sale pédé, que je me rappelle que j'ai un jour valu bien mieux que tous ces pauvres types qui sont SDF comme moi dans les Halles. Sauf que parfois, ton ancien toi, c'est rien de moins que ton pire ennemi… «Sachez que moi, monsieur, j'ai déjà été journaliste! J'ai déjà fait partie du quatrième pouvoir, monsieur! Je peux vous emmerder, monsieur, parce que j'en sais bien plus que vous sur quoi que ce soit ! »

Alors je me suis mis à tous les relire, mes papiers. De ceux où je m'émerveillais encore des couleurs de l'Afrique, des odeurs de l'Asie et de l'accent libanais – jusqu'à mon tout dernier à propos de la petit Leïla de Ain el-Qasr. Puis quand ça m'a finalement frappé que tout ça ne reviendrait plus, je me suis trouvé un petit coin où brailler comme la chienne que je suis devenu. Et je ne sais pas ce qu'il y a de pire : tous ces souvenirs de merde ou le fait de pleurer comme une loque devant tout le monde ? Putain, y a même eu un gosse qui m'a pris en pitié… avant d'apprendre comment se débarrasser de ce sentiment emmerdant en me lançant une pièce d'un euro sous le regard bienveillant de sa mère. J'ai grogné, et ça l'a fait déguerpir, le petit. « Non, mais ça va pas la tête ? » qu'elle m'a gueulé. Et moi qui en avais oublié les bonnes manières… Merci ! Merci bien bas ! Après tout, un euro, c'est assez pour s'acheter de la corde et finir ça comme à Nuremberg.

Paris, 14 novembre 2011

6. Il n'aurait fallu…

Quand il ne reste plus qu'à boire seul, il ne reste plus qu'à boire seul. C'est comme ça. Parce qu'on ne mérite plus que ça.

Ah, le mérite… Parlons-en ! Comme si quiconque méritait quoi que ce soit. Comme si on avait droit à quelque chose. Au bonheur, peut-être ? Faites-moi rire ! La seule chose qu'on ait, c'est la merde. Voilà la base de toute vie ! Le foutre, le placenta, le sang, la merde. Après, on fait bien ce qu'on veut avec. Ou ce qu'on peut. Et j'emmerde le bonheur. Et tous ces heureux de mes deux qui ne mériteraient (ah, le mérite !) qu'une balle entre les deux yeux.

Dommage qu'ils les aient arrêtées, les exécutions publiques. Pour les pourritures de chômeurs flâneurs comme moi, y aurait rien de mieux pour se dérider un peu. Vivement le retour de la Terreur.

Mais bon, même dans la misère, faut savoir être raisonnable et comprendre quand vient le temps de se retirer. Faut pouvoir reconnaître le moment où il ne reste rien. Plus rien. Et y a rien de plus pathétique que de refuser la mort quand elle te cherche…

> *Il n'aurait fallu qu'un moment de plus*
> *Pour que la mort vienne*
> *Mais une main nue*
> *Alors…*

… n'est pas venue, et tant mieux. Et faut la quitter, *l'immensité des choses humaines*. Mille pardons, Aragon.

Si seulement on pouvait en crever, de la cigarette.

Paris, 3 décembre 2011

7. Sisyphe

Alors hier matin – ou y a trois semaines, je ne sais plus –, je me suis balancé du haut d'un troisième étage. Joyeux Noël ! Vous direz que ce n'est pas très sérieux comme tentative de suicide. J'ai la tête dure, à ce qu'il paraît. Et faut me croire, j'ai vraiment fait de mon mieux. C'est qu'y en a pas beaucoup, des tours à étages dans les parages. Et j'allais quand même pas me taper la marche jusqu'à la Défense… J'ai pas même la tune pour prendre le métro. La tour Eiffel, elle ? Avec sa forme à la con, on n'y pense même pas. Quant à Montparnasse, il faut croire que j'ai plus de goût.

Je ne me souviens plus trop comment je me suis retrouvé à l'hosto. Mais j'y suis, et ça suffit à me faire flipper.

On me demandait souvent ce que j'avais vu de pire dans ma vie quand j'étais encore suffisamment politiquement correct pour faire des tournées dans les écoles. Les marmots, invariablement, ils s'attendaient à ce que je leur sorte une histoire de cadavre. Comme celui de cette petite fille, par exemple, qui avait été abattue par un sniper à un carrefour d'une quelconque ville arabe, et dont le corps gonflé était toujours sur place plus d'un mois après que je l'ai vu pour la première fois parce que personne n'avait eu le courage d'aller ramasser son tas de chairs putréfiées. Eh oui, y avait bien pire que ça, que je leur disais aux gamins. Ça les surprenait toujours. Ouais… Le pire, c'était chaque fois que je me retrouvais dans ces atmosphères dépasteurisées remplies de malades à la toux grasse et facile dont se repaissent nos hostos aux murs aussi jaunis que les dents de Le Pen. Nos hostos de merde où crèvent à petit feu des vieux qui pourraient tout aussi bien être moi dans quelques années. Ça, ça me fait flipper grave.

Bref, tout ça pour dire que c'est à l'hosto que je me suis réveillé ce matin, tout plâtré et branché. Paraît qu'on n'a pas tout ce qu'on veut dans la vie. Du coup, je suis fichtrement déçu… Moi qui croyais que les Parisiens avaient toujours eu la bonne réputation de laisser leurs suicidés crever en paix – surtout les SDF –, je trouve que ça augure bien mal pour le futur des dépressifs qu'ils aient ainsi perdu leurs bonnes manières.

C'est ce que je lui ai dit, à papa. Et puis si j'avais réussi, ç'aurait peut-être levé le voile de honte que je jette sur la famille ces jours-ci. Maman ne va même plus prendre le thé au Dali depuis que la meuf – enfin, une des meufs – de Kahn-Strauss m'a vu en train de piauler aux Halles. Paraît qu'elle raconte ça dans tous les salons. Ça la peine beaucoup, ma vieille. D'ailleurs, elle n'est pas venue me voir. Dommage, elle aurait bien pu m'achever, celle-là. Ça m'aurait évité de voir cette connasse de psy que les médecins m'ont flanquée.

Et c'est toute une victoire, quand même! Moi qui ai justement perdu ma place au *Fig'* après lui en avoir collé une bonne, à ce Tournier de merde qui faisait dans l'excès de psychologie. Au fond, le salaud ne voulait que m'aider. C'est ça qu'elle m'a dit, la meuf à lunettes. Et elle en a dit une plus drôle encore. Paraît que je souffre de SSPTruc[1] – moi qui déteste tout ce qui commence par SS… Malgré que, tout bien considéré, je l'aurais bien flinguée, la vache. Elle était là, les jambes croisées comme une pute romanichelle étonnamment complexée, à me questionner à propos de ma relation avec Sophie, de ce que ça m'avait fait de la voir crever et de ne rien pouvoir y faire.

Alors je vais me permettre de faire une parenthèse. Mais vraiment – vraiment! – qu'est-ce qu'ils ont tous à s'en inquiéter, de ce que je pense? On s'en fiche! On s'en contrebalance! Quelle différence ça lui ferait, à la meuf, que j'y pense tous les soirs, à cette conne qui ne voulait pas sortir fumer une cigarette avec moi? Quelle différence ça lui ferait de savoir que j'aurais bien voulu la baiser une dernière fois, la Sophie? Que j'aurais même bien pris sa place, à ce Quentin de mes deux, histoire de crever moi aussi et d'avoir ma

---

1. Syndrome de stress post-traumatique.

tronche publiée dans tous les journaux de la planète le lendemain ? Mais qu'est-ce qu'on s'en torche ! Voilà, je m'ouvre ! C'est bien, salope ! Ce qui est passé est passé, et faut savoir tourner la page et arrêter de m'en parler et me laisser me taillader les veines en paix, nom de merde ! Arrêter de me demander comment je vais, et ce que ça me fait, et ce que je pense de ceci ou de cela. Je pose les questions ! Pas toi, pas elle – moi ! Voilà, c'est tout ! Fin de la parenthèse.

Et elle était encore là, me fixant comme un vautour fixerait un enfant noir.

— J'veux du papier et un crayon.

— Pourquoi ?

— C'est pas vos oignons !

— Ah, mais vous tenez un journal, peut-être ? Mais c'est très bien, ça ! Je vous en apporte tout de suite !

Connasse…

Paris, 3 janvier 2012

8. Le retour du roi

Ce midi, je me suis pointé au MacDo. Y avait file et une alarme stridente qui faisait écho à travers le resto. Les gens s'en fichaient. Moi, j'écoutais du classique sur mon iPomme. Vivaldi, Wagner, ou un autre, qu'importe – y avait des violons, des cordes, du piano et d'autre flafla mélo-mélanco. Tout autour, c'était rempli d'assistés sociaux. Des gros pleins de honte. Des boutonneux au verbe mou. Des monoparentaux aux cheveux bourrés de pellicules. Des bébés braillards en couches de tissu. Et j'en passe.

— Suivant !

Je me suis avancé.

— Vous prendrez quel trio ?

— Un Royal Deluxe, s'il vous plaît.

Puis la caissière m'a demandé de laisser passer la dame qui attendait derrière moi avec un gosse dans les bras et une gueule à gifler tant elle faisait peur. Ça ne devrait pas être permis, tant de laideur.

Et moi, je me suis dit qu'y a pas si longtemps, j'allais presque prendre sa place, à la pauvre caissière. Tout nu et pas de fric depuis quatre mois, incapable de rentrer à la maison et de voir mon petit garçon, trop fier pour aller trouver les vieux, accablé d'une tentative de suicide manquée en sus, alors qu'y avait pas une rédac qui voulait de moi… J'avais fière allure. Heureusement que ces gens de *France Mag* ont fini par me prendre sous leur aile la semaine dernière, parce qu'il ne restait plus que la tour Montparnasse ou les burgers. Et entre une bouillie inesthétique et une autre, j'hésitais grave. En bref, j'ai bien failli finir comme la pauvre meuf.

Donc après le MacDo je suis parti faire mes valises et écrire un mot au petit. Ça, c'est pour si sa conne de mère veut bien le lui lire. Je serai parti un bon moment pour le taf, à ce qu'il paraît. Comme je parle arabe et hébreu, la rédac m'a collé à Tel-Aviv. Chez les Israélos. Alors voilà, je serai chef de bureau là-bas. C'est-à-dire qu'ils s'attendent à ce que je me gère tout seul. Je serai le seul employé. Pas un chat à torturer… Cinq mille balles par mois, dix reportages par an et déplacements rapides dans la région si nécessaire. De très bonnes conditions, sauf que c'est idiot, comme choix de bureau. TLV, c'est comme une prison. T'en sors que pour aller en Europe, en Jordanie, en Égypte ou en Turquie. Et si les braves mecs des douanes à Beyrouth savent que tu vis chez les rednecks du Sud, c'est simple : ils te virent. Ou tu finis dans le coffre du taxi d'un barbu en route vers un bureau du Hezbollah, c'est selon. Enfin, on fera de son mieux, quoi.

Charles-de-Gaulle, 12 mars 2012

9. La mer

Aujourd'hui, je suis allé à la mer. Première fois en deux mois. Tout près du Hilton. Y avait des meufs, des marmots, des keums, et des keufs. C'était un long week-end. Une autre de leurs fêtes à la con où les Hiérosolymites ferment les échoppes et où les TéLaVides vomissent dans les parcs à la sortie des bars. Faut dire qu'ici, c'est une bulle. Pas très loin, à quelques centaines de kilomètres, on se fait sortir la cervelle de la tête à coups d'AK parce qu'un tel prie du mauvais côté. Ici, on enfile les martinis et on va à la plage seins nus. Et quelle plage d'ailleurs !

Alors, y a la section des tarlouzes aux speedos trop ajustés, la section des familles où ça crie à tue-tête et joue au Matkot et la section des chauffeurs palestos qui s'obstinent entre eux en arabe à l'ombre des sycomores. Comme c'était la plus tranquille, je me suis foutu dans la section des pédés. Et voilà, c'est dit ! Et ils ont beau répéter qu'on est cons et bagarreurs, mais on a de bons gènes, nous les Gaulois. J'ai peut-être pas fait mon service militaire, mais à quarante-trois piges, je suis pas mal foutu non plus. Cicatrisé, mais la belle gueule. C'est d'ailleurs quand même sympa de se retrouver céliba- taire après dix ans. Plus besoin de faire ça en cachette. Plus besoin d'étiqueter les choses comme étant de la tromperie. Alors oui, sympa. Même si sur cette plage y avait que des mecs alentour. Au moins, y avait pas de marmots à qui faire des jambettes. Que des paires d'yeux vulgaires à crever. Mais je n'avais pas de ciseaux.

Toute cette attention me donnait au moins de quoi bander au soleil, en lisant l'hommage post-post-post- mortem qu'une vieille Américaine venait de publier sur Sophie, sans doute depuis une demeure bourgeoise délabrée – parce qu'« intellectuelle de gauche » – de la Nouvelle-Angleterre. Le genre de baraque d'où elle ne sortirait que les pieds devant. Elle avait souhaité m'in- terviewer voilà sept ou huit mois, avant que Tournier me foute à la porte. J'avais dit : « Pas de commentaires. » Je l'ai regretté par la suite. Bref…

Ça ne m'a pas empêché de tranquillement m'allu- mer une vingtaine de cigarettes au fil des pages, en me demandant si la vieille l'avait connue, Sophie, pour écrire ainsi sur elle. Si elle lui avait mordillé les seins. Si elle était entrée en elle comme j'étais entré en elle. Si elle savait à quel point elle mouillait et à quel point elle aimait se faire prendre par derrière. Si elle savait à quel point le cri qu'elle a lancé était à glacer le sang quand le missile a frappé…

Mais non. Y avait rien de tout ça dans son fichu papier. Que des généralités obscènes et de mauvais goût. On y rappelait ses grands coups, comme cette entrevue avec Noureddine al-Sameh, six heures avant que le type se fasse sauter dans un KFC lors d'une fête d'enfants boudinés. Ou l'attentat salafiste qui avait failli lui coûter la vie lorsqu'elle couvrait les grandes manifs d'étudiants chiites à Manama. Ou la localisation des Médecins sans frontières qui avaient été enlevés par les Tchétchènes en 98. Ou la relation « spéciale » qu'elle entretenait avec Saddam et Udayy, chez qui elle logeait lors de chacun de ses voyages à Bagdad – avant que Bush fasse la compèt' avec Genghis Khan et Tamerlan, bien entendu. Bref, rien de nouveau sous le soleil. Du grand travail journalistique, quoi! Bravo, la vieille! Je déteste les post-mortems. Soudainement, tout le monde est beau, gentil et admirable, et on en oublie qu'ils pissent, chient et baisent comme les autres.

Le soleil était à son zénith et je suais à grosses gouttes. Ç'a dû l'exciter, le jeunot – blond miel, yeux bleus de poupon et pas un poil au menton –, car il est venu piquer un brin de conversation en anglais tout en s'asseyant comme un Français. Bref, il était Canadien. Sans doute un descendant des bons bougres que mon collabo de grand-papa avait remis aux Boches avant qu'on décide que ce n'était pas bien. J'aurais bien bougé, mais comme il portait sa laisse de Tsahal au cou, je me suis dit que ça ferait un beau sujet d'article : les folles au sein de l'armée israélienne.

Je l'ai questionné.

— T'es pédé?

— Mais oui! Pas vous?

— Non, pas moi.

Il n'a pas pleuré. On a discuté quelque temps puis il est parti rejoindre ses potes qui s'amusaient dans l'eau. Je les ai regardés un moment s'éclabousser les uns les autres. Puis le soleil s'est couché. Les tarlouzes sont sorties en boîte. Je suis rentré à la maison, son numéro de téléphone en poche. On doit se revoir dans deux jours pour finaliser.

Ça m'a rappelé Berlin, Hans et Yvette…

Tel-Aviv, 19 mai 2012

10. L'hosto

On a beau dire, c'est pas parce qu'on est soldat qu'on sait danser avec la mort. Le type – qui s'appelle Oren et a dix-neuf ans – ne s'est jamais pointé au rendez-vous. Je l'ai appelé, aucune réponse. J'ai rappelé, toujours pas de réponse. Je lui ai laissé un message : « Petit merdeux, va ! Je te donne la chance de raconter aux Français comment c'est de se faire ramoner le cul par un État guerrier à coup de M16 quand on est pédé, et tu ne te pointes pas au rendez-vous. Je suis déçu, là. Un peu de respect, c'est toujours apprécié. À bon entendeur, va ! »

Il m'a rappelé quinze minutes plus tard, alors que je montais dans un taxi pour rentrer chez moi. Il pleurait. Son père venait tout juste de crever. Ils ne s'étaient pas parlé depuis deux ans. Je me suis fait baiser.

Le cadavre du vieux gisait encore sur le lit quand je suis arrivé. La bouche ouverte et l'œil vitreux. Parce qu'il n'en avait qu'un. L'autre ? Sans doute perdu quelque part dans le désert du Sinaï.

Oren, une meuf qui devait être sa sœur et une vieille dame éplorée se consolaient entre eux. Je suis arrivé en même temps que l'infirmière. Elle jappait ses mots comme une rottweiler allemande. «Alors, vous faites quoi du corps? Vous avez des arrangements de pris? Il peut pas rester là toute la soirée! Ça se décompose vite, un cadavre, vous savez? Voyez, il s'est déjà vidé dessus», qu'elle a dit en soulevant le drap qui cachait le corps du vieux. Et ça sentait la souillure hospitalière. Mélange fétide d'ammoniac et de soupe de poisson.

La meuf a décampé, et Oren et les autres ne semblaient pas trop savoir quoi faire de moi. On m'a remercié d'être venu. La grand-mère m'a demandé si je connaissais son fils. J'ai dit que non. Le jeunot lui a dit que j'étais un de ses amis. Elle m'a lancé des Scuds du regard avant que je puisse nier. Oren m'a pris par le bras et m'a fait sortir.

— Désolé. C'est ma grand-mère.

— Ça va, on en a tous une.

Il avait les larmes aux yeux.

— Comment tu vas?

Et puis bon… on dit du journaliste qu'il doit être à l'écoute et faire preuve d'empathie. Mais moi, quand je demande comment ça va, je m'attends à ce qu'on me réponde que ça va bien. Qu'on tient bon. Parce que rien ne va jamais si mal qu'on se l'imagine. Et si ça va mal, mieux vaut avoir la décence de ne pas embêter les braves gens avec ça. Parce que quand on demande, c'est qu'on s'en fiche grave. Mais ça, ça s'apprend avec l'âge. Et il n'a sans doute pas encore appris, parce qu'il s'est mis à me brailler dans les bras, le pauvre mec. Je l'ai laissé faire un moment. Il sentait le soleil. À nouveau, de vieux souvenirs de Hans.

— Bon, bon, ça va. Ça va. Ton père est mort, et après ? Tu ne lui parlais plus, non ?

— Non… mais…

J'ai dû soupirer, ou quelque chose du genre.

— Désolé… Désolé… Je devrais pas vous embêter avec ça.

Il avait bien raison. Il est retourné vers la chambre du père en essuyant ses larmes, puis a fermé la porte derrière lui. Je suis parti et suis allé me boire trois gin tonics de suite chez HaMinzar, sur Allenby. J'imagine que je me sentais mal. La serveuse me faisait de l'œil. Elle s'appelait Rosa. Comme Luxemburg. Sans surprise, elle était marxiste. Elle me parlait de Hegel. Moi, je la complimentais sur son sourire. On a longuement discuté de ce qui l'intéressait. Le temps a filé et le pub a fermé. Je l'ai raccompagnée chez elle et on a baisé sur son comptoir de cuisine pendant que son chien de poche se masturbait sur ma jambe en jappant. Et c'est rugueux, une queue de chien de poche.

Tel-Aviv, 21 mai 2012

11. La poitrine

Je déteste Jérusalem. Je plains l'Histoire de n'avoir pas laissé les Romains la détruire complètement – *a posteriori*, elle se serait épargné bien des massacres et des bars fermés le vendredi soir. Mais peu importe, le boulot avant tout. Et comme l'Élysée au grand complet visitait la Knesset aujourd'hui, y avait pas le choix. On parlait de guerre et de conflits. Mais comme on parle ici toujours de guerre et de conflits, y a pas de quoi se mouiller le slip. Ça viendra quand ça viendra, comme on dit quand la fille est un peu moche mais vachement aguicheuse. Y a qu'à être patient. Et entre-temps, rien de plus bandant que de la pornographie d'État pour rassasier le voyeur en manque de spermatozoïdes à fragmentation.

Ce pédophile millionnaire de Genssons était d'ailleurs là, accompagnant la délégation.

— Antooooiiiine! qu'il a crié, débonnaire, en me voyant les yeux en l'air.

«Troooooouuuduuuuuc!» que je lui ai pas dit en lui serrant la poigne.

— Ferme-la avant qu'ils croient qu'on couche ensemble ! que je lui ai plutôt lancé.

Il a ri, pas moi, puis a mis sa main par-dessus notre poignée de main en souriant bêtement, comme seuls savent le faire les mafieux, les politiciens et ceux qui ont quelque chose à cacher.

— Non mais ça fait plaaaiiiisiiiir d'te voir quand même !

— Mais à moi aussi, Genssons. À moi aussi.

C'est qu'avec le taf et Valérie, j'ai appris à duper les douaniers, les flics, les politiciens, les intellectuels et les collègues, alors Genssons, c'était de la petite bière.

— Mais comment tu vas, mon vieux ? Depuis… depuis ta débâcle ?

Jase, jase, salopard.

— Et toi, comment va Cassandra ? Ou c'était Laura, peut-être ? J'ai perdu le fil.

— Ah ! Salaud, va ! C'est de bonne guerre ! Bon. Donc tu bosses ici maintenant ?

— Oui, à ce qu'il paraît. T'as pas vu la une du *Paris Match* ?

— Toujours le même, à ce que je vois ! C'est bon d'te voir reprendre du poil de la bête ! Alors, ton pronostic ? Ça va péter, ou ça pétera pas ?

— Oh tu sais… si tu voulais mon pronostic, Genssons, t'avais qu'à m'embaucher. Mais on discute de tout ça plus tard. Le PM va s'adresser à la chambre. Tu viens ? J'te paye une bière ce soir et on en discute.

Et c'est quand même fascinant, cette mémoire sélective. Ça m'arrangeait, au final, de ne pas me rappeler que c'était sabbat dès le couchant. Pas de bière pour toi ce soir, connard de mes deux…

On étouffait dans la galerie de la presse étrangère. Beaucoup de visages inconnus. C'est que je n'avais jamais fréquenté la clique de l'Élysée. Bien des têtes enflées, pas beaucoup d'esprit, et encore moins de *street wise*, comme disent les Américains. Ça sort tout gonflé de Sciences Po sans avoir mis les pieds en dehors des murs, et ça se prétend expert en tout. Bref, un manque patent de modestie. Mais rendons à César ce qui appartient à César : je leur accorderai sans la moindre hésitation la maîtrise de l'art ancestral du léchage de cul. Art fort raffiné au passage, dont le panthéon, s'il en est un, concédera certainement une place de choix à l'ami Genssons, qui tout en préférant le cul imberbe de noiraudes en bas âge se fait un devoir de travailler avec autant d'articulation linguistique les derrières plus poilus de ces messieurs de la république. J'aurais en tout cas enfilé un costard plus élyséen, si seulement j'avais su que cette pulpeuse blonde du *Monde* serait de la partie aujourd'hui. Et quelles parties je m'imaginais avec elle et ses nichons quand le PM s'est levé pour remercier la France de son nouvel appui inconditionnel envers Israël.

« Le peuple israélien se réserve le droit de se défendre, en tout temps et en tous lieux, afin d'assurer sa survie et celle des générations futures… » et blablabla.

Tous les cons frères étaient accrochés aux lèvres du grincheux qui ressassait le même discours martial qu'il avait lu aux Amerloques deux semaines plus tôt. Moi, j'observais la seule autre belle poitrine de la salle – celle de sa ministre des Affaires étrangères. Elle respirait nerveusement. Elle aussi, elle s'inquiète. On la comprend.

C'est qu'hier, j'ai rencontré incognito un haut gradé du Mossad dans un bar anonyme de la colonie allemande. Ses parents sont d'origine russe et le balafré, expert dans le dégommage des Palestos, me racontait comment il avait passé la plus grande partie de son enfance dans la peur d'un holocauste nucléaire, alimentée par les comptes rendus de l'extermination de ses grands-parents. Maintenant, le type en question a trois filles. Il pense qu'en attaquant en premier, Israël, et ses filles, par la même occasion, risquent de se faire rayer de la carte. Mais il pense aussi que rien ne se passera si Israël n'attaque pas. Et il n'est pas seul. Et ce que je sais et que mes connards d'amis savants de la délégation n'apprendront que dans quelques jours dans *France Mag*, c'est que cette ministre – sur la poitrine de laquelle, par un miracle du Saint-Esprit, personne ne posait les yeux à part moi – s'apprête à présenter une motion de non-confiance à l'encontre du PM devant les militants du parti dans deux semaines. Et qu'ils seront nombreux à la suivre, la gonzesse.

Le discours terminé, j'ai mis mes lunettes de soleil et me suis faufilé en douce hors de la Knesset pour tout de suite rentrer en bus sur TLV avant que Trouduc réclame sa bière et s'aperçoive que Jérusalem, le vendredi soir, c'est vraiment la merde.

Jérusalem – Tel-Aviv, 8 juin 2012

12. Waterloo

En rentrant de Jéru hier, y avait ce courriel qui m'attendait :

Antoine,
Lambert et moi sommes maintenant fiancés. Comme ton fils semble être le moindre de tes soucis, tu seras rassuré de savoir que nous partons vivre en Martinique. Matisse ne cesse de me demander où est son père. Je suis désolée de devoir t'apprendre que nous n'avons eu d'autre choix hier que de lui annoncer ton décès. J'imagine que tu ne t'en offusqueras pas, puisque tu as toujours été vachement absent à son égard.
Bonne continuation,
Valérie

La pute…
Je n'ai pas dormi. J'ai réécouté sans cesse mon entrevue de l'autre jour avec le massacreur de fillettes arabes.

Q. Vous n'êtes donc pas en faveur de frappes préventives?

R. Écoute, mon vieux. Les frappes n'amèneront rien de bon. Elles ne feront que les conforter dans l'idée qu'ils ont besoin de ces armes. Elles renforceront la légitimité du régime. Il y aura plus de nationalisme. Plus d'extrémisme. Plus de tensions. Et on est entourés de leurs alliés. Les Irakiens sont dans leur axe désormais. La Syrie, le Liban et le Hamas en sont aussi. L'Égypte, on ne sait plus trop. Reste que les Jordaniens et les Saoudiens. Mais à quel genre d'appui tu crois qu'on peut s'attendre de leur part? C'est la raison pour laquelle on ne peut pas laisser le gouvernement continuer sur sa lancée.

Q. Et qu'est-ce qu'un petit colonel du Mossad comme vous croit pouvoir faire contre une machine politique telle que MiMi? Vous ne pensez quand même pas renverser le premier ministre?

R. (Rires.) Tu sais, il y a des manières de faire en démocratie. Et je ne suis pas seul. Nous sommes nombreux, et déterminés, et nous avons des alliés au sein du pouvoir. Des gens très, très proches de MiMi, qui savent aussi bien que toi et moi à quel point ce serait une grave erreur d'attaquer en premier.

Q. Des gens… des gens comme qui ? Ne croyez quand même pas que je vous prendrai au sérieux si vous ne me donnez pas de nom !

R. Ne crois quand même pas que je te donnerai son nom sans te tuer après !

(Rires. Les miens. Pas les siens. Quelle plaisanterie surexploitée.)

Et ça ne m'a frappé qu'en réécoutant hier. Quel con, quand même. Il parlait en anglais, et utilisait le possessif *her* devant *name*. Facile, c'était de Krassowitz, la meuf des Affaires étrangères, qu'il parlait. Y avait qu'elle qui pouvait se permettre de défier MiMi. C'est comme ça que je savais.

Q. Bon… Mais… qu'est-ce qui vous pousse à tant de pessimisme ? Vous avez pourtant dirigé les récentes campagnes d'assassinats à l'Est, et celles à Beyrouth et à Dubaï. Israël ne surpasse-t-il pas en qualité l'ensemble des forces adverses ?

R. Peut-être, mais pas en nombre, et tu me parles d'opérations à la fine pointe de la technologie. Ça ne fait pas long feu devant une marée humaine, ça. Regarde, au Liban, il y a au moins un million de partisans du Hezbollah. En Syrie, presque autant d'Alaouites. Le Hamas a des dizaines de milliers de combattants prêts à l'attaque et les Irakiens ont une armée de sol considérable. Puis, les Iraniens, de leur côté, ils ont des hommes à n'en plus finir. Tu te souviens des années quatre-vingt? Saddam aussi était à la fine pointe et puis… Alors la technologie, ça fait un moment, mais face à des guerriers fanatiques, on ne peut pas résister longtemps.

Q. Mais c'est intéressant de vous entendre parler avec tant de défaitisme. Il est passé où, le colonel Barzan-Hoffman qui disait il y a cinq ans qu'il valait mieux «détruire mille maisons palestiniennes, avec les familles à l'intérieur s'il le fallait, que de laisser passer une roquette de plus sur Ashkelon»? Ne pourriez-vous pas dans le pire des cas détruire Téhéran au complet, avec l'arme qu'on sait tous que vous possédez? Le fils de l'ancien PM Riela Shonra privilégiait lui-même qu'on fasse subir aux Gazaouis ce que les Américains ont fait sur Hiroshima et Nagasaki, non? Ça ne se ferait pas, en Iran?

R. Bon, je ne commenterai pas spécifiquement là-dessus, mais il ne faut pas exagérer non plus. Tu sais, parfois, ça vaut la peine d'en tuer dix pour en sauver cent. La peine d'en tuer cent pour en sauver mille. Et la peine d'en tuer mille pour en sauver dix mille…

Je déteste leurs énumérations à la con.

R. Mais il faut savoir tuer et détruire intelligemment. Jamais sans but. Et jamais sans être certain que le jeu en vaille la chandelle. Attaquer l'Iran, c'est comme attaquer une fourmilière. Tu penses détruire le nid en marchant dessus, mais tu te retrouves avec des milliers de réseaux souterrains remplis de fourmis aveuglées par la rage et prêtes à tout sacrifice pour venger la colonie. C'est le genre d'ennemi auquel tu ne touches pas si tu n'es pas absolument certain de pouvoir éradiquer chacune de ses composantes, sans espoir de résurgence. Tu vois, j'ai trois filles, moi. Trois adorables petites poupées. Si je suis prêt à me souiller du sang des fillettes de l'autre côté, c'est parce que je sais au fond de moi que le sacrifice que je fais contribuera à bâtir un avenir meilleur aux miennes. Ce serait irresponsable de ma part de laisser MiMi attaquer l'Iran. Je sais que ça ne mènera à rien de bon pour notre pays. Et on a suffisamment souffert comme ça. Là, les Arabes s'entretuent entre eux. On ne pourrait pas en profiter pour souffler un peu?

Ça ne m'avait pas frappé sur le coup: «Si je suis prêt à me souiller du sang des fillettes de l'autre côté, c'est parce que je sais au fond de moi que le sacrifice que je fais contribuera à bâtir un avenir meilleur aux miennes.» Et plus je réécoutais, du fin fond de ma nuit blanche telavivienne, plus j'y découvrais la plus belle et sincère marque d'amour qu'on puisse exprimer. Cet amour qui peut nous pousser à damner notre âme pour la rédemption de l'autre. À ôter la vie pour assurer celle de l'être aimé. Et ça tombait bien, car je l'aurais étranglé de mes mains propres, ce pédé de Lambert. C'était de l'amour. Brut, mais réel. Je l'aime le petit. Je ne me l'étais jamais avoué, mais l'idée de voir cette tarlouze de comptable l'élever me débecte grave. Voilà, c'est de l'amour, ça…

Bref, tôt ce matin, en pleine panique devant cette réalisation absurde, j'ai pris le combiné et j'ai appelé mon père. Il était 3 h 18 du matin sur Trouville. Il a piqué une de ces colères quand je lui ai demandé de me trouver un avocat. « C'est pour le petit », que je lui ai dit. Il s'est calmé. Je pars sur CDG dans trois quarts d'heure.

Aéroport Ben-Gourion, 9 juin 2012

13. Famille et amis

«Mais tu ne t'en es jamais préoccupé, de cet enfant», qu'elle m'a dit, ma mère, en buvant son espresso du matin. Et je lui aurais répondu «telle mère, tel fils», mais j'ai fait que grimacer. Elle crèche à l'appart du 35, rue d'Anjou, ces jours-ci. Papa est en Normandie. Elle n'a jamais voulu garder Matisse, et elle me rejette ça à la figure. En fait, elle n'a jamais voulu d'enfant. C'est papa qui insistait. Et dans ce temps-là...

Pour tout dire, ma mère est une salope desséchée de première. Son père bossait au Majestic puis au Lutetia avant de passer à la Résistance. Mais faut pas se conter d'histoires, il n'a traversé du bon côté que lorsque le bruit des armes a commencé à se faire entendre du premier arrondissement. C'est juste en bas de son appart, où vivait autrefois La Fayette, qu'un jeune résistant du nom de Jean-Roger Desbrais s'était d'ailleurs fait tirer par les Gestaps français en décembre 43. Grand-papa, il avait bien dû chier dans son slip en entendant les coups de feu et la nouvelle le lendemain. Un résistant tué au pied de sa porte? Avait-il des complices dans l'immeuble? Le soupçonnerait-on de trahir ses *Übermenschen* de maîtres? Rien. Il a continué de bosser avec les Boches, sans problème, jusqu'à la veille de la Libération. Grand-papa était comptable. Très bon, même. Et comme il avait des connexions, ben, il a jamais fait de prison! Ma mère, c'est le fier produit de cette famille d'affreux qui n'aurait jamais dû survivre à la Terreur. Valérie et elle se sont toujours bien entendues, d'ailleurs.

Ce midi, j'ai rencontré François, l'avocat de papa. C'était long, ennuyeux et complexe. On demandera une injonction – comme la faux-cul suggère de kidnapper le petit sans mon approbation – puis la garde exclusive, ou partagée. Faudra rencontrer le juge et patati. D'ici là, qu'il me demande, faut monter le dossier, histoire de démontrer pourquoi Matisse sera mieux chez moi, en Israël, là où on peut se retrouver déchiqueté en petits morceaux en plein milieu de la carcasse d'un bus à tout moment, qu'aux îles, à la Martinique, dans la chaleur des Caraïbes, avec une mère éduquée et un demi-père insipide mais stable. La réponse me saute aux yeux: un fils est toujours mieux au champ de bataille, à s'endurcir avec son père, que dans les jupons de sa mère et de son efféminé d'amant, dans des îles connues pour leur langueur et rien d'autre. Mais François m'a fait promettre de trouver mieux.

Alors, je me demande. Vaut mieux détruire sa réputation, à la meuf, ou celle de Lambert? Parce qu'après tout, Valérie, ça demeure la mère de mon enfant. Un vrai garage à bites, mais faut savoir se modérer.

Et puis merde, j'ai tout de même appelé Éric. Éric, c'est l'ex-beauf de Valérie. Un copain à moi de longue date. Avant même que je la rencontre, à Barça. On a fait le bac ensemble. Il a fini chez France 24 et moi… un peu partout. Il a accepté de prendre un pot, alors on s'est vus sur Pigalle, parce qu'on aimait bien traîner par là dans le temps.

Il s'est mis à pleuvoir – parce que forcément ici, même quand il fait beau, il pleut –, et quand je suis arrivé, Éric était déjà là. Je l'ai trouvé vieilli, le salopard. À force de fumer comme il fume, il a pris le teint d'un cadavre. En tout cas, lui, quand il claquera, il claquera grave. Pas de gnagna à l'hosto, ce sera direct au funérarium. Enfin… On a discuté un bon moment lui et moi. Fallait d'abord se remémorer le bon temps qui ne reviendra plus. Les putes tunisiennes de la Porte des Lilas. Ou les virées plus glamour au faubourg Saint-Germain à se taper des petites meufs américaines en échange à la Sorbonne. Ou à se bouger le cul sur Pigalle au son des Backstreet Boys ou du *Jerk* de Thierry Hazard. «*Elle se dit qu'avec son tour de poitrine/Du genre Dolly Parton/Elle pourrait poser dans les magazines/Comme Olivia Newton John…*» Ah, ce qu'on a ri!

— Alors, non, mais t'es sérieux? T'as vraiment un fils? Toi?

— Mais puisque j'te le dis !

— Et pourquoi j'apprends ça qu'aujourd'hui, salopard ?

— Bah, tu sais… le taf, la vie, ben, c'est compliqué, tout ça.

— Ouais, je vois. Bon, donc la garce veut t'voler ton fils, c'est ça ? J't'avais pourtant bien prévenu de pas te caser avec elle…

— Ouais, ouais, ça va. Me casse pas les couilles avec tes « j't'avais prévenu » à la con…

— Et t'entends faire quoi alors ?

— Ben… j'ai rencontré l'avocat de mon père ce matin. Il a introduit une requête au parquet juste après. Et là, on doit rencontrer le juge après-demain. Ce qui me laisse que quelques heures pour prouver au juge que Matisse sera mieux avec moi à Tel-Aviv qu'avec Valérie à Port-au-Prince…

— Fort-de-France, tu veux dire.

— Ouais, même chose. Donc, voilà. J'voulais savoir si t'avais pas quelques infos croustillantes sur elle, parce que moi, vraiment, j'ai rien de trop préjudiciable à son encontre. J'y étais pas la moitié du temps, elle buvait peu et s'est toujours rudement bien occupée du gosse, tu vois ?

— …

— T'as rien pour moi ?

— Alors là non, Antoine, j'te suis plus. La meuf s'est toujours bien occupée du petit, t'étais pas là la moitié de l'année…

— … du temps, j'ai dit.

— Ouais, bon, du temps… Mais allons, c'est pas sérieux ! J'apprends qu'ce matin qu't'as un gosse parce que t'en as jamais parlé, et toi, tu crois sérieusement qu'on va t'octroyer la garde ? Tu délires, mon pauvre mec !

— Et toi, t'as vraiment mal vieilli. Allez, vieux, écoute, c'est de mon fils qu'on parle, là. T'as vraiment rien à me donner sur Valérie ?

— Non, mec… Pour rire, c'est drôle, mais là, ça va trop loin. J'ai bien des trucs à t'raconter sur elle, mais pas en sachant qu'tu vas t'en servir pour la détruire devant le juge ! Merde ! Mais tu m'prends pour qui ?

— Eh oh, on s'calme, s'te plaît ! Y a pas d'raison de se pomper les sangs, quand même.

— Y en a, au contraire. Tu débarques ici pour avoir la garde de ton fils, mais t'agis comme le dernier des enfants gâtés, Antoine. Désolé d'te le dire, mais je crois pas du tout que tu sois fait pour être père. Pas besoin d'être juge pour voir ça.

— Et j't'ai demandé ton avis, connard ?

Il a ri, mais moi, j'ai décampé. Il pleuvait encore.

Paris, 11 juin 2012

14. Hergé

À l'appart, j'avais un courriel de Valérie qui m'attendait. Elle avait sans doute reçu des nouvelles de l'huissier :

Espèce de salopard. Trou du cul. Suceur de bites de mes deux. Vaurien. Va-nu-pieds. Bachi-bouzouk. Scolopendre. Etc.

Elle écrivait comme parle le capitaine Haddock. On insulte comme on peut, faut croire. Ça m'a excité. Je me suis branlé.

Paris, 12 juin 2012

15. Liberté – Égalité – Fraternité

Alors c'était aujourd'hui le grand jour. J'ai la garde du petit! J'envoie chier tous les Éric de ce monde.

Ce matin, j'avais le trac comme pas possible. L'audience était prévue pour 15 h et j'avais bien trop de temps à tuer. Je me serais grave fait une ligne de poudre, mais comme je suis papa maintenant – bon, depuis quelques années, vous direz –, je m'en suis abstenu. J'ai relu la fin du *Père Goriot* hier, et je me suis promis que mon voyage rapido sur Paris et l'abandon du coco seraient les seules concessions d'amour que je ferais jamais au gosse. Pas de chien, pas de vélo, pas d'argent. Après, ça grandit, ça vous prend tout votre blé, et ça ne vient même pas vous embrasser avant qu'on vous mette en terre. Mais bon, je suis quand même rudement heureux d'avoir remporté la bataille. Évidemment, François a beaucoup aidé. Mais ce n'est encore qu'une victoire partielle.

Donc ce matin, plutôt que de filer sur Saint-Denis aller faire les emplettes chez Moussa, mon dealer beurgeois, je suis descendu penaud au Café du Coin en me grillant une Gauloise. J'y ai pris la formule express; j'étais pressé. Ou pas tant que ça, mais il fallait que la serveuse le pense. Parce qu'elle avait des traits injurieux, la meuf. Grossiers, mal barrés. Mais des traits illuminés par un large sourire étonnamment humain. Et si les gens honnêtes et beaux comme moi ont la poisse, qu'est-ce qui permet aux laiderons d'être heureux? Enfin… Je lui ai laissé un généreux pourboire, histoire qu'elle comprenne bien sa place.

Je me suis arrêté au kiosque à journaux en remontant la rue d'Anjou. À la une de *France Mag*, y avait mon article sur Krassowitz. Et une photo du dôme doré de Jéru par ce petit talentueux de Salomoni, qui bosse pour l'AFP. Ça faisait plaisir, quand même. Mais il s'est mis à pleuvoir. Je suis rentré à l'appart. Ma mère faisait son yoga matinal. Elle ne m'a pas remarqué. J'aimerais dire que moi non plus. Je n'ai jamais compris la fascination des vieilles dames pour le spandex. Ça viendra peut-être un jour.

J'allais me faire le bonheur de ne pas ouvrir le *Fig'* qui traînait sur la table quand mon téléphone a émis un bip. C'était un courriel d'Oren. Je l'avais presque oublié, celui-là. Il raconte que mon article sur Krassowitz fait un sacré tabac en Israël. Tant mieux. Et juste au moment où je lisais le tout, mon téléphone a bipé à nouveau. Pour le coup, c'était François. Il voulait me voir de toute urgence aux Philosophes, rue Vieille du Temple, avant le début de l'audience. Quand je suis arrivé, il y était déjà, tout sourire.

— Alors, mon cher Antoine, tu seras fier de moi…

— Je t'écoute, François. Parle, par tous les dieux !

Sa stratégie était assez simple, et rudement effi-cace. François a pu s'arranger hier avec ses amis du parquet pour que ce soit le juge Rousselles qui préside le procès. Le baveux de Valérie ne s'y est pas opposé. Mal lui en prit. Ce dont il ne se doutait pas, c'est que Rousselles et François ont longtemps milité ensemble au sein du PS. Des soixante-huitards en puissance qui ont chacun suivi leurs camarades en embrassant plus tard à pleine bouche les juteux avantages du capita-lisme d'État à la patte bien graissée. Mais là n'est pas le plus intéressant. Le plus intéressant, c'est que Rousselles a récemment couché avec la fausse femme de François, ce que la vraie femme de Rousselles ne sait pas, mais que François bien évidemment sait, sans pourtant que Rousselles le sache. Du moins, ça, c'était un peu plus tôt. Je dis « fausse femme » car François ne l'utilise pas beaucoup, ce qui excusera certainement la meuf en question. Jetez la première pierre, qu'il prê-chait, le crucifié…

Bref, François m'a laissé terminer mon plat aux Philosophes et s'est rendu au tribunal une trentaine de minutes avant le procès pour y solliciter comme prévu une audience privée avec Rousselles. Il lui a alors sans doute rappelé leurs idéaux communs de justice, d'éga-lité, de fraternité et d'honnêteté, avant de lui sortir ce qu'il savait mais que Rousselles ne savait pas qu'il savait.

Valérie et son Roméo étaient déjà à la cour quand je suis arrivé. Ils bouillonnaient de rage, ça se voyait. J'imagine qu'ils s'attendaient à partir en douce sur la Martinique avec Matisse, comme ça, sans la permission de papa… Je ne sais pas ce qui leur a pris. Je les plains un peu, à vrai dire. C'est pas tout le monde qui a mon savoir-faire. Ils auraient dû faire plus attention. Ne pas me le dire, par exemple. Ne pas me provoquer. Mais non ! Les cons me balancent tout à la figure, en plus de mentir au gamin en lui disant que je suis mort. Déjà que les risques sont élevés que je me retrouve avec une balle dans le crâne, avec ce métier de fou que je fais – pas besoin d'en rajouter. Mais non ! Pas avec eux ! Avec eux, il faut faire ça comme il faut ! Il faut respecter les règles ! Il faut sauvegarder les appa-reeeeences ! Ne pas dire au gosse « papa ne t'aime pas » mais plutôt « papa t'aime beaucoup du haut des cieux et veille sur toi ». Alors voilà, bande de cons. Voilà où ça mène de faire chier les bonnes gens avec vos réflexes petits-bourgeois de morveux bien élevés.

Le procès a été assez court. Valérie et moi avons été appelés à la barre des témoins. Telle une hysté-rique, elle m'a accusé de tous les crimes, sans pour autant pouvoir donner d'exemples concrets.

J'étais alcoolique. Mais elle ne savait pas ce que je buvais, ni où.

Scotch, gin tonics, rhum sec, vin, bière, partout et n'importe où, c'est pourtant simple.

J'étais un drogué. Mais elle ne savait pas à quoi.

Je les ai toutes essayées et y a rien de mieux que la coco.

J'étais infidèle. Mais elle ne pouvait dire avec qui.

Y avait eu Laura, Constance, Marie-Soleil, Aisha et plusieurs autres qui n'ont jamais été baptisées.

J'étais irresponsable. Mais elle ne savait expliquer comment.

Et ça, non, je n'acceptais pas du tout.

Bref, aux yeux de Valérie, je suis un salopard d'une telle espèce qu'elle est fichtrement insaisissable, quoi! Ou trop complexe et bigarrée pour sa petite tête bien carrée de comptable. Enfin… pas mon problème.

Quand est venu mon tour, je suis resté calme et j'ai poliment raconté comment elle m'avait jeté à la rue sans prétexte valable alors que je traversais une période difficile, comment elle m'avait empêché de participer à l'éducation de mon garçon et trompé avec Lambert, comment j'aimais tant le petit que je prenais des risques absurdes en tant que journaliste pour ramener du pain à la maison parce que «v'voyez, m'sieur le juge, c'est que c'est tout ce que j'sais faire, moi».

Et François a attrapé la balle au bond. «Oui, mon client mène une vie difficile – dangereuse, même! – mais doit-on pour autant le séparer de son enfant? Sépare-t-on les policiers de leurs enfants sous prétexte qu'ils peuvent se faire tuer en patrouille? Sépare-t-on les pompiers du fruit de leur chair sous prétexte qu'ils combattent courageusement feux et incendies? Quelle justice, quel législateur, quel homme honnête, monsieur le juge, séparerait un père de son enfant, non pas à cause de ce qu'il est mais de ce qu'il fait ? Quelle justice accorderait la garde d'un enfant aux individus qui tentent de le kidnapper sournoisement des bons soins, bien qu'éloignés par la force des choses, d'un père néanmoins aimant et bon ? Car voilà la question que vous devrez trancher, monsieur le juge : celle de savoir quelle justice vous déciderez de représenter aujourd'hui. La justice vengeresse d'un pharaon, qui punit un père meurtri par l'éloignement forcé de son fils, ou celle, plus éclairée, d'un Salomon sachant reconnaître d'office le bon parent de la mauvaise mère ? »

Il y allait un peu fort, François, d'autant plus que le jugement était décidé d'avance, mais fallait voir l'éloquence, le style, la grandeur mitterrandesques. C'était beau. J'en ai versé une larme. Valérie, plusieurs.

Le juge s'est retiré. On est tous sortis fumer sur le parvis. À environ deux mètres de François et moi, Valérie et son mignon semblaient comploter la décapitation du Roi-Soleil – qui ne s'est d'ailleurs jamais produite. Et au retour, Rousselles, comme on le sait, a jugé en ma faveur. Garde alternée. Six mois à TLV avec papa, six mois chez les ploucs avec la pute et le gueux. Je dois les rencontrer d'ailleurs pour régler les détails. Pas moi qui le veux – c'est par ordre du juge. J'ai remercié François, qui a fait un boulot de génie, puis je suis allé voir la génitrice. « Après-demain, 19 h, au Bœuf sur le toit, rue du Colisée. Je paie le dîner. Soyez-y, sinon je vous envoie la police au cul.» Je m'imagine déjà leur embarras à tenter d'expliquer au môme que papa, finalement, eh ben, il est pas mort! Qu'il fait même rudement chier, tiens.

Paris, 13 juin 2012

Matisse
Legs

1. Martinique

Décembre 2039. Le bureau. Je me fais chier. Tout me fait chier. À la télé, hier, y avait ce documentaire d'archives du siècle dernier. En 2D, c'est tout dire… On y voyait de belles forêts, toujours vertes, toujours pleines de vie. Avant les cyclones et les destructions et les eaux salines qui pourrissent tout. Bref, avant, quoi. Y avait une Blanche aux longs cheveux blancs, entourée d'Africains, qui parlait de ceci et cela. Puis soudainement, crevant l'écran, y a cette vulve tumescente. À quatre pattes au milieu des feuilles mortes, la femelle arque son dos et l'expose aux yeux de tous. Les mâles se disputent son attention. L'objectif de la caméra se tourne vers le dominant qui s'approche. Violemment, il insère son sexe en elle. Il la maltraite quelques minutes, puis se retire. Une fois qu'il s'est détourné, d'autres le suivent. C'est immanquable. Ainsi va l'ordre des choses. Quelques mois plus tard, explique la scientifique blanche, le bébé chimpanzé verra le jour. Tout comme sa mère, la progéniture ignorera tout de son géniteur. À quoi bon?

Le devoir est accompli, la survie de l'espèce, assurée. Évidemment, ça c'était jusqu'à ce qu'on les extermine jusqu'au tout dernier.

Tu vois, ç'a été un peu comme ça pour moi aussi. Parce que, jusqu'à tout récemment, je croyais bien qu'il était mon père. Tu imagines ? Vingt-sept ans de mensonges. Il en faut, quand même, de l'imagination et du savoir-faire pour mentir ainsi. Bon, après, c'est vrai qu'on ne se ressemblait pas physiquement. Et puis y avait tous ces souvenirs inexpliqués. Ces bruits sourds qui me faisaient et me font toujours sursauter. Ces odeurs familières quand je passe devant le kébab du coin. Ces cauchemars qui me réveillaient dans un lit trempé de pisse quand j'étais gamin. Oh, ils en riaient bien, mes parents. Enfin, ma mère et Lambert. Parce que Lambert, c'est un père imaginaire. Tiens, c'est joli. Ça rime presque.

Alors oui, voilà… Vingt-sept ans de mensonges qui ont éclaté au grand jour, il y a trois semaines. Oh, tu t'imagines bien que ça devait être une heureuse célébration que ce voyage. Parce que oui, ta mère et moi allions leur annoncer ta venue. Il faisait beau et vert et bleu quand ils nous ont cueillis à l'aéroport. Ça sentait la maison et le poisson frais et les épices créoles. Ma mère s'était transformée en blonde poupée bronzée platinum pour l'occasion, style Brigitte Macron, les jupes courtes en moins. Lambert avait sorti la décapotable. On riait, on buvait, on mangeait bien. « Vous verrez, ça vous change la vie, un môme ! »

Puis un soir, sur la véranda – cette putain de véranda –, trois verres de rhum en trop, un léger malaise cardiaque, Lambert à l'hôpital, ma mère qui pleure, et au milieu des sanglots, un chuchotement : « J'ai quelque chose à t'avouer… »

Ah oui. Le bel aveu. Tiens, tiens.

Il faut bien admettre qu'on ne naît pas chimpanzé.

Cette nuit-là, j'ai longuement erré sur les bandes cosmétiques qui circonscrivent cette Martinique de mon enfance. Cœur à la mer et bouteille à la main, je me suis acharné contre les bancs de sable. Et crois-moi, les cocotiers et moi, on s'est bien engueulés. Quelle saloperie que d'attendre si longtemps avant de vomir une telle histoire, tu ne trouves pas ? Tu me diras qu'elle n'avait sans doute que de bonnes intentions en me kidnappant ainsi loin du réel, ma Peter Pan de maman. Mais la route vers l'enfer est pavée de bonnes intentions, n'est-ce pas ?

Parce que non, je ne suis ni Peter Pan ni chimpanzé. Et au contraire des enfants perdus de James Matthew Barrie, j'ai bien fini par grandir. Et mes racines se sont enfoncées dans une généalogie incorrecte. On m'a attaché de force à un passé qui ne m'appartient pas, tout en me soustrayant à une histoire qui se serait peut-être déroulée autrement si on m'avait tout dit, dès le départ.

Juste avant de disparaître pour de bon, Antoine – mon père – a envoyé ses carnets virtuels à ma mère. Par courriel. Je ne sais pas trop pourquoi. Ils sont d'une rare violence. Peut-être qu'il savait déjà qu'il n'en reviendrait pas. Peut-être qu'il souhaitait la blesser un peu plus encore qu'il ne l'avait déjà fait. Je ne sais pas. Mais putain que ça m'emmerde. Voilà tout ce qu'il me reste de lui. Et ma mère – ma pauvre mère – qui m'a tout caché si longtemps. « Si je l'ai fait, c'est parce que je t'aime. » Et Dieu sait que j'espère ne jamais t'aimer ainsi.

La vérité importe, au final. N'est-ce pas là ce qu'on apprend aux enfants ? Alors pourquoi nous faudrait-il nous en remettre au mensonge en grandissant ?

MATISSE

2. Perspectives

Février 2040. TGV. Environs de Lyon. Arbres gris. Champs gris. Ciel gris. Cœur de béton. Ces dernières semaines, ta mère s'est acharnée à nous vider les comptes en banque pour t'offrir une chambre dont tu n'auras de toute manière aucun souvenir en grandissant. Tout pour épater la galerie. Toujours. De mon côté, je me retrouve coincé à la recherche du temps perdu. Pour tout dire, l'annonce de ta venue m'a grave chamboulé. J'imagine qu'il en est toujours ainsi lorsqu'on attend son premier enfant. Mais alors que je devrais envisager un avenir brillant en ta présence, d'autres forces me poussent vers les ténèbres d'une mémoire qui ne m'appartient pas.

Avant notre départ en Martinique, une méditerranée d'azurs clairs nous éclairait ta mère et moi, mais depuis notre retour, nous n'avons fait que sombrer chaque jour un peu plus dans la pénombre. Tout me rebute. Les dîners du dimanche me dépriment. Les sempiternelles réunions du lundi matin m'exaspèrent. Même l'absence de circulation matinale, ces jours-ci, parvient à m'emmerder.

Cette femme que tu appelleras sous peu « maman » ne comprend pas grand-chose à mon état d'esprit. Je l'embête, qu'elle me dit. Mais comment faire autrement : je l'ai rarement vue si enthousiasmée par quoi que ce soit. Et dans le cas présent, c'est plutôt pénible. Plus de deux mois que ça dure : les meubles, le bon ton des couleurs, la ventilation, les fleurs, les plantes, les tapis, les chevaux en bois, les poupées politiquement correctes, etc. Elle n'y perçoit aucun tragique. N'y voit aucune illusion. Que du rêve et du magique. Et j'ai une furieuse envie de briser ses mirages, elle qui se plaît tant à détricoter les miens. Mais il faut bien que je me retienne un peu.

Je ne saurais trop la blâmer, vois-tu. Cette femme que j'aime et qui te porte fait partie de ces êtres aériens, à jamais emportés par le vent des choses et incapables d'un retour posé vers les lieux de départ qui les ont vus s'envoler. En apprenant son histoire, tu le lui pardonneras sans doute. Les obsessions pour le passé sont souvent indigestes aux yeux de ceux qui regardent vers un futur souriant où les fantômes ne sont bien que morts et enterrés.

Mais je n'ai pas ce luxe. Ce passé inconnu – celui d'Antoine –, c'est tout ce qu'il me reste pour m'ancrer en prévision du futur. En prévision de ton arrivée. Il me faut descendre aux racines, retrouver la source d'où tout a commencé et réorganiser ces traces qu'Antoine a laissé soin au vent d'éparpiller. Tel un édifice posthume, il me faut les reconstituer brique par brique.

Parce que l'homme ne se livre pas, petite. Il se cherche, s'explore et se découvre. Mais nuls écrits ou livres ne peuvent l'exprimer dans son entièreté.

Il m'a donc fallu lire et relire sans cesse les carnets partiels de ton grand-père, au mépris de mes obligations professionnelles et des colères de ta mère, pour finalement comprendre que ses écrits ne diffèrent en rien des autres. Pour comprendre que, à l'image de toute autre idée couchée sur papier, ses notes ne reflètent qu'une part de vérité. Que la tentative d'une capture quelconque du réel.

Mais dans quel genre de réel mon père nous plonge-t-il avec ces récits personnels ? Nous parle-t-il tel qu'il était réellement ou tel qu'il aurait souhaité être reconnu cent ans plus tard ? Comment, par ces seuls textes, distinguer la part du réel et celle de l'imaginaire ? Qui était-il ? Qu'aimait-il ? Que faisait-il ? Pour l'instant, ce ne sont pas là des questions auxquelles je peux aisément répondre. Il le faut, pourtant.

Si, à la lecture de ses carnets, il semble que mon père ait été de cette race d'hommes libres qui avancent en ne s'encombrant jamais des autres, j'aime à penser qu'un amour sincère et pur brillait également en lui. J'aime à penser que sa froideur et son cruel humour n'avaient d'autre but que d'occulter une sensibilité qu'il préférait dissimuler aux yeux des autres. Et qui sait, peut-être pourrai-je éventuellement trouver en lui des traces de cette paternité honnête, responsable et tendre que je veux épouser à ton arrivée ?

Mais il est vrai que l'amour filial peut parfois être une chose aveugle. *J'aime ce que je n'ai pas, c'est toi, si distant*, écrivait Neruda. Et il avait bien raison, le Chilien. Sans doute me faudra-t-il d'abord avoir ce que je n'ai pas et savoir ce que je ne sais pas avant de me libérer de mes *a priori* filiaux. L'objectivité se doit d'être cultivée et appréciée, et je serais idiot de me limiter au seul récit personnel de mon père si je persévère dans l'espoir de reconstituer et d'honorer sa mémoire. Et il me faut persévérer.

Il ne m'a guère fallu de longues recherches pour retrouver ma grand-mère. Ce matin, je me suis donc mis en route vers Paris. En gare, une lumière croustillante et bleue nous étreignait, Malala et moi. Mais nous, nous ne pouvions nous étreindre. Des larmes amères et poivrées de ressentiment coulaient sur ses joues. Alors que je m'éloigne vers les dédales obscurs de la mémoire d'Antoine, elle sait que c'est tout un présent et un futur que je dois pour le moment mettre en veilleuse.

MATISSE

3. Grand-maman (1)

Février 2040. Paris. Rue d'Anjou. Premier arrondissement. C'est une de ces grandes bâtisses aux lourdes portes de bronze. Un immeuble conçu pour impressionner, intimider. Et laisse-moi te dire, petite, que j'étais bien intimidé en montant les marches de marbre des quatre étages menant à l'appartement du haut.

C'est une domestique qui m'a accueilli. Elle m'a guidé vers un petit salon bien ensoleillé d'où on voyait ce qu'il reste de la tour Eiffel et des gratte-ciel du faubourg Montparnasse. Toute menue, la mère d'Antoine – ma grand-mère ! – était assise dos à moi, écoutant la radio. Y avait Brel qui jouait :

Les vieux ne parlent plus ou alors seulement parfois du bout des yeux
Même riches ils sont pauvres, ils n'ont plus d'illusions et n'ont qu'un cœur pour deux
Chez eux ça sent le thym, le propre, la lavande et le verbe d'antan

*Que l'on vive à Paris, on vit tous en province quand
on vit trop longtemps*

*Est-ce d'avoir trop ri que leur voix se lézarde quand
ils parlent d'hier*

*Et d'avoir trop pleuré que des larmes encore leur
perlent aux paupières*

*Et s'ils tremblent un peu, est-ce de voir vieillir la
pendule d'argent*

*Qui ronronne au salon, qui dit oui qui dit non, qui
dit : je vous attends ?*

Elle a finalement levé les yeux lorsque je me suis
assis face à elle, puis a lentement mis ses lunettes.
Quelques larmes se sont mises à couler sur ses joues.

« Mon Dieu que vous lui ressemblez. Ces yeux,
cette bouche… Oh, que c'est pénible à voir ! Vous
savez, je n'aime pas en parler. Parler de lui. Mais quand
j'ai reçu votre missive, j'ai cru qu'il était de mon devoir
de vous dire les choses telles qu'elles ont été. Et comme
vous êtes venu de loin pour m'entendre à son propos,
quel choix me reste-t-il ? Enfin… Prendriez-vous un
peu de gâteau ?

Vous savez, je me suis longuement questionnée
quant aux raisons profondes de la disparition de votre
père. Car les finalités ne sont que les aboutissements
de parcours entamés, n'est-ce pas ? D'où a bien pu
partir Antoine pour en arriver là ? Voilà ce qui m'a
souvent tourmentée. Car il vous faut bien savoir que
votre grand-père et moi nous sommes en tout temps

évertués à le ramener sur le droit chemin. Il est vrai que j'ai l'ai eu à un bien trop jeune âge. Mais c'était d'usage en ces temps-là. Des années folles, dans tous les sens du terme. Qu'à cela ne tienne, nous n'avons eu que patience envers ses écarts, et délicatesse vis-à-vis de ses incessantes folies. Mais nulle ressource n'est inépuisable, n'est-ce pas? Même l'amour parental en vient à s'atténuer, avant de disparaître complètement. Vous le constaterez bien un jour. Que deviendrions-nous, sinon? La mère se devrait d'effacer la femme? L'être humain? La personne dotée de raison qui n'accepte pas de se laisser guider par ses émotions instinctives et animales? Non! Certes pas... Mais vous comprendrez tout cela bientôt, n'est-ce pas, mon pauvre enfant?

J'imagine qu'il n'y a nul besoin de m'étendre sur l'enfance de votre père. Je doute qu'il s'agisse là de la raison motivant votre visite. Je n'en garde de toute manière que des souvenirs photographiés, bien rangés au fond de boîtes poussiéreuses. D'ailleurs, Antoine ne fut au final qu'un enfant comme bien d'autres. Sage mais turbulent. Aimable mais détestable. Choyé mais carencé. Nous passions nos étés à la mer et Noël à la montagne. Et nous lui avons donné tout ce qui semblait juste: éducation, discipline, savoir-vivre, sens du privilège... Mais il a rapidement renié tout cela. J'imagine que c'était sa manière à lui de se prouver son indépendance. De se penser meilleur que nous. La vérité, je crois, c'est qu'il nous détestait. Qu'il nous croyait bourgeois, racistes et coincés. Évidemment, il

n'a jamais même pris la peine de surmonter ses pré-
jugés envers nous. Les immigrants, les pauvres, les
SDF, les homos : il était prêt à s'ouvrir à tous, sauf à
nous. Nous faisions de notre mieux pour l'aimer et
l'appuyer, mais il ne nous rendait pas la tâche facile.

Il y aura tout de même eu quelques incidents plus
regrettables que d'autres. Un soir de mars, par exemple
– c'était en 1984, je crois –, Antoine s'est pris une balle
dans l'abdomen, tout près de la Porte des Lilas. Ça faisait plusieurs mois qu'il traînait comme ça après les
classes. Mais nous n'en savions rien, comme ce petit
menteur nous jurait toujours main sur le cœur qu'il
étudiait à la bibliothèque du lycée. Selon le rapport
de police, il tentait d'acheter quelques grammes de
cannabis à un Arabe des cités. Sans qu'on sache trop
pourquoi, la transaction s'est mal terminée et l'animal
a tiré. Il n'a sans doute voulu que lui donner une leçon,
car il aurait bien su le tuer, autrement. Bref… Antoine
s'est retrouvé à l'hôpital avec l'intestin perforé. Il y est
resté un bon mois, après quoi son père et moi l'avons
envoyé en pension en Normandie. Croyez-moi bien, ce
fut l'horreur. L'horreur ! Les crises qu'il nous a faites…
Les assiettes cassées. Les injures et les gros mots. Il m'a
même traitée de "sale pute". Il nous a bien fait peur, ce
petit monstre. Vous imaginez ? Nous avons dû appeler la police afin de le faire amener au pensionnat. Il
refusait de monter en voiture, et il répondait aux gifles
de son père en lui crachant dessus. Vous comprenez
bien le désespoir qu'il nous causait, n'est-ce pas ? Et le

pauvre, tout ce temps, ne voyait nullement que nous ne souhaitions que son bien. Une grande ville comme Paris n'était à l'époque pas faite pour un môme de son âge et de sa qualité. Il y avait trop de distractions, trop d'influences néfastes, trop d'étrangers aux mains baladeuses. La ville n'a pas beaucoup changé à ce chapitre, d'ailleurs.

Comme de raison, c'est un Antoine assagi qui est revenu en ville deux ans plus tard. Oh, bien sûr, vous direz que nous aurions pu le rappeler à la maison avant. Mais les missives qu'il nous envoyait faisaient état d'une amélioration continue que nous ne souhaitions guère altérer. Nous avions de toute manière bien besoin, son père et moi, des vacances momentanées que nous offrait son absence de la maison. La discipline imposée au pensionnat l'avait durci. Sa voix avait mûri et il prenait maintenant soin de lui-même sans que nous ayons à intervenir plus que nécessaire. Il devenait finalement un homme, à son plus grand plaisir. Ses études allaient bien et nous croyions enfin qu'il trouverait son chemin dans la vie. Mais évidemment, avec les enfants, on ne se fait des attentes que si on souhaite être amèrement déçu. Sachez-le bien, vous qui vous préparez à devenir père : un enfant n'est un cadeau de la vie que dans la mesure où on le laisse voler de ses propres ailes, sans s'y sentir attaché. On peut se féliciter de ses envolées, mais on ne se blesse pas lorsqu'il s'écrase. Il m'a fallu beaucoup de temps pour comprendre cela.

Lorsque Antoine a obtenu son bac – avec de superbes résultats, soit dit en passant –, nous rêvions qu'il continue ses études. Qu'il devienne médecin, ou qu'il fasse l'École normale, comme mon père. Mon mari espérait évidemment de son côté le voir faire son cours d'ingénieur afin qu'il entre à la compagnie et lui succède le moment venu. Après tout, cela aurait été dans l'ordre des choses. Une place lui était réservée depuis sa naissance. Et l'entreprise avait grossi de père en fils depuis la première guerre franco-prussienne. Mais Antoine ne retenait guère de son père la faculté de vendre au plus offrant. Et il affectait une haine méprisante du domaine de l'armement et de la défense. C'était d'ailleurs fort déplacé de sa part, vu l'avantageuse situation financière dans laquelle nous plaçaient les "révoltantes" activités de Charles-Philippe, son père.

C'est ainsi qu'il nous a quittés. Vers Marseille d'abord, pour faire Dieu sait quoi. Puis pour Berlin. Les choses commençaient alors à bouger en Allemagne, et comme il avait toujours aimé être au cœur de l'action... Bref, il est parti. Et on ne s'en est guère plaints. Nous ne l'avons revu que quelques fois au cours des années qui ont suivi. Quand il avait besoin d'argent, évidemment. Parce que vous savez, cher enfant, c'est ainsi que se comportent les plus éduquées et choyées des progénitures : elles en veulent toujours plus, et savent vous le demander dans la plus pure des grammaires et la meilleure des conjugaisons. Pour autant, nous ne sommes jamais tombés dans le panneau. Nous lui en avons toujours donné suffisamment pour qu'il nous fiche la paix, tout en nous assurant à tout le moins d'avoir de ses nouvelles dans les six mois, au maximum.

Ç'a duré jusqu'à sa mi-vingtaine. Puis il est revenu d'Afrique, quelque peu bouleversé, et s'est trouvé un boulot. Un vrai boulot. Dans une rédaction. À Toulouse, si j'ai bonne mémoire. Nous ne l'avons pas beaucoup vu ensuite, à vrai dire. Il ne s'était jamais intéressé à nous que pour notre argent. Et comme il pouvait désormais vivre par lui-même, il se passait bien volontiers de notre présence dans sa vie. La seule exception, c'était lorsqu'il rencontrait des filles. Il aimait bien nous les présenter. Je crois qu'il souhaitait ainsi nous provoquer dans l'espoir éventuel d'obtenir notre approbation. Si vous aviez pu voir, cher petit, ces tristes filles qu'il nous a ramenées. Comme un chat qui rapporterait des souris mortes en espérant plaire à son maître dégoûté. C'était d'un remarquable pathétisme. Surtout que la majorité du temps, elles n'étaient dans sa vie que pour quelques semaines bien passionnelles. Comment faire autrement, de toute manière ? Presque aucune n'était Française. Des Chinoises, des Noires, des Arabes, oui ! Mais il lui fallut un bon moment avant de rencontrer quelqu'un de bien. Votre mère, en l'occurrence.

C'était au début du siècle, je crois. Peu de temps après la guerre en Afghanistan. Il était parti quelques jours à Barcelone. Depuis son retour d'Afrique, il avait travaillé à Toulouse mais était revenu sur Paris pour travailler au *Fig'*, comme Charles-Philippe y avait d'excellentes relations avec le directeur du temps. Enfin, je m'égare… Antoine était donc parti à Barcelone et c'est là qu'il a fait la rencontre de votre mère. Nous nous sommes immédiatement très bien entendues, elle et moi. Sa mère était allée aux mêmes écoles que moi. Et on voyait tout de suite qu'elle avait été fort bien élevée, votre mère. À se demander ce qu'elle faisait avec Antoine, à vrai dire. Ils étaient comme de l'huile et de l'eau. Ils cohabitaient initialement plutôt bien, mais on voyait que ça ne se mélangerait jamais réellement, ces deux-là. Ils étaient faits de deux substances étrangères l'une à l'autre. Et puis vous êtes venu au monde.

Ce fut évidemment un beau cadeau. Je ne voudrais pas dire autrement. Mais il est certain que vous êtes en quelque sorte devenu la source de tous leurs malheurs à venir. Je ne souhaite pas vous blesser en disant cela, seulement vous raconter les choses telles qu'elles sont. Car votre père a dû continuer son travail… Et cela signifiait un bien lourd fardeau pour votre pauvre mère, qui demeurait ici seule à vous élever. Ce n'est pas que vous étiez particulièrement difficile à élever – tous les enfants le sont –, mais elle était bien mal préparée à la tâche. Et sans doute également trop douce, avec vous comme avec Antoine. Évidemment, avec deux enfants à la maison, elle a choisi de n'en privilégier qu'un seul et ce fut vous. Notre fils était de toute manière toujours parti jouer dans ses carrés de sable à l'autre bout du monde, croyant sauver la mère et l'orphelin tout en se taillant une place parmi les grands – ce qu'il n'a évidemment jamais réussi à faire. Et pendant ce temps-là, votre mère galérait à la maison. Et elle se sentait seule. Désespérément seule. Elle m'en a parlé longuement d'ailleurs. Nous étions proches, elle et moi. Et c'est moi qui lui ai présenté Lambert, le fils d'un associé de mon défunt mari. Évidemment, je ne savais pas que ça deviendrait sérieux entre eux deux. Mais je comprenais bien la solitude morale et sexuelle dont souffrait votre mère. Cela vous choque, peut-être?

Les hommes ont de tout temps eu tant de maîtresses, mon cher enfant. Ne vous surprenez pas que nous vous retournions parfois la monnaie de votre pièce. Et la solidarité féminine surpasse bien des tabous, croyez-moi. Vous-même qui vous trouvez ici, que savez-vous donc de ce que fait votre épouse en ce moment? Enfin, pardonnez mon excès de franchise. Seulement, je vous vois ici à la recherche de mirages quelconques et cela me peine grandement. Vous semblez imprégné du même romantisme à deux balles qui animait votre père.

C'est d'ailleurs ce qui l'a mené aux pires abysses. C'était en 2011 ou 2012, je crois. Il revenait d'un autre pays peuplé de sauvages en guerre. Si j'ai bien compris, cela s'était plutôt mal terminé pour lui. Une fille dont il s'était amouraché bien des années auparavant y avait été tuée devant ses yeux, et cela l'avait semble-t-il beaucoup marqué. Le directeur du *Fig*'à l'époque lui proposa les services d'une psychologue de renom, mais le pauvre bougre a violemment refusé. De notre côté, nous avons réussi à convaincre le directeur de ne pas porter plainte pour coups et agression, mais Antoine fut renvoyé. Et puis ce fut la descente aux enfers. Et il y a entraîné toute la famille. D'abord votre mère, qui l'a jeté à la rue parce qu'elle ne pouvait plus le supporter. Puis mon mari et moi, après que nos amis l'eurent découvert en train de quémander sa pitance tel un chien galeux dans le tunnel des Halles. Après quoi il a tenté de se suicider, ce qui l'a mené directement à l'hôpital, où il a séjourné plusieurs mois. Je ne l'y ai jamais visité. D'ainsi voir la chair de ma chair m'aurait certainement poussée moi-même au suicide. Et à son contraire, il est clair que je n'aurais pas échoué. Je termine ce que je commence, moi.

Finalement, après quelques appels, son père est finalement parvenu à lui dénicher un boulot. Chez *France Mag*. En réalité, le magazine appartenait alors à l'entreprise familiale, ce que nous nous sommes bien gardés de dévoiler à Antoine. Nous nous sommes assurés de l'envoyer aussi loin que possible de votre mère et vous, et ce, de manière permanente. Il est donc parti pour Israël pour y entamer un travail plus aisé et fort bien payé. Entre-temps, j'ai appris de votre mère qu'elle s'était fiancée avec Lambert et qu'ils souhaitaient déménager en Martinique. J'ai pensé qu'elle serait plus rusée et qu'elle partirait discrètement avec Lambert et vous. Mais la pauvre a toujours eu un cœur d'or et elle a décidé d'avertir Antoine. Quelques jours plus tard, il débarquait à Paris, gonflé à bloc et déterminé à obtenir votre garde. Je ne l'avais jamais vu dans cet état. Sa combativité, pour une fois, m'a presque rendue fière de lui. Évidemment, je ne pouvais alors concevoir qu'il s'intéresse à vous autrement que pour blesser votre mère et assouvir un besoin fort cosmétique de paternité, sinon nous lui aurions bien entendu mis des bâtons dans les roues. C'était une folie absurde de sa part que de vouloir vous amener avec lui. Mais le bougre y était apparemment déterminé, et il a réussi par je ne sais quelle magouille à obtenir la garde alternée. Nous ne l'avons plus jamais revu ensuite. Comme vous le savez, il partit alors pour ne plus revenir… Vous souhaitez une autre part de gâteau, peut-être?»

4. Placards

Février 2040. Il pleut des pluies acides. Depuis le temps que ça dure, elles finiront bien par corroder le toit, m'a dit ma grand-mère. Elle a dû faire installer une bâche de plastique par-dessus – c'est le seul truc qui les arrête encore. Et puis après, à quoi bon ? Quand ce ne seront pas les pluies acides, ce seront ces perroquets de malheur qui viendront y planter leurs griffes, ou le soleil qui la fera fondre, la foutue bâche. Ce sont bien là les temps que nous vivons. Encore heureux, dit-elle, que la rue ne soit pas inondée comme celles des bords de Seine. Mais Dieu sait quels malheurs nous sont encore réservés.

Au final, plus j'y pense et plus je me dis qu'il s'en est plutôt bien sorti, Antoine. En ces temps-là, ses temps à lui, il était encore possible de rêver. De s'échapper. De construire et de détruire sans avoir trop de comptes à rendre. Et on en paie le prix aujourd'hui. Cher, disent certains. Moi je dis qu'on ne peut faire qu'avec ce qu'on a et qu'on doit s'adapter. Toi aussi tu t'adapteras, petite. La science progresse vite. Les hommes aussi. À tout le moins, il y a moins de guerres aujourd'hui qu'avant. En espérant que ça dure. Parce que c'est l'horreur, la guerre. L'horreur.

C'est à l'étage, au grenier, que ma grand-mère a rangé tous les « machins » de son fils. Des « machins » qui ne font justement qu'en parler, de ces guerres. Ils sont tout au fond de la pièce. Bien après le piano droit, les chaises Louis quelque chose, les miroirs ouvragés et les peintures d'un autre siècle. Dans trois cartons poussiéreux destinés à ne recevoir que l'attention des éboueurs reposent les archives déclassées d'un fils dont la mère semble à tout prix chercher à oublier l'existence. Des coupures de journaux ; des cartes de presse d'outre-mer ; des clés USB ; des disques durs externes ; un fragment coloré du mur de Berlin ; une douille de balle écrasée ; un chapelet musulman en lapis-lazuli et en argent ; une minuscule icône éthiopienne ; une chemise bleu pastel tachée de sang et d'autres immondices ; et des carnets de notes à n'en plus finir.

Antoine semblait apprécier l'art du journal. Partout, des notes épistolaires et des écrits pamphlétaires. Sa plume, nerveuse, ne s'arrête pas aux fautes, aux obscurs acronymes, aux abréviations ni aux approximations. Ce sont les traces d'un homme brouillon ; au tournant des pages, des paragraphes non terminés, des dessins et des cartographies à main levée, des calculs budgétaires et d'irréels projets. Un homme en pleine ébullition, incertain de sa direction et tiraillé entre ses positions et ses ambitions. Mais surtout, les écrits d'un homme qui paraît soucieux d'une éventuelle postérité. Sans l'admettre. Ni même peut-être se l'avouer.

Dans un petit sac à dos, j'ai rangé les carnets et autres traces numériques qui pourraient être d'intérêt. Je vais m'y plonger corps et âme, petite. Parce que tout cela, c'est aussi un peu pour toi qui s'en viens que je le fais. Il faut qu'on sache d'où nous venons. L'oubli n'est pas une option. Et il y a encore trop de questions en suspens.

MATISSE

Antoine
Carnets 1989-1990

1. Tous les chemins mènent à Berlin

À l'école, on nous faisait écrire de courts traités pseudo-philosophiques à la Rousseau. J'en ai apporté quelques-uns dans le train, comme le trajet est bien long, et je suis tombé là-dessus. Dieu que j'étais un petit con…

« L'homme naît libre, et partout il est dans les fers. »

Que n'ai-je pas souhaité que Rousseau se trompe à notre endroit ! Que n'ai-je pas désiré que nous agissions un peu plus en maîtres et un peu moins en esclaves ! Que n'ai-je pas espéré la victoire de la raison sur la passion, de l'affirmation sur l'asservissement !

Hélas, nous persistons à préférer nos chaînes, si restrictives soient-elles, à l'appel d'une liberté que nous avons pourtant à portée de main. Une liberté que nous nous refusons par paresse et peur de l'inconnu. Nous nous plaignons de parcourir des sentiers maintes fois explorés, mais tremblons à l'idée de nous en écarter. Ne nous perdrions-nous pas alors dans l'immensité ?

Mais où sont-elles ces chaînes dont je me plains tant ? Ne vivons-nous pas dans une ère de libertés inégalées? Ne sommes-nous pas plus près de l'absolue liberté qu'aucun de nos ancêtres? Toutes ces possibilités, tous ces droits ne font-ils pas de nous des hommes libres?

À cela je réponds qu'avant d'affirmer être libre, il faudrait d'abord savoir ce que cela signifie. Nul homme ayant un peu à cœur la signification première de ce mot n'oserait le faire sien. L'homme n'est pas libre. Il ne le sera jamais. Si le sage en est conscient, le sot quant à lui se contente de se croire libre parce que quelqu'un l'en a assuré. Seulement, la liberté ne s'assure pas plus qu'elle ne s'offre. À défaut de pouvoir la conquérir, elle se recherche.

En effet, comment ce quelqu'un pourrait-il offrir ce qu'il ne possède pas? Et comment cette même personne pourrait-elle affirmer posséder ce que sa nature même lui interdit?

Être libre, n'est-ce pas vivre exempté de toute limite, restriction et dépendance? Mais naître homme ne signifie-t-il pas par essence être relié à la terre, à la vie, à notre propre matière? La réalité, c'est que les devoirs mêmes que nous impose notre propre conservation nous limitent. Ils sont les balises desquelles il nous est impossible de nous extraire.

Cette vie qui nous habite, et sans laquelle rien n'est envisageable, quémande son lot d'obligations et de sacrifices. Que ne faut-il pas en passer du temps à nourrir, à vêtir et à loger cette pauvre et fragile bête que nous sommes! L'impossibilité de nous refuser à l'un de ces *devoirs nous démontre bien à quel point nous sommes esclaves. Fumistes sont ceux qui disent que nous naissons libres! C'est esclaves que nous naissons!*

Le nouveau-né a toutefois sur l'homme cet avantage qu'à défaut d'être libre, lui au moins n'est soumis qu'à son propre corps. Par quelle folie nous résolvons-nous, avec l'âge, à ne plus seulement servir notre matière, mais également à nous enchaîner au bénéfice d'hommes tout aussi vulnérables que nous?

Il se trouvera toujours des gens pour dire qu'au-delà de ces restrictions physiques, somme toute mineures selon eux, nous sommes bel et bien libres de penser et d'agir comme nous le souhaitons. À ceux-là, je demanderai s'il est possible d'agir sans penser. Certains trouveront encore à m'opposer que nous sommes parfois mus par nos instincts, sans que l'on ait d'abord le temps de réfléchir, mais je dirai que cela n'arrive que dans des circonstances particulières et que le geste posé est bien plus de l'ordre de la réaction que de l'action. Il résulte de la provocation et non de la volonté de l'individu. En ce sens, il ne saurait être action. L'action, en réalité, découle de la volonté, qui doit elle-même être réfléchie et mûrie. Donc nulle action sans pensée.

Partant de cela, je demande maintenant aux dubitatifs s'il est possible d'agir librement lorsque la pensée est elle-même enchaînée par un quelconque obscurantisme. Comment une pensée esclave pourrait-elle produire autre chose qu'une action enchaînée? Un homme conditionné à penser comme on le lui demande pourrait-il agir autrement qu'à l'intérieur des cadres que lui fixe sa pensée? S'il ne peut concevoir une action à l'extérieur des limites de ses connaissances et de sa raison, il est inévitable qu'il agira en esclave toute sa vie...

Dieu que j'étais con, donc, mais il reste qu'on ne fera pas un esclave de moi.

J'ai pris un billet de train. Je suis parti. Et m'y voilà finalement. Loin de mes vieux qui ne comprennent rien et que j'envoie se faire foutre. Loin des amis à la con qui ne font rien de leur vie. Loin de ce que j'étais et qui ne me plaît plus. Alors voilà, j'y suis. Berlin-Ouest. Et l'endroit est plus étouffant que je ne l'aurais cru. On lit tant de trucs à la maison sur ce Berlin déjanté des années vingt. Et maintenant, que dire sinon que la ville manque d'oxygène? Tout le monde y retient son souffle depuis trop longtemps.

Elle peut bien être décrite comme «libre», Berlin-Ouest, elle ne l'est pas vraiment. On n'en sort pas facilement. On a toujours peur des Russes et des cousins de l'Est. On ne sait jamais trop si c'est encore approprié de se dire «Allemand».

J'ai rencontré l'autre soir un groupe d'étudiants dans un bar de Kreuzberg. Mon âge, mais avec ce sérieux nietzschéen qui me fait défaut – paradoxe allemand. Très sympas, mais carencés. Je n'ai jamais vu tant de doute dans les yeux d'un Français. «Qui suis-je, quand mes aïeux ont commis tant de crimes?» qu'ils doivent se demander. «Quel futur est le mien, si c'est le propre de l'Histoire que de se répéter ? » Bon, je paraphrase ce que doit penser Thatcher. M'enfin…

Beaucoup de questions et bien peu de réponses pour ces pauvres bougres, sinon la certitude qu'après la Pologne, tout est ici sur le point de basculer. Vers où ? On ne sait pas trop. Mais le changement, au final, peut-il jamais ou à jamais être mauvais ? Je ne sais pas.

Il a de toute manière suffi de deux blondes pétillantes pour que ces jeunes Allemands fumant comme des che- minées et ces préoccupations pseudo-philosophiques à la con finissent par m'ennuyer. Je ne parlais pas leur langue et eux, si peu la mienne. Force m'est toutefois d'admettre que les deux jumelles aux boucles d'or ma- niaient quant à elles très bien les leurs.

Berlin-Ouest, 13 octobre 1989

2. Pipe berlinoise

Bon, je me suis vachement trompé. En fait, la ville n'est pas si mal que ça. Faut creuser un peu quand même, mais y a de l'or en barre sous les trottoirs. Une des deux jumelles de l'autre soir, une Hilda portant bien mal son nom – elle est bonne comme une Madonna –, m'a fait visiter un peu.

On s'est promenés dans le quartier des squatteurs. Celui où y a des punks tous les trois mètres. On a fait du shopping. Elle m'a acheté une veste de cuir avec des *spikes* en métal qui dépassent. Puis elle m'a forcé à me faire une crête de coq. Elle disait qu'elle mouillait juste à me voir. Je trouvais cette coupe affreuse, mais l'idée d'ainsi lui lubrifier le passage me l'a fait supporter – quelques heures. Et puis, à Rome, on fait comme les Romains, alors je vois pas pourquoi j'y échapperais à Berlin.

Avec cet accoutrement, on s'est bien baladés. On est passé par la Französische Straße en gobant une *currywurst* pour aller voir Checkpoint Charlie, arrêt obligé, et on entendait les clameurs des enfermés de l'hospice socialo d'à côté. Y avait des bonhommes en képis bruns armés d'AK qui nous zieutaient avec un air de guerre froide. Et nous on s'en foutait grave. En tout cas, surtout elle. Puis on a continué à se balader, on a mangé des *schnitzels* sur Ku'damm, puis on a atterri en soirée dans une fête remplie de sosies de David Bowie.

Y avait des mecs maquillés comme des meufs qui criaient des consignes cassantes façon SS en grattant des guitares électriques pendant que des filles au nez percé se frottaient allègrement contre des manteaux de cuir noir surmontés de hérissons blonds et noirs bien plus tartinés de gel que le mien. À travers l'épais nuage de nicotine, Hilda m'a embrassé et a plongé ses mains dans mon pantalon, me caressant la queue pendant que je commandais deux bières.

Une autre fille – une petite brune aux yeux en amande probablement hérités de son violeur de grand-père caucasien stalinisé en tueur de nazis – s'est plaquée à ma gauche, frottant sa vulve couverte de lycra contre mon entrejambe qui commençait d'ailleurs à bien avoir la gaule. Je l'ai saluée en piètre allemand, puis j'ai éjaculé dans les mains de Hilda qui se les est essuyées sur un mouchoir qu'elle traînait à cette fin dans sa poche.

Mon slip me collait à la peau, et je suis allé dansé queue molle avec la brunette pendant que la blondasse recommençait son manège avec un autre mec aux cheveux encore plus hérissés que les miens. Enfin, tout ça importait peu. On est jeunes. Alors j'ai plongé ma jeune langue dans la bouche de la brunette. Elle s'appelle Yvette. Sa mère a étudié en France. Alors je lui ai redonné un *french kiss*. Puis on est sortis dans la rue, histoire de prendre un peu d'air.

— Alors, pourquoi t'es venu à Berlin ?

— Pour toi.

Bon, ça ressemblait à ça. Un mensonge gros comme ça. Mais ça importait peu. On est jeunes, quoi. On a marché sans dire un mot, puis elle m'a mené dans un building laissé à l'abandon. Une ancienne fabrique. Ça sentait le shit et les cheveux gras à plein nez. Y avait quelques paumés dans l'escalier. On est montés à l'étage et on a trouvé une petite salle où y avait un mec qui taillait une pipe à un autre mec. Elle m'a installé là, à côté d'eux.

Elle a baissé mon pantalon et mon slip bien collé par le sperme. Puis elle s'est fourré le nez dedans, alors que je saluais le mec d'à côté. Jeune, belle gueule – sais pas pourquoi il est forcé de se rabattre sur d'autres mecs pour se faire sucer la bite.

— *So you've met my friend Yvette ?* qu'il a dit.

J'ai hoché la tête.

— *She sucks well, you'll see.*

— Je vois, que je lui ai répondu.

Et je haletais déjà bien comme il se doit lorsqu'elle s'est traînée à genoux chez le mec d'à côté, se bagarrant pour la queue de Hans – parce qu'il s'appelait Hans – avec la tarlouze qui y était déjà. Et moi, on me laissait comme ça, avec mes seules mains pour tout plaisir.

Je les regardais, s'échangeant ce zob allemand. Puis à force de frotter, ben, le génie est sorti de sa lampe. Sur la joue du pédé d'ailleurs, qui s'est immédiatement tourné pour finir de me vider. Et puis voilà, je me suis fait sucer par une tarlouze. Enfin, terminer par une tarlouze. Je ne sais pas si c'était la surprise, mais j'ai vite fait de lui foutre une baffe, et il en a redemandé. J'ai pas insisté et me suis rhabillé. Pendant que je redescendais, Yvette m'a rejoint en courant, rajustant sa petite robe par-dessus ses nichons.

— Mais c'était quoi ce manège? que je lui ai demandé.

— Je croyais que t'aimais bien.

— Eh ben non, justement. Faut pas faire des *a priori* comme ça!

— Désolée, mon beau. Je voulais surtout pas te brusquer…

— Ça va… Allez, tu viens? J'ai faim.

Et elle m'a accompagné jusqu'au MacDo. On a mangé des frites et des burgers. Puis je lui ai demandé ce qu'elle pensait de tout ça. De Berlin. Des manifs à l'Est.

— Je ne vois pas comment je pourrais réellement les comprendre, tu vois. Je n'y suis pas, moi, à Berlin-Est. Mais il est clair qu'avec ce qu'on entend et voit de là-bas – parce que leur télé et leur radio, on les capte aussi –, je ne supporterais pas d'y vivre plus de deux semaines. Ni même une seule d'ailleurs. T'imagines? C'est gris, c'est uniforme, c'est égal partout – y a pas d'espoir. Pas d'opportunités de s'exprimer tel qu'on est. Tu t'imagines ça, toi ?

Elle a mordu dans son burger avant de tendre son pied vers ma cuisse.

Je l'ai ramenée à ma chambre, mais du coup, je n'arrivais plus à l'embrasser. Et je ne sais pas trop si c'était Hans ou le MacDo, mais elle avait eu son lot de protéines en bouche pour aujourd'hui et je n'avais aucune envie d'y goûter.

Berlin-Ouest, 15 octobre 1989

3. Débuts

Honecker a démissionné aujourd'hui. C'est partout à la télé. J'ai tout de suite appelé le mec du *Libé* que j'avais rencontré un peu avant mon départ de Paris. Un type sympa. On s'était battus dans une buvette du Quartier latin quelques semaines avant mon départ. À l'anniversaire d'une copine. Une soirée chiante. Comme tous les anniversaires. Je n'ai jamais compris pour quelle raison on se devait de commémorer cette date. Après tout, ce n'est qu'un processus naturel : un fœtus plus ou moins vivant se fait chier du corps de sa mère dans une orgie de sang et de placenta devant des hommes gantés de blanc. Et c'est un peu ironique au final. Le processus commence quand un type un peu con oublie de se mettre un bout de latex sur le gland. Et il finit lorsque l'immonde bête sale et beuglante est amenée dans le monde par un autre type un peu moins con qui plonge ses doigts de latex dans le vagin élastique de maman. Et c'est vraiment pas un service qu'il nous a rendu, Hippocrate, en exigeant des toubibs qu'ils la préservent, cette sale vie. Parce que le môme en question, il n'a rien choisi. Il n'a aucune idée, mais alors aucune idée de la merde humanitaire dans laquelle il est sur le point de poser le pied. Et nous, comme des cons, on célèbre chaque année le triomphe de cette petite vie de merde. Parce que oui, c'est bien sympa sur le coup, le petit anniversaire avec les amis, la bière, les cigarettes et les conneries de fin de soirée, mais on oublie les impôts, les amours factices, les mauvaises notes, les saloperies des faux copains, les mauviettes qui nous servent de parents, les tortionnaires de la cour de récré, les condoms qui percent, le sida, les cons qui nous dirigent, les sages qui s'entretuent, l'Organisation des Nations pourries, les faibles d'esprit qui étudient, la grosse meuf qui a oublié de se laver mais qui s'assoit à côté de toi dans le RER, les enfants innocents qui crèvent à l'autre bout de la planète, les Bernard Kouchner qui nous mènent en bateau, les singes en cage qu'on essore pour faire du shampoing, les seins ridés de Brigitte Bardot, les vêtements fluo et toutes les autres saloperies qui viennent automatiquement avec cette belle vie qu'on célèbre. Et c'est justement alors que je me remémorais tout ça que Matthieu, le mec du *Libé*, m'est rentré dedans par erreur avec sa petite coupe de bordeaux de pédé à la con. Bon, évidemment qu'il s'est excusé. Mais moi je voyais rouge. Alors je lui ai balancé mon poing à la figure. Comme ils font dans les films. Il a pas tenu et a culbuté dans les tabourets d'à côté. Mes amis s'en sont offusqués. Mais en moins de deux, le Matthieu en question s'est relevé pour m'en coller une au nez. Comme j'étais déjà bien soûl, j'ai pouffé de rire en sentant le sang couler dans ma gorge, lui projetant des postillons globuleux à la gueule. Maintenant que sa chemise était aussi tachée que la mienne, je lui ai dit qu'on devait bien être quittes. Mais il m'en a collé une seconde en plein ventre, et c'est alors que je me tordais de douleur au sol qu'il a dit qu'on était quittes. Il m'a tendu la main pour que je me relève.

— En passant, moi c'est Matthieu, qu'il m'a dit.

— Enchanté, que je lui ai répondu en dévoilant mes dents teintées de sang.

Puis voilà, je ne sais plus trop comment, mais on a discuté. Il a créché à mon petit appart. Y avait plus de taxis, comme ils faisaient tous la grève. Il m'a dit que je lui devais bien ça. Et le lendemain, j'ai fait du café. Entre deux gorgées, il m'a dit qu'il travaillait à la rédac du *Libé*. On s'est dit qu'on resterait en contact. Bref, Honecker a démissionné aujourd'hui. J'ai appelé Matthieu. Et demain, à ce qu'il paraît, je deviens correspondant de presse.

Berlin-Ouest, 18 octobre 1989

4. Murs

C'est hier soir que ç'a finalement débordé. Après Alexanderplatz, y avait plus moyen que ça dure. *Wir wollen raus! Wir wollen raus!* qu'ils ont crié, et, armés de pioches et de pics, ils se sont lancés à l'assaut, sous l'œil incertain des mecs en kaki. Putain, quelle énergie! J'aurais jamais cru que je pourrais un jour vivre ça. Voir ça. Quelle putain de chance, quand même! Non seulement un événement historique, mais en plus, le décrire. À vingt ans. Et côtoyer des vieux journos de la vieille. Putain de merde! Je ne veux pas me vanter, mais j'aimerais bien la voir, la tronche de mes vieux cons.

Alors ouais, voilà, le mur de défense antifasciste est finalement tombé. On a pu entrer à Berlin-Est, Coca-Cola en main et Nike aux pieds. Putain, mais la joie que c'était de les voir quand même. Ça courait d'un côté comme de l'autre. Ça se saluait. Ça se tenait par la main en chantant. Ça s'embrassait comme jamais on aurait cru voir des Allemands s'embrasser.

Dans la foulée, alors que je faisais une entrevue avec deux vieilles sœurs qui ne s'étaient pas vues depuis une vingtaine d'années, j'ai aperçu le Hans de l'autre fois au loin, éclairé par quelques lampadaires. Avec des potes à lui, il s'était perché sur les rebords du mur avec un piano électrique, une guitare, deux ou trois micros, un ampli et un drapeau tricolore. Le leur, pas le mien. Bref, ils jouaient des ballades électrisées en l'honneur d'une Allemagne réunifiée, raillant les politiciens et appelant à un futur heureux. Des filles aux seins nus que le froid faisait pointer dansaient sous eux, sourire aux lèvres et rythme au corps. Je l'ai salué de loin, et il a quitté ses potes illico en sautant du mur, dégoulinant de joie et de sueur, pour venir m'embrasser comme si j'étais un frère revenu vivant du front. Ça m'a mis mal à l'aise.

« On fait une petite fête chez moi plus tard, qu'il m'a crié tout enjoué à l'oreille pour couvrir les clameurs de la foule. Tu veux venir ? »

J'ai dit oui.

C'est con, mais comme il est plutôt chic comme garçon…

Il m'a filé l'adresse et j'ai continué à errer. « Dans trois heures », qu'il avait dit, et il était déjà minuit. Pas grave, l'ambiance était au rendez-vous. Je suis allé faire quelques entrevues de plus avant de trouver un café pour rédiger un peu.

Au bar devant moi, des inconnus s'embrassaient. Leurs corps s'épousaient, cuisses contre cuisses, dans un ballet de mains baladeuses que seuls les amants de passage connaissent. Elle était plutôt belle, dans sa veste de cuir, ses jeans quelque peu déchirés et sa camisole blanche empoussiérée de particules murales grises, mais son mec, c'était autre chose. Je ne les observais évidemment que de profil. Discrètement. Comme un voyeur du Bois-de-Boulogne, bien caché derrière mes bosquets de notes éparpillées. Mais oui, son mec, c'était autre chose. Ça m'a rappelé la Normandie. Le pensionnat. Des trucs qui ne se racontent pas.

Et au final, chez Hans, un peu plus tard, ç'a été semblable. Déjà, il n'y avait que lui et moi. Pas vraiment de fête. Et le reste, ça ne se raconte pas non plus.

Ouais, c'est hier que ç'a finalement débordé. Un mur a été brisé. C'est exaltant, mais putain que ça fait peur.

Berlin-Ouest, 10 novembre 1989

5. « Ça »

On ne naît pas catholique mais on le devient, putain de merde ! Et ils m'en ont bien imprégné, mes cons, de cette pourriture judéo-machin. À la maison, ç'a toujours été plus Ancien que Nouveau Testament.

Parce qu'il y a des règles. Parce que tout se doit d'entrer dans une catégorie. Parce que sans catégories, le monde ne s'appréhende plus par la pensée mais par le cœur et la peur. Parce que sans catégories, c'est l'informe, l'inconnu, l'impossible qui domine.

« Tu sais, ce n'est pas très grave. Ça ne change pas qui tu es », qu'il m'a dit après.

Et j'en ai pleuré. Parce que qui on est, c'est d'abord qui on paraît être aux yeux des autres. Et pour paraître, il faut d'abord savoir ce qu'on veut être, savoir dans quelle catégorie on accepte d'être placé par ceux dont on croisera le regard.

Et je ne sais plus. Ou du moins, je sais. Je vois très bien où je suis et où je veux être. Je vois très bien le chemin. Je sais très bien l'attitude, la posture, le discours qu'il me faut épouser. Et ce n'est pas ça.

Il m'a enlacé, tendrement. Et le simple fait d'écrire cette phrase me déchire intérieurement. Comme si je m'arrachais à moi-même ce qui m'est le plus précieux. Comme si je détruisais ce que j'ai mis tant de temps à construire. Parce qu'il ne peut y avoir de *il* dans cette phrase. Ni de *tendrement*. Ni de *moi*, même s'il est ici diminué et apostrophé. Et parce que la tendresse, au final, ne devrait pas même exister. Et parce que le fait d'écrire devrait immortaliser et que j'ai déjà envie de brûler ces pages.

Je rêve d'un monde dur, froid, brillant et sincère. D'un monde dénué de ces sentiments à la con, qui ne sont que des lubrifiants sociaux réservés aux efféminés de cette planète qui croient sans y réfléchir que nous avons besoin les uns des autres. Aimer. Y a-t-il une plus grande hypocrisie que celle-là? Car nous n'aimons qu'afin d'être aimés en retour. Et n'est-ce pas là la plus grande preuve de faiblesse et de petitesse?

Et je me sens petit. Parce qu'en rentrant à mon hôtel hier matin, j'ai longuement marché et que je ne savais plus où aller. Je ne voulais pas qu'on me voie. Je voulais me fondre dans la foule. Mais je savais déjà que ça ne pouvait plus être. Je me suis lavé trois fois pour me débarrasser de lui. J'ai bu cinq bières pour oublier. Seul. Et ça n'a pas marché. Parce qu'il y a quelque chose de brisé dans l'ordre des choses. Je me suis aventuré hors de la catégorie que je me suis moi-même construite. Et ce n'est pas que j'aie pu aimer ça qui me dérange. Au fond, ça demeure ce que c'est et l'aspect mécanique des choses, bien que repoussant, n'en mène pas moins au même résultat. Ce qui me rend petit, ce qui me dérange, c'est autre chose. Quelque chose de plus repoussant encore. Il en a vu d'autres, et ça l'indiffère. Pas moi. Et j'y pense encore, à lui comme à ça, avec cette affreuse sensation qui me fait dire que j'en veux plus, de lui comme de ça.

« Je t'aime », qu'il m'a lâché en pleine gueule comme on le fait tous au début. Et je lui ai dit que moi aussi. Je me suis pris au jeu et je n'arrive pas à en sortir.

Je ne suis pas pédé. Parce qu'il n'y a rien de mieux qu'une fille, bien étendue sur un lit, jambes ouvertes, offerte, et seins débordants, quémandant. Alors pourquoi ?

J'ai fini mes bières, j'ai repris une douche, puis j'ai appelé Yvette. Elle est passable, mais c'est vrai qu'elle suce bien. Elle est venue, et je l'ai baisée comme je n'ai jamais baisé une femme auparavant. Lentement, durement, longuement. Parce que voilà, il le fallait bien. Je l'ai pénétrée parce qu'il fallait que je lui montre, sans qu'elle le sache, à quel point je sais encore le faire et à quel point j'ai encore envie de le faire. Il fallait que je lui montre à quel point tout ça ne change rien. Alors je l'ai pénétrée parce qu'il le fallait. Parce que je ne peux pas me permettre de sortir de ma case. Parce que ça ne peut pas être moi, ça.

Berlin-Ouest, 11 novembre 1989

6. Pont

Il joue du piano. Il m'a appelé avant-hier pour m'inviter à son spectacle, et j'ai hésité. « Y aura un groupe de jeunes de l'Est. On a décidé de jouer ensemble. C'est en faveur de l'union. » Et c'est comme ça qu'il a fini de me convaincre. Parce que, au fond, j'aime bien le piano et j'avais vachement envie d'y aller.

Il pleuvait et les lampadaires réchauffaient les passants blancs comme neige qui semblent déjà avoir perdu leur enthousiasme d'ex-emmurés. On commence à s'inquiéter ici. La femme de la réception du petit hôtel où je loge paraît dépassée.

« Et on va faire comment, hein, pour les accueillir tous, ceux-là ? Déjà y en a six – six ! – qui sont venus quémander du boulot aujourd'hui. *Ach !* Et les deux autres qui sont venus loger avant-hier ? Eh ben, partis sans payer ! Des frères comme ça, moi j'en veux pas, monsieur », qu'elle m'avait balancé au petit-déj.

Du bon matériel pour l'article sur lequel je bosse.

Mais bref, il pleuvait ce soir-là et le vent glacial avait vidé les rues. Près du mur, seuls les plus courageux persévéraient dans leur entreprise de destruction. Et après l'exaltation du début, on en a maintenant plus grand-chose à cirer, du mur. Les gens circulent par les quelques trous qui ont été ouverts, et pis voilà. Et c'est ce que j'ai fait, parce que le concert, c'était dans une usine abandonnée de Berlin-Est transformée en bar illégal.

Il faisait chaud à l'intérieur, et les lampes à huile diffusaient une belle lumière orange. Il était au fond de la salle, en train de parler avec le guitariste. Je l'ai discrètement salué, de loin, et il m'a souri en retour. Y avait beaucoup de monde, et ça discutait allègrement en attendant le début du spectacle.

Je me suis pris une pilsner bien fraîche et me suis assis au bar, sur un petit tabouret d'où je voyais tout : les groupes de connaissances, les amoureux se tenant par la main, les étudiants paumés qui lisaient à la lueur des flammes. Et lui, au loin. En poche, j'avais mon calepin et mon crayon. Mais je ne me sentais pas l'envie d'en ouvrir les pages.

Ils ont commencé à jouer, et c'est lui qui a capté l'attention de l'assistance. Il brillait. Son talent, sa présence scénique, sa moue tiraillée par les émotions attisées par son jeu de mains – tout en lui brillait. Sa musique le possédait et il devenait lui-même musique. Fluide, gracieux, mélodieux, soutenant l'expression des autres musiciens dont l'art n'aurait su porter sans le rythme et l'unicité qu'il imposait à l'ensemble. Il englobait tout, et la foule, moi y compris, est devenue esclave de sa volonté, transpercée par sa musique et son âme.

Je n'ai jamais rien compris à la musique. Au pensionnat, on m'avait bien forcé à suivre des cours, mais j'étais si mauvais que je me suis dégoûté de son étude. C'est tant mieux. Pourquoi segmenter, compartimenter et couler dans le béton par l'analyse et la technique un art qui se doit d'être aussi fluide qu'aérien ? La musique est pour moi magique, tout comme ceux qui la pratiquent. Et je ne voudrais pas briser le charme en la comprenant, cette force de l'âme d'autrui qui se décompose en notes et en rythmes pour vous insuffler des émotions que vous ne sauriez vivre autrement. Le piano, c'est un peu un pont qui me permet de me reconnecter à ce monde vibrant dont je préférerais ne pas faire partie. Ce monde d'émotions brutes et indéchiffrables qui me répugne tant. Ce monde qui est celui de Hans, et qui m'attire sans que je le veuille.

Le premier *set* s'est terminé abruptement, et tous se sont levés pour ovationner le quatuor. Parmi les admiratrices et admirateurs qui se sont précipités vers Hans pour le saluer se trouvait la tarlouze de l'autre fois.

J'ai pris ma veste et suis sorti.

Dehors, il faisait toujours aussi froid. Il pleuvait et les lampadaires ne parvenaient pas à me réchauffer. Puis au loin, derrière moi, un bruit de pas de course.

« Antoine ! »

C'était lui, évidemment.

Il m'a pris dans ses bras. Sa veste de cuir sentait la cigarette. Ses cheveux, le soleil.

« Viens, qu'il a dit, je n'ai pas fini de jouer ! »

On s'est revus hier, et tout à l'heure, et encore, parce que c'est comme ça.

Berlin-Ouest, 16 novembre 1989

7. Deux mois

Évidemment, ça ne se peut jamais, ces trucs : bonheur, compagnie, blablabla. On a fêté son anniversaire ensemble, puis Noël ensemble, puis le putain de Nouvel An ensemble. On a vu des concerts et j'ai vu ses concerts. J'ai publié près de trente articles, et il ne les a pas tous lus, parce qu'il trouve que je dis bien des conneries. J'ai reçu le titre pompeux d'«envoyé spécial à Berlin». Et j'ai même commencé à regarder les apparts. Enfin, on a commencé à regarder les apparts. Parce que c'est trop petit, son deux-chambres. Et parce que même Yvette, qu'on baise parfois ensemble – parce que oui, ça arrive –, veut emménager avec nous. Et que putain, y a même un *nous* maintenant, et ça me fout les jetons.

Mais «maintenant» n'existe sans doute plus. Du moins, jusqu'à nouvel ordre.

Y a trois jours, j'ai balancé mes plus récents papiers par télex à la rédac. On m'a répondu qu'il fallait que je parte vers le grand Est dès que possible. Moscou, putain. Ils sont bien contents de ce que je leur ai filé et moi aussi, du coup. Ça fera l'édition du week-end. Parce que, apparemment, je ne suis pas trop mauvais pour « dénicher et présenter l'humain derrière l'événement », et blablabla. Je me suis trouvé un bon taf, au final, on dirait. Et ça paie bien. Mais voilà, y a le taf et y a la vie… et les deux ne vont pas forcément de pair. Et c'est tant mieux, parce qu'on ne peut pas toujours avoir tout ce qu'on veut. Ce serait trop beau. Et ça m'a fait penser à l'autre pédé du *Libé*. C'est ce qu'il disait, Matthieu, quand je l'ai eu au téléphone il y a peu : « Tu verras, mon pote, on y prend vite goût, à ce job. Mais oublie tout le reste. »

Je suis allé trouver Hans pour lui annoncer la bonne nouvelle. Depuis dix semaines qu'on se voyait comme ça, qu'on vivait ensemble, et putain, quelle connerie que tout ça. On s'est donné rendez-vous à la boulangerie en dessous de l'appart, là où on prenait notre petit-déj de plus en plus souvent, comme ils ont de bons croissants. Il est arrivé en retard, comme toujours, et c'est ce que j'aime chez ce petit connard de bohème.

— Tu dois vraiment partir ?

— Oui, mais je reviendrai. Je l'espère en tout cas.

On a fait l'am… Je l'ai baisé puis il a pleuré, puis c'est la vie, putain de merde. Le soir, on est allés voir un concert. Y avait un mec qui trompetait du Richard Rodgers. Il a repris *My Funny Valentine*, version Miles. Puis Hans m'a tenu la main devant tout le monde. Et oui, j'ai sans doute pleuré aussi, et puis c'est la vie, putain de merde.

Hier, j'ai fait mes valises et j'ai récupéré le visa que ma rédac avait obtenu pour moi à l'ambassade d'URSS. Puis voilà, maintenant je suis dans le train. Berlin-Varsovie-Moscou. Près de trente-six heures à tuer en tentant de ne pas me tuer moi-même à force de penser à ce connard de pédé de mes deux qui a failli réussir à me détourner de ce que je dois faire. Putain que je hais cette vie de merde.

Berlin, 10 janvier 1990

Antoine
Carnets 2011-2012

16. Mai

Y a rien de mieux que de flâner dans Paris en attendant d'humilier la mère de son môme. J'ai passé tout l'avant-midi à me balader dans le cinquième, histoire d'y mater les jolies petites étudiantes. Ça causait révolutions, Hegel, Sarko et MacDo. Je me suis dit qu'ils étaient bien loin, les jours bénis de 68.

Vers les 10 h, je me suis trouvé un petit café, le Delmas, place de la Contrescarpe. Faisait soleil – pour une fois –, donc j'ai posé bagage sur la terrasse. Y avait trois jeunots à côté. Deux meufs de province, et un Américain aux cheveux jaunes comme un champ de colza. Le type et une des deux meufs s'engueulaient à propos de la politique étrangère d'Israël. Je les espionnais du coin de l'oreille en buvant mon espresso. Toujours un plaisir d'écouter les amateurs bavarder :

— *But*, Mawwrianne, tu ne penses pas que ça va les pousser à attaquer, justement ?

— Non, je te l'ai dit et je le répète : les Israélos n'attaqueront pas. Ça me semble clair pourtant, t'as pas écouté le prof ? Ils ont pas les forces nécessaires pour faire face à des représailles simultanées. Surtout si les Américains ne les aident pas. Et comme Washington est en froid avec MiMi, y a pas à dire, ce serait du suicide pour eux d'attaquer comme ça. Même le Mossad s'y oppose ! T'as pas lu, dans *France Mag* ?

« Et toi, tu sais pas lire ? *Un officier* du Mossad, connasse, pas le Mossad au complet ! » que j'avais envie de lui dire.

— Écoute, moi, je pense que c'est, comme, du *nonsense* pour les Iswwraéliens de ne pas attaquer. Les Iwwraniens ne sont peut-être qu'à trois, quatre semaines d'une bombe nucléaire et ils ont dit plein de fois que eux ils voudraient, comme, *wipe Israel off the map. Like, I mean, the lives of millions are at risk here!* Tu peux pas juste t'asseoir *and hope the problem vanishes on its own, right* ?

— Alors quoi, Brody ? Les Israélos vont voler sur plus de mille trois cents kilomètres, à travers les espaces aériens de la Turquie, de l'Irak ou de l'Arabie saoudite, en plein territoire hostile, sans même pouvoir se ravitailler, et revenir en un seul morceau une fois la mission accomplie ? Ils vont simplement détruire, comme ça, des centrales qui sont à des centaines de mètres sous terre, en une demi-douzaine de lieux différents ? Mais c'est du délire ! Même avec des *bunker busters*, ce sera…

L'autre meuf – très jolie – semblait vachement s'ennuyer. Elle tapotait sur son téléphone en fumant une slim. Elle portait des leggings noirs à la mode, une chemise blanche un peu trop grande pour elle et une tuque de laine grise posée par-dessus des cheveux châtains à la décoiffe étudiée. Elle était belle, d'un genre qui ne se remarque pas tout de suite. Et comme je prenais tout mon temps pour la remarquer, elle m'a lancé un sourire. J'en ai tenté un, mais comme ce n'est pas dans mes habitudes, je lui ai dit :

— Ça t'embête, ces histoires de guerre ?

Les deux autres, outrés de mon impudence, se sont tournés vers moi, attendant la réponse de leur copine.

— Pas du tout. « *Bang bang, io sparo a te, bang bang, tu spari a me, bang bang.* » La guerre, j'adore.

Là, j'ai souri. Elle s'est excusée auprès de ses camarades et est venue s'asseoir à ma table. Je ne l'y avais pas invitée, mais de la visite comme ça, ça ne se refuse pas. On a parlé un moment. Elle s'appelait – enfin, j'imagine qu'elle s'appelle toujours – Jeanne. Elle avait vingt-deux ans et une gueule d'ange. Moi, je ne m'étais pas rasé depuis Jérusalem.

— Alors, grand-père, tu fais quoi dans la vie ?

— Oh, disons que je vagabonde. Et toi, t'es aux études ?

— Oh, disons que je fais l'école buissonnière.

Intelligente, et une belle répartie. On est faits pour s'entendre, que je me suis dit.

— Je parie qu'il y a bien des coins de cette ville que t'as pas explorés.

— Parie tant que tu veux, mon vieux. Je suis imbattable comme exploratrice.

— Tu prétends donc connaître tous les recoins du quartier?

— Mais bien entendu! J'y vis depuis maintenant trois ans, tu sauras!

— Ben dis donc, t'as pas perdu ton accent! Et la place de Furstenberg, tu connais?

— Mais tu me prends pour qui? Bien sûr que oui. Et puis, c'est dans le sixième ça, pas dans le cinquième!

— Pigé! On y va?

— Comme ça?

— Oui. À moins que t'aies mieux à faire?

— Bien, j'ai cours de phi…

— … d'école buissonnière, c'est ça?

— Bon. Tu piges vraiment tout, toi. On y va, oui ou merde?

Alors on est partis. Je me suis acquitté de l'addition. Elle a salué ses amis. On a marché un temps. On s'est faufilés par la place. On s'est embrassés. On a rejoint son appartement. On a fait l'amour. Puis on a parlé. Longuement. Un peu comme avec Sophie, dans le temps. C'était bien.

— Donc t'es père, toi?

— Oui.

— Non! Attends, j'te crois pas.

— Mais si, puisque je te le dis!

— Et tu bosses en Israël?

— Mais oui!

— Et tu veux amener le petit là-bas?

— Eh oui!

— Avec la guerre qui menace ? Un gosse ? Là-bas ?

— Oui, et oui, et oui, autant de fois que tu le voudras.

— Mais t'es complètement barjo.

— Je sais.

Elle m'a embrassé. Il était 14 h. Fallait que je bouge, histoire de faire un détour par *France Mag* et de ne pas manquer mon dîner de cons. Elle m'a gentiment fait une pipe d'adieu, puis je me suis rhabillé. On a échangé nos numéros. Sait-on jamais ?

— J'ai un copain, qu'elle m'a dit en souriant.

— Je m'en fiche, que je lui ai répondu en partant.

Et 68 semblait de retour.

Paris, 14 juin 2012

17. Rue du Colisée

On m'a fait une petite fête au bureau. «Bravo, mec, t'as bien assuré sur le dossier Krassowitz!» «Antoine, tu nous sors d'autres papiers comme ceux-là, et on cartonne!» «Laisse pas le petit empiéter sur ton boulot, hein? On a besoin de toi là-bas! Faudra continuer de produire», «Les lignes ne débloquent plus depuis avant-hier. Tout le monde t'attend pour des entrevues à Tel-Aviv. Faudra continuer le bon boulot!»

Je suis ressorti gonflé à bloc. Prêt pour l'affrontement qui se dessinait.

Ça m'a rappelé que, quand j'étais gosse, les voisins et moi, on jouait souvent aux gladiateurs romains. Comme j'étais le plus vieux du quartier, la plupart du temps, je personnifiais César – ou Commode, selon l'humeur du moment. Les autres mômes se battaient, puis je décidais du gagnant. Plus ils se mettaient de poings sur la gueule, mieux c'était. Alors, pour mousser la partie, histoire qu'ils se fâchent un peu plus quand ils n'y mettaient pas assez de cœur, je criais à l'un ce que l'autre m'avait dit en secret sur son compte. Même si ce n'était pas toujours vrai. « Eh oh, Laurent ! Xavier dit que ta mère pue du trou ! » Et du coup, eh bien, ils visaient mieux quand ils frappaient. Et quand les mômes se battent, les plus vieux règnent en maîtres.

Alors voilà, histoire de bien leur faire comprendre qui dicterait les conditions, je me suis pointé au resto avec une bonne demi-heure de retard. Les deux m'y attendaient comme prévu, l'air franchement ennuyés. Et je me suis dit qu'il faut bien être deux comptables ensemble pour s'ennuyer comme ça.

— Ah ! Mais vous êtes déjà là ?

— T'avais dit 19 h, Antoine, qu'elle m'a grogné.

Elle était pincée, comme ma mère. Lui, muet comme une carpe. Ça augurait bien.

— Ah non, t'as dû mal me comprendre, ma pauvre. J'ai bien dit 19 h 30.

Je me suis assis en empoignant la carte et en y plongeant les yeux, faisant mine de l'ignorer.

— 19 h, c'était, qu'elle m'a lancé.

J'ai relevé les yeux. Elle fumait de rage, la meuf.

— Ah, bon. Si tu le dis. Je commencerai pas à m'engueuler avec toi. Faudrait pas donner l'exemple à Lambert, hein ma chérie ?

L'air était glacial. Lambert fixait l'assiette vide posée devant lui.

— Oui, parce que Lambert, il est mignon, hein ? Faudrait pas lui apprendre les mauvaises manières, à Lambert.

— Bon, Antoine, ça suffit! Lambert et moi, on n'est pas venus ici pour se faire insulter.

— Mais qui parle d'insulter qui que ce soit, ici? Au contraire, c'est tout à ton honneur, Lambert! Tu sais qu'elle m'a toujours parlé en bien de toi, Valérie. Elle me disait combien t'es bien éduqué, doux, charmant, poli. Mais c'est bien! C'est très bien, ça!

— Tu parlais de moi avec Antoine? qu'il a dit, le pauvre mec, en relevant la tête vers Valérie.

— Oh, mais c'est un secret pour personne, Lambert. Tout le monde sait que t'es très doux. Moi je trouve ça très bien, d'ailleurs. Parce que Valérie, elle a du caractère pour deux, hein. Mais tu dois déjà le savoir, ça.

— Bon, Antoine, tu la fermes, ou on s'en va.

— Tst, tst, tst... Personne ne va nulle part. Allons! On est tout de même capables de dîner entre gens civilisés, hein Lambert? Allez, regarde ton fiancé, Valérie, lui au moins, il sait se tenir tranquille. C'est qu'il est poli, Lambert. Il est bien élevé, Lambert. Il est doux, Lamb...

Le serveur s'est pointé. Ils ont affiché leurs sourires prêts-à-porter. Elle a pris une salade, lui, une soupe. Moi, j'ai commandé un bon steak de Paris bien gras, avec des escargots persillés en entrée, tiens.

— Mais vous pourriez commander un peu plus, tout de même! On vient pas au Bœuf sur le toit pour bouffer de la laitue et du bouillon! Allez, c'est moi qui paye, que je vous dis, gâtez-vous, pour une fois...

— Non, Antoine, ça fera. On n'est pas des enfants. On sait payer par nous-mêmes, alors...

— Mais, mais, Valérie, Valérie… Tant de contraintes, tant de parcimonie, que vous êtes sages! Mais bon, peut-être que vous suivez les principes de l'avare: «Il ne faut pas vivre pour manger, mais bien manger pour vivre», n'est-ce pas? Ou est-ce plutôt que les affaires ne vont pas bien? Elles vont bien tes affaires, Lambert?

— Oh, tu sais…

— Oui, oui, je sais, je sais, Valérie m'a raconté. Dur d'être comptable sur Paris, hein? Ça joue dur, ici. Sans doute que c'est pas fait pour tout le monde? Ah, et puis tu sais, ce sera certainement plus facile pour toi à la Martinique. Y a moins de concurrence.

Là, c'était du bluff à mon meilleur.

— Et tu lui parles de mes affaires en plus, Valérie?

Il a mordu! *Veni, vidi…*

— Mais je ne lui ai rien dit du tout! Tu ne vois pas qu'il essaie de te manipuler?

— Eh oh, Valérie, un peu de respect quand même! Lambert, c'est pas un type à se faire manipuler. Tu le sais bien, non?

— Bon, là, Valérie, tu vas devoir m'expliquer. Tu parles encore à ce salaud?

— Eh oh, Lambert, ton langage s'te plaît! Je viens ici avec un drapeau blanc, moi. Faire la paix, d'accord? Tout ce que je veux, c'est qu'on s'entende comme des adul…

— La ferme, Antoine! Chéri, je ne sais pas pourquoi tu l'écoutes. On parlera de tout ça plus tard, d'accord? Là, il faut régler le cas de Matisse.

— Mais… mais régler quoi au juste ? Je croyais que c'était clair ? Je prends le petit demain matin, et on part ensemble sur Tel-Aviv. Je vous le renvoie dans six mois, comme prévu.

— Tu le laisses partir demain avec Matisse ?

— Tu lui as pas dit, Valérie ?

— Mais dit quoi, au juste ? Mais vous me tapez sur les nerfs, vous deux ! Tu parles de quoi, là, Antoine ?

— T'as reçu mon message, au moins ?

— Mais quel message ?

— Celui que j'ai envoyé à Lambert. Ou à toi. Enfin, je me rappelle plus. *valetlamb* sur Gmail, ou un truc du genre, non ? Hier soir. Vers les 23 h. Juste avant d'acheter les tickets, en fait. Et comme j'avais pas de réponse et qu'ils étaient en promo, ben…

— T'as acheté les billets ?

— Mais oui… Comme vous répondiez pas, je me disais que vous n'y voyiez aucun problème !

— Ah mais ce que t'es con, Antoine ! Ce que t'es con ! Ce que je te déteste ! C'est *lambert-et-val…*

— Bon, bon, écoute, je suis désolé. Je peux toujours demander de repousser la date sur les billets si ça vous arrange. Mais ça devra aller au mois prochain, à tout le moins, hein. Parce que bon, si je reste un peu plus longtemps, y a mon père qui voudra que je vienne faire mon tour en Normandie, l'aider dans ses rénos sur le toit. Et bon, tu sais comment c'est, à la mer, y a pas vraiment de place pour le petit… Et puis y a aussi le magazine qui parlait de m'envoyer faire un topo en Norvège si je restais plus longtemps. Alors ça vous forcerait à garder Matisse encore un bon moment. Que quatre ou cinq semaines, mais quand même…

Les deux demeuraient clos comme des huîtres. La boustifaille est arrivée. Quelques feuilles de cresson pour madame, un consommé de bœuf pour celui dont on ne sait plus trop, et des escargots bien gratinés pour monsieur.

— Et puis bon, comme je vous ai déjà forcés à retarder votre départ sur la Martinique, je voudrais surtout pas vous causer plus de tracas. Je sais que Lambert a besoin de travailler pour payer les factures, alors je me disais que ça vous rendrait service.

— Aah, mais t'es vraiment…

— Attends, Valérie, c'est quand même pas faux ce qu'il dit, Antoine. Ça nous permettrait de part…

— … mais tu la fermes, toi aussi, à la fin ? Qu'est-ce qui vous prend, tous les deux ? Vous êtes ouf, ou quoi ?

Elle criait. Les vicomtesses alentour désapprouvaient de la tête.

— Oh, Valérie, s'te plaît ! Pas de scandale, hein ?

— La ferme, Antoine !

Puis elle s'est mise à pleurer.

— Hé, mon bébé – il l'appelait son « bébé » ! –, faut pas pleurer comme ça. Écoute, je suis persuadé qu'Antoine saura en prendre soin, de Matisse. Et ça nous donnera du temps pour nous retrouver, toi et moi. On pourra préparer la chambre du petit dans la nouvelle maison, tiens !

Elle n'en pouvait plus. Elle pleurait comme une Madeleine. Elle s'est levée et est sortie au pas de course.

— Excuse-la, elle est fatiguée, je crois.

— Mais y a pas de problème, Lambert. J'ai l'habitude. Je sais que c'est pas facile.

— Tu permets ?

— Mais bien sûr, vas-y. On se voit demain à 8 h, d'accord ?

— D'accord…

Vici ! Y avait pas à dire, Antoine remportait la palme par K.-O. Mais c'est César qui triomphait. J'ai fini mes escargots, entamé le steak, puis je suis rentré à l'appart pour acheter nos billets d'avion, à Matisse et moi. Maman n'était pas là. Sans doute chez son amante. Je l'ai rencontrée, la meuf. Une ancienne CRS. Aussi charmante qu'une nageuse est-allemande.

Paris, 14 juin 2012

18. Papa

Je m'en allais les poings dans mes poches crevées,
Mon paletot aussi, devenait, idéal,
J'allais sous le ciel, Muse, et j'étais ton féal,
Oh là là ! Que d'amours splendides j'ai rêvées !
Mon unique culotte avait un large trou,
Petit Poucet rêveur j'égrenais dans ma course,
Des rimes. Mon auberge était à la Grande-Ourse,
Mes étoiles au ciel avaient un doux frou-frou,
Et je les écoutais, assis au bord des routes,
Ces bons soirs de septembre où je sentais des gouttes,
De rosée à mon front, comme un vin de vigueur,
Où, rimant au milieu des ombres fantastiques,
Comme des lyres, je tirais les élastiques
De mes souliers blessés, un pied près de mon cœur.

Je ne sais pas pourquoi, mais c'est à ce poème de Rimbaud chanté par Ferré qu'il m'a fait penser, mon fiston, quand je l'ai vu à travers la fenêtre du taxi. Il était assis tout seul devant la porte comme un grand, avec ses bagages et tout ! La larme à l'œil, il ne semblait

143

pas trop savoir ce qu'il attendait. Quels cons… ils n'étaient même pas fichus de m'attendre avec lui. Heureusement que je suis arrivé à 8 h pile, comme prévu. Parce qu'avec tous ces Dutroux qui rôdent partout, on ne peut plus faire confiance à personne. Plus loin on sera de la Belgique, mieux on se portera.

Ça devait faire dix mois que je ne l'avais pas vu. J'avais bien une photo de lui, quelque part dans mon portefeuille. Mais comme je me l'étais fait piquer à la gare de bus de TLV, trois semaines après mon arrivée, par un Éthiopien qui courait au moins aussi vite que Gebreselassie, ben – et je sais pas si ça fait de moi un mauvais père – je ne me souvenais plus trop de ce à quoi il ressemblait, le môme. J'avais oublié à quel point il était beau. À quel point il me manquait aussi, peut-être. Il a de ces petits yeux bruns inquisiteurs. Un peu comme la mère de Valérie. Sauf que chez elle, c'est la mort. Chez lui, c'est mignon. Du genre intello. Faut espérer qu'il vieillira mieux qu'elle.

Je l'ai observé un moment du taxi, au grand bonheur du Rebeu qui me facturait temps double, puis je suis sorti de la voiture. Il a levé sa petite tête, a écarquillé les yeux, puis s'est jeté dans mes bras.

— Papa ! qu'il a crié.

Et moi, j'ai pas honte de dire que j'ai pleuré. Ça faisait rudement longtemps.

— Maman, elle… elle dit qu'on va prendre l'avion ! C'est vrai ?

— Oui, mon bonhomme, c'est bien vrai.

Et j'ai mis ses petits bagages dans le coffre en chialant comme une meuf.

— Pourquoi tu pleures, papa?

— C'est les allergies, fiston... T'as bien dit au revoir à ta maman, au moins?

— Oui. Mais... mais elle... elle a dit qu'on ne se verra que dans très, très longtemps. C'est vrai?!

— Oui, c'est vrai, mon beau. Allez, monte maintenant.

Et pendant le trajet, il m'a raconté comment il était récemment allé voir le film sur les Schtroumpfs, qui étaient très drôles parce qu'ils étaient tous en bleu, et il a beaucoup ri parce qu'il trouvait que Gargamel, c'était étrange comme nom, et il m'a dit comment il aimait beaucoup jouer aux dinosaures parce que les dinosaures ce sont des géants et qu'ils sont vraiment amusants avec leurs longues dents et leurs longs cous qui sont beaucoup beaucoup plus hauts que la maison de Lambert, ce qui n'est pas étonnant d'ailleurs, et il m'a parlé de Cacahouète, le chat de l'amant de maman, qui aime beaucoup se faire flatter et qui ronronne aussi et avec qui il a de longues discussions avant de s'endormir le soir, et il m'a demandé si on aurait un chat nous aussi, et je lui ai dit que non, et il m'a dit qu'il faisait toujours bien attention de se recroqueviller sous ses couvertures la nuit en bloquant tous les accès aux monstres avec ses pieds et ses bras, parce que les monstres, ils pourraient se cacher sous le lit et tenter de se glisser entre les draps et le matelas pour le dévorer et que ça lui fait peur, et il m'a fait promettre qu'il n'y avait pas de fantôme là où on allait parce qu'il y avait un plus vieux, au jardin d'enfants, qui lui avait juré qu'il en avait vu un, un fantôme, et qu'il n'avait pas de tête en plus, avec des chaînes et tout, et puis on est arrivés à CDG. Et je m'ennuie déjà de son petit rire qui résonnait dans le taxi quand je le chatouillais pour qu'il cesse de dire des bêtises.

En tout cas, c'est bien la première fois que je voyage avec un enfant à côté de moi sans vouloir me tirer une balle. On dira ce qu'on voudra, mais elle l'a bien élevé, la meuf. Il s'est assis sans qu'on l'aide, et a dit «merci beaucoup, mademoiselle» à l'hôtesse de l'air qui lui a apporté des crayons de cire et un croquis d'avion à colorier. Il s'est émerveillé comme seul un gosse peut s'émerveiller lorsqu'on a survolé la tour Eiffel, puis il s'est plongé dans le *Babar* que je lui avais acheté au terminal. Après, ça peut paraître idiot, mais c'est vraiment le septième ciel de voyager avec un môme. Ça les excitait, les hôtesses. Elles étaient aux petits oignons avec le fiston et moi. Normal. À voir la gueule du môme, y a pas à dire que j'ai de bons gènes. Elles en rêvent, c'est certain. J'ai pris le mail de la petite brunette aux pommettes saillantes. Elle couchera deux nuits à TLV, à ce qu'il paraît. *C'est fou comme on se sent seule, à force de faire ce boulot…* Clin d'œil, clin d'œil.

On commence la descente, et Matisse dort profondément entre le hublot et moi. J'ai presque envie de le réveiller pour qu'il voie du haut des airs son nouveau chez-lui. Mais il est trop craquant. Ce ne sera sans doute pas de tout repos de l'avoir avec moi, mais je suis certain que ça en vaudra le coup – et le coût.

J'ai de la chance, tout de même ! Grâce au taf, je me suis épargné presque tous les cris et le chialage. Et maintenant, je le cueille juste au bon moment. Il est encore beau comme un cœur, et c'est l'âge où il forme son caractère. Je n'aurai qu'à le retourner à l'expéditrice quand les boutons apparaîtront.

Méditerranée, 15 juin 2012

19. Représailles

L'atterrissage à Ben-Gourion a été pour le moins caho-
teux. Ils ont fait chier aux douanes, et un peu plus qu'à
l'hab. Le petit, ça l'a amusé, au moins. Je lui racontais
comment les messieurs qui feuilletaient nos passeports comme on apprend la Torah par cœur étaient
des grands méchants – semblables à Gargamel, tiens –
et les pauvres cons n'y comprenaient que dalle, sinon
le rire du môme qu'on n'a pas besoin de traduire. Et
c'était clair qu'on faisait la paire tous les deux, alors
soit on avait longtemps traîné dans un camp de djiha-
distes algériens de Nanterre ensemble, soit il était mon
fils, et moi, son père. Comme ils ont choisi la première
option, j'ai dû me quereller une bonne demi-heure avec
un salaud de capitaine – ils m'ont amené devant le capitaine ! –, à lui expliquer comment j'appellerais dès lundi
le bureau du PM à Jéru pour lui dire comment on traite
les journos avec carte de presse valide à Ben-Gourion.

Ça ne l'a pas impressionné. Il m'a dit en mâchant
ses mots que ça se voyait bien que j'avais de bonnes relations avec le PM. Je n'ai pas tout de suite trop compris

pourquoi. «Tous les voyageurs, qu'il a solennellement enchaîné après avoir feuilleté mes papiers, doivent maintenant se soumettre aux nouvelles mesures de sécurité.» Et quand je lui ai demandé ce qu'ils avaient bien pu imaginer de nouveau, comme mesures de sécurité, cet enculeur de mouches m'a forcé à lui montrer mes mails, puis j'ai fait connaissance intime avec ses doigts cornus. Le petit lisait son *Babar* à haute voix dans la salle d'à côté. Il n'a pas dû entendre mes cris. Ç'a toujours été *a pain in the ass* – comme disent les anglos – d'entrer en Israël, mais là, ils se sont vraiment dépassés. Je n'ai compris pourquoi que plus tard. On avait dû me reconnaître. Parce qu'à ce qu'il paraît, je suis maintenant célèbre sans le vouloir.

À la gare au sous-sol de l'aéroport, j'ai acheté une barre chocolatée avant qu'on bouge, histoire de le remercier, le môme. Du coin de l'œil, j'ai vu qu'il y avait ma boule à la une du *Haaretz*. J'avais peut-être gagné Mister Israël…

— Tiens. Ça c'est pour toi, comme t'as bien fait ça dans l'avion.

— Pourquoi y a des dessins sur l'emballage, papa?

— C'est de l'écriture, mon grand. C'est comme ça qu'ils écrivent ici. Faudra t'y faire.

— Mais… mais… je vais devoir apprendre à… à écrire comme ça, moi aussi?!

— Mais non, fiston, mais non. Allez, monte!

On a donc pris le train, Matisse et moi, et là, ça m'a frappé. Une copie du *Haaretz* de la veille traînait sur un des sièges. À la une : *FRENCH REPORT COLLATERAL VICTIM : KRASSOWITZ SACKED FROM CABINET – MiMi forms alliance with the Purples.*

Avant même qu'elle ait pu tenter quoi que ce soit, la pauvre meuf, ce Machiavel de grincheux l'avait mise à la porte, cette belle poitrine de ministre des Affaires étrangères. Et le *french report*, ben, c'était le mien, faut croire. Ça augure bien, que je me suis dit. D'autant plus que les Mauves, c'est le FN version judéo-juive-et-rien-d'autre. Le genre sionisto-révisionniste à suivre les mitzvot du Deutéronome à la lettre, quoi : *Oui, tu les dévoueras à l'anathème, ces Hittites, ces Amorites, ces Cananéens, ces Perizzites, ces Hivvites, ces Jébuséens, ainsi que te l'a commandé Yahvé ton Dieu*, et lalalèreu.

C'est un peu effrayant, que je me suis dit. Le chef des Mauves, un type né à Krasnoïarsk, vient de déménager au Kiryat HaMemshala comme ministre des Affaires étrangères *et* de la Défense, et il est inflexible comme un Russe. Bref, il a bien joué du scandale pour se positionner. Avec ces deux postes en poche, il est presque plus puissant que le PM. Le seul truc de bien dans tout ça, c'est que ça confirme ce qu'on savait tous depuis longtemps : en Israël, la diplo, elle se fait à coups de marteau. Et maintenant ça sent vraiment la guerre à plein nez. C'est un vieux de la vieille – enfin, pas si vieux que ça – qui le dit.

Mais ce n'était pas tout. En page A3, on annonçait que le colonel tueur de fillettes palestiniennes venait d'être arrêté et qu'il comparaîtrait dans quelques semaines devant la cour martiale de Jaffa, au sud de TLV. Pas pour crimes contre l'humanité, pas pour crimes de guerre, pas pour vol à l'étalage, mais pour sédition, trahison et d'autres bêtises pour lesquelles il risque maintenant le peloton qu'on vient de réhabiliter. Ça augure doublement bien, que je me suis dit. C'est quand même fou tout ce qu'on peut manquer en ne partant que quelques jours.

Et moi, j'étais si absorbé par ma lecture que j'en avais presque oublié Matisse, qui de toute façon fixait le couchant par la fenêtre alors qu'on passait à travers Bagdad Town. Il n'avait pas dit un mot depuis qu'on était montés dans le train.

— Ça va, fiston ?

— Non, qu'il a murmuré, les yeux pleins d'eau. Je m'ennuie de maman… Et je veux pas apprendre d'autres lettres ! qu'il a rajouté avant d'éclater en sanglots.

C'était le déluge, et il y avait bien des barbus boudinés aux alentours mais pas de Noé dans les parages. J'ai eu envie de lui dire que « moi aussi je m'ennuie de maman, mais j'en fais pas tout un plat », sauf que je ne l'ai pas fait parce que j'en ai rien à cirer de la connasse. Alors je l'ai simplement pris sur mes genoux en embrassant sa petite tête brune.

— Ça ira bien, toi et moi, je te le promets, mon bonhomme.

Il ne m'a visiblement pas cru parce qu'il a continué à chialer. Je ne me serais pas cru non plus. Mais tout de même… pas encore vingt-quatre heures qu'on avait quitté la France et, déjà, il me faisait une crisette d'enfant gâté de mes deux. Ça aussi, que je me suis dit, ça augure bien…

En arrivant à HaHagana, on a pris un taxi pour rentrer à la maison. J'ai réactivé mon téléphone israélo pour envoyer un texto à sa chienne de mère, puis ç'a été le second déluge. Je me sentais plus désœuvré qu'un Haïtien, c'est dire… J'avais cent vingt-six appels manqués – la plupart provenant des mêmes numéros –, trois cent quarante-six SMS en hébreu, en français, en anglais, en espagnol, en arabe, en perse et en que sais-je encore, et cinquante messages vocaux – le max que me permet mon forfait. Là, c'est moi qui ai failli pleurer. Ça allait de « *Hey Antoine mate, great report you wrote! Sad you scooped us on that one, but eh, the damn rules of the game! Mind doing an interview with us 2morrow? Call me back – it's JP from the CBC* » à « *I'm gonna tear your fucking eyes out, you motherfucking piece of shit! You're taking us to war, you cocksucking son of a bitch.* » Et ça m'aurait bien fait rire tout ça, sauf qu'avec le môme, ça m'a grave foutu les jetons, quoi. Faudra penser à l'inscrire à des leçons de karaté…

On est arrivés à l'appart, pas loin de l'intersection d'Allenby et Rothschild, et c'est là que ça m'a frappé une fois de plus. Y a pas deux semaines, je ne me souvenais même plus que j'étais père. Et là, voilà que je me retrouvais avec un gosse de trois, quatre ans – 2008… donc ouais, voilà, quatre ans – dans un minuscule quatre pièces avec qu'une boîte de céréales dans l'armoire et du lait au frigo. Et puis le lait, ben, il avait sûri, quoi. En plus, c'est sabbat ce soir, et forcément, les connards de hassidim qui possèdent l'arabe du coin sont fermés.

Donc je me suis bien engueulé en hébreu avec le chauffeur palesto, parce que ça fait du bien et qu'ici on peut faire ça en toute impunité, puis j'ai pris nos bagages et on est montés à l'étage. Je ne l'ai même pas vu m'observer depuis l'autre côté de la rue… J'ai installé Matisse dans ma chambre, le temps que je lui en arrange une.

— Tu vois, mon grand, papa t'aime tellement qu'il va dormir sur le sofa – comme quand je vivais avec maman !

— J'ai faim, papa, qu'il a trouvé à me répondre.

Je lui ai dit que j'irais lui chercher du MacDo dans un instant, sauf que ç'a sonné à la porte. J'ai ouvert et c'était Oren. Et il m'a bien cogné, pour une tafiole ; un crochet droit, direct sur la mâchoire ! Le petit a tout vu et s'est mis à chialer pendant qu'Oren m'engueulait comme du poisson pourri avec son connard d'accent britiche.

— Idiot ! Maintenant, à cause de vous, tout est perdu ! C'est la guerre !

Et blablabla, bouhouhou.

Il s'est arrêté de crier quand il a vu ou entendu le môme.

— Vous avez un fils, vous ? qu'il m'a dit, interloqué.

Moi, j'étais par terre, K.-O., le nez en sang.

— Ben tiens, que je lui ai répondu à travers le filet rouge qui me coulait dans la bouche.

Il m'a tendu la main en s'excusant.

— Je suis désolé, si j'avais su que votre fils était là, je n'aur…

Et là, je lui en ai foutu une qui l'a envoyé par terre, lui aussi. Le petit s'est mis à chialer doublement. C'était comme s'ils étaient deux dans un même corps. Je n'ai pas vraiment compris comment il a fait pour crier autant tout d'un coup, mais Oren m'a fait une jambette avant que je puisse y voir clair, et je lui suis tombé dessus.

— Bon, bon, ça suffit maintenant ! Mais qu'est-ce que c'est que ces conneries ? que j'ai fini par lui crier en pleine tronche, à Oren, et ça l'a calmé, le pédé, parce qu'il s'est mis à bander grave.

Il s'est excusé à nouveau, on s'est tous les deux mis à rire, et je l'ai aidé à se relever. Le petit pleurait encore, mais cette fois son double avait disparu.

Comme il ne fallait quand même pas ameuter les voisins tunisiens d'en bas, j'ai essayé de le faire taire, le petit.

— Eh oh, fiston, y a pas à pleurer comme ça, que je lui ai dit pendant qu'Oren me tendait un mouchoir. Tu vois, c'est que du sang. Y a pas à avoir peur. Allez, cesse de pleurer et viens un peu, que je te présente Oren. Il te frappera pas, promis.

Oren et moi on a bien éclaté de rire, mais le petit n'a pas bougé de derrière le comptoir où il s'était caché.

Je suis allé m'agenouiller pour lui faire une accolade. Il tremblait, le pauvre.

— T'as froid, mon p'tit homme ?

— Non pa… papa, qu'il m'a répondu à travers ses sanglots.

J'ai demandé au pédé de nous laisser un moment, histoire de le rassurer.

— Écoute fiston, c'est rien, papa est là. T'as pas à avoir peur. C'est un… c'est un ami… un pote, quoi. T'en as toi aussi, des amis, non ? Et parfois les amis, ils s'en collent quelques-unes. Comme ça. Ça arrive. Y a pas de quoi en faire un drame, hein ? Viens mon amour, viens qu'on aille dire bonjour à Oren.

Je l'ai pris dans mes bras. Il s'agrippait à moi comme un chat échaudé.

— Chut…, que je lui ai chuchoté à l'oreille.

Et vraiment, je me suis dit que ça augurait vraiment, mais vraiment très bien tout ça.

Tel-Aviv 15 juin 2012

20. Trois petits cochons

Quand les seuls restos du quartier qui ont la décence de demeurer ouverts pendant sabbat pour les non-kasher sont en vérité – je vous le dis! – eux-mêmes kasher, qu'ils s'appellent MacDo mais ne servent pas de bacon et que le petit veut un Royal Bacon, ben, ça augure bien ça aussi, que je me suis dit. Heureusement qu'il y avait Oren pour le prendre à part et lui expliquer l'idée, à Matisse, parce que j'étais dans un tel état hier soir, avec mon bout de mouchoir dans le nez, ma chemise couverte de sang et la migraine qui me bouffait le cerveau, que je lui en aurais bien collé une, au môme, s'il avait fallu qu'il se remette à pleurer comme un pédé.

— Hé, Matisse! C'est Matisse ton petit nom, n'est-ce pas?

— Boui…, qu'il a murmuré en menaçant d'éclater.

— D'accord. Alors dis-moi, Matisse, t'as déjà entendu parler de l'histoire des *Trois petits cochons*?

— Moui…

— Et tu les aimes bien, les trois petits cochons, dis?

— Oui… mais ils se font manger par le grand méchant loup!

— Eh voilà… Alors tu vois, ici, en Israël, on les aime tellement les trois petits cochons que personne ne les mange! Pas de bacon chez nous, donc! Tu comprends?

Le petit avait l'air éberlué, mais ç'a marché. Comme il n'a pas vu *Chicken Run*, il a pris des croquettes de poulet puis on est rentrés à la maison. Je ne me serais jamais douté qu'une tafiole comme Oren saurait user de tant de psychologie. Pour le remercier, mais aussi pour qu'on s'explique sur son comportement de pédé, je l'ai invité à prendre un coup dans le salon. Matisse a bouffé, je l'ai couché et on s'est assis pour discuter.

Je lui ai servi ce qu'il me restait de Gold Label, puis j'ai ouvert la bouteille de Krupnik que la meuf du HaMinzar – celle avec le chien de poche – m'avait donnée pour me remercier de l'avoir si bien ramonée. J'ai mis ce vinyle d'Avishai Cohen que j'avais trouvé au Shuk Hapishpeshim de Jaffa il y a quelques semaines. Je trouvais que ça sonnerait bien pour l'atmosphère.

— Alors, raconte… qu'est-ce qui t'as pris, mec? que je lui ai dit en m'allumant une Gauloise.

— Je suis vraiment désolé, Antoine. J'ai dépassé les bornes, je le vois bien. Mais vraiment, de vous voir, ça m'a mis dans une de ces colères…

— Bon, tu vas tout de suite m'arrêter ce vouvoiement à la con, d'accord? On s'entend pour dire qu'on

tape pas sur les gens qu'on vouvoie, quand même?
C'est pas très sérieux...

— Vous avez... enfin, tu as... tu as raison. Je suis
vraiment désolé, si j'avais su qu...

— Bon, et puis t'arrêtes les excuses, aussi...
T'es vraiment qu'un putain de Canadien, toi. Alors,
explique-toi!

— Ouais... ben, c'est que j'arrive tout juste de...
de la base, quoi. Près de Netanya... Et maintenant, à
cause de toute cette histoire, on me bouge!

— Mais de quelle histoire tu parles, là? L'article
sur les pédés? Mais j'ai changé ton nom et tout!

— Non, non. Pas celui-là... Celui sur Krassowitz.
Et puis, tu arrêtes de dire «pédés», s'il te plaît! Donc
non, y a pas que moi qui bouge. Toute ma cohorte doit
se rapporter à Netanya après Roch Hachana, qu'ils ont
dit. Et je n'ai même pas fini mon année de formation.
Mais là, avec les Mauves au pouvoir et ces rumeurs de
guerre, on nous force à intégrer le bataillon Shaham
avec près de sept mois d'avance... et je ne suis pas prêt,
moi. Bref, c'est la merde, quoi. C'est nous qu'ils vont
envoyer se faire tuer si cette guerre finit par éclater...

— Eh oh, on se calme mon bonhomme, qu'est-ce
qui te dit qu'elle éclatera, cette guerre?

— Mais vous n'avez pas vu les nouvelles? Enfin...
tu n'as pas vu les nouvelles?

— Mais bien sûr que je les ai vues, les nouvelles!
Ils ont mis dehors cette conne et en ont fait entrer un
plus idiot encore. Et après, qu'est-ce que ça peut bien

faire? Vous êtes toujours en guerre, de toute manière!
Et puis, pourquoi tu m'impliques dans tout ce bric-
à-brac, aussi? J'ai fait que sortir l'info, moi!

— Et toi, pauvre type, tu n'as pas pensé une
seconde aux vies que tu affecterais, peut-être? Avant
d'envoyer ton papier, par exemple…

— Mais de quelles vies tu me parles, mon vieux?
C'est quoi, ce délire? En quoi j'en suis responsable,
moi, de ces vies, tout d'un coup? Tu crois vraiment
que toute cette merde, c'est ma faute? Tu crois vraiment qu'elle vous aurait évité la guerre, cette meuf
de mes deux? Mais t'es complètement barjo, toi! Le
vote de confiance qu'elle entendait passer lors du
congrès… allons donc, mais c'était de la foutaise! Ça
n'aurait jamais, mais jamais fonctionné! MiMi est plus
rusé que ça, quand même…

— Ce n'est pas ce que tu disais dans ton papier, je
te rappelle! Ni ce que disent *Haaretz* et le *JPost*… Je
peux te prendre une cigarette?

— Je t'en prie. T'as du feu? Eh oui, parfois, pour
vendre de la copie, faut savoir être dramatique, mon
vieux! Ah et puis merde, non mais vraiment! Je me
croirais en train de donner un cours sur la vie à un
gosse, moi! Mais va vraiment falloir t'ouvrir tes petits
yeux doux et réaliser dans quel monde tu vis, mon
pauvre mec…

— Tu es un sale con, tu sais?

— Et toi un p'tit naïf, mon pauvre. Allez, viens
qu'on trinque à cette vie de merde et à cette belle

et bonne guerre que tu nous imagines! File-moi le paquet!

— Non mais là, c'est moi qui rêve! Tiens. Non mais tu t'entends parler? Tu ne te rends vraiment pas compte, quoi! Eh oh! Moi, Oren, et mille autres types comme moi, on part en guerre sans préparation à cause de tes conneries!

— Mais de quelle guerre tu me parles encore, mon grand? Ça commence vraiment à m'emmerder, tes divinations de pseudo-expert en géopolitique! Tu veux que je te dise? Y en aura pas de guerre! Niet! Non! Loh! Rien du tout! On va que t'envoyer contrôler le Palesto là… en… en Cisjordanie, tu verras! Et puis, s'il y a la guerre, eh ben, mon vieux, y a la guerre! Qu'est-ce que tu veux que j'y fasse, moi? Tu crois vraiment que tout ça serait ma faute? Ben vas-y, frappe à nouveau! Mais laisse-moi tout de suite te dire que, dans le vrai monde, y a des forces et des mécanismes qui sont bien plus puissants et influents que le pauvre mec en face de toi! Tu pourras toujours blâmer ce connard de Slave qui a tué François-Ferdinand, mais tu peux pas comprendre le reste sans voir ce qui se préparait – les tensions, les intérêts, les magouilles, etc. Allons donc, si je l'avais pas sortie, l'info, ç'aurait été un autre et puis c'est tout! Et tu le sais aussi bien que moi, d'ailleurs! Et puis d'abord, t'avais qu'à t'organiser pour ne pas le faire, ton service, si t'en as si peur, de la guerre! Qu'à mentir, à te faire passer pour un détraqué, et à rester bien peinard chez toi à regarder Eurovision en te branlant pendant que d'autres

se battent pour ton fichu pays. Voilà tout… Ah, et puis
à vrai dire, viens plus me faire chier avec tes petites histoires de meuf effarée… La vérité, c'est que je m'en bats
les couilles, moi… Voilà!

— …

— Tiens, prends un peu de Krupnik! Ça te
calmera.

Le vinyle avait cessé de jouer. Je me suis levé pour
le retourner. Et quand moi je me suis retourné, y avait
Oren qui s'était allongé sur le divan, ses bottes de soldat sur l'accoudoir, fumant sa clope. J'ai bien beau le
détester que je ne le hais pas pour autant, ce gosse. Il
est sympa, quand même. Bon, c'est un connard, mais
un chic connard. Et c'est que parce qu'il est jeune. Ça
passera avec le temps. Faut avoir espoir. Après tout, la
rédemption est possible pour tout le monde sur cette
maudite terre sainte. Parlant de rédemption…

— Alors, t'as un mec ici, à Tel-Aviv? que je lui ai
demandé.

— Oh… Tu veux vraiment parler de ça?

— Non. Mais comme j'ai bu, c'est maintenant ou
jamais.

— Ah… non, je ne pense pas, non.

— Allez, tu peux bien me raconter, quand même!

— Et toi, tu as une femme à Tel-Aviv? Ou à Paris,
peut-être? La mère de l'enfant?

— En quoi ça te regarde, ça?

— En quoi ça te regarde, que j'aie un copain ou
pas?

— Allons, je suis journaliste, moi! Tout m'intéresse!

— Sauf ce qui ne fait pas ton affaire, on dirait.

Il me l'a quand même bien envoyée, cet enculé de
pédé. Et ça m'a marqué. Il a peut-être raison, cet Oren
de mes deux. Mais ça ne m'a pas empêché de lui dire
d'aller se faire foutre.

— Ah, tu vois… tu n'es… tu n'es même pas prêt
à faire face à la critique! Pourtant, toi, tu critiques
beaucoup.

Il s'est levé et est venu s'asseoir à côté de moi.

— Tu vois, Antoine, tu as un caractère de dur
mais j'ai souvent l'impression que… que tu ne penses
pas vraiment la moitié de ce que tu dis. Tu n'es sérieux
que quand tu écris tes articles. C'est dommage, je
trouve. Qu'est-ce qui a bien pu te rendre si amer? Si
désagréable tout le temps?

— Et tu me connais, toi, pour me dire ça? Et
puis rassieds-toi où tu étais. Les pédés, je les garde à
distance!

— Mais tu t'écoutes parler, au moins? C'est vraiment dommage, tout ça. Je sais que tu ne penses pas ce
que tu dis…

Il n'a pas bougé.

— Et tu veux que je te le montre, ce que je dis? que
je lui ai crié en brandissant mon poing.

Mais il l'a pris doucement dans sa main et l'a remis
à sa place sur ma cuisse. J'aurais dû lui casser la gueule,
sans doute, mais je ne l'ai pas fait. Il souriait. Il sentait

le soleil. La version de *Besame Mucho* de Cohen jouait, et j'avais la tête qui tournicotait. Je me suis resservi de cette Krupnik, et j'ai rempli son verre à ras bord. Il était minuit passé, mais je n'étais pas fatigué. Je me suis rallumé une cigarette. Comme à Ain el-Qasr. Ah, et puis non…

— T'en veux une ?

— Non, merci. Tu vois, tu peux être poli, toi aussi.

— Mais qu'est-ce qui te prend, à la fin ? J'étais sympa, moi. Je te demandais si t'avais un copain, si t'étais bien, et toi t'es là à me psychanalyser comme un con…

— Mais qui te parle de psychanalyse ? Je veux seulement te connaître un peu plus, c'est tout. Car tu en sais beaucoup plus sur moi que moi sur toi, non ?

— C'est qu'y a rien à savoir ! Et puis tu voudrais savoir quoi ? Y a rien à savoir.

— Mais au contraire ! Il y a tout ! Ce que tu fais à Tel-Aviv d'abord, et d'où il vient, cet enfant, et pourquoi tu es si amer tout le temps, et aussi… peut-être, ce qui t'amenait à cette plage l'autre jour. Et pourquoi tu es venu à l'hôpital quand mon père est décédé… et…

— Bon, ça va, ça va.

Et je lui ai parlé de beaucoup de choses. De Valérie, de mes vieux, du taf, des merdes du taf. Pas de Hans – ça ne le regardait pas.

Il m'écoutait comme un gamin. Ça faisait un moment que je n'avais pas parlé comme ça. Et j'aurais bien aimé lui parler de Sophie aussi, et de… Mais non, ça ne sortait pas. Et comme un con, j'en ai presque pleuré.

Il était 3 h du mat', alors je nous ai sorti des couvertures, et je lui ai proposé de crécher sur le sofa. Moi, j'ai dormi par terre sur le matelas de sol. C'était frais, et lui comme moi, je crois, on n'a pas beaucoup dormi. Enfin…

À 6 h, Matisse était debout.

« Papa, t'as pas de télé ? »

Tel-Aviv, 16 juin 2012

Matisse
Intermèdes

1. Contradictions

Mai 2040. Tu ne connaîtras peut-être pas la joie des tempêtes de neige qui te glacent le visage et endorment tes sens. Il est des choses dont on ne pourra jamais transmettre l'essence, ni en mots ni en images. Des choses disparues ou rares qui ne résonnent plus que dans le cœur des anciens. Et putain, il est vrai que je commence à en devenir un.

Je te parle de la neige, parce que ça me rappelle Montréal, et que les papiers berlinois de mon père m'y font bien penser, à ce Québec de fous où j'ai autrefois étudié (et rencontré ta mère !). Tu vois, en grandissant à la Martinique, il y a bien des choses auxquelles je n'ai pu goûter qu'à l'âge adulte.

Parce que la Martinique, vois-tu, c'est un bien petit village. Tout se sait, tout se voit et il n'y a de place que pour les plus gros secrets – ceux qui sont telle-ment gros qu'ils englobent l'île –, du genre : « Écoute Lambert, c'est ton père ! » Mais tu te doutes bien que ces choses qui constituent les petits secrets – la drogue, les soûleries adolescentes, le sexe –, on n'y touche que si on souhaite que tout le monde le sache. Dans ce petit monde, donc, il y a bien des choses auxquelles je n'ai jamais véritablement pu me confronter. La diversité sexuelle, par exemple. Et Dieu sait que Montréal a su m'éduquer à ce propos.

À l'époque, j'avais cette superbe amie québécoise que je retrouvais à l'occasion après les cours pour discuter de philosophie et d'autres choses de la vie. Ou pour débattre, plutôt. Il faut dire que nous étions très différents. Alors que je m'amourachais des origines de la pensée libérale écossaise, elle était en complète extase devant Spinoza et Marx. Elle était végétarienne, socialiste et féministe. Moi j'étais carnivore, libéral et Français. Mais au final, on s'entendait très bien. J'en étais même amoureux, je crois. C'était avant de rencontrer ta mère, évidemment.

Elle était bisexuelle. J'ai d'ailleurs cru comprendre qu'elle s'est récemment mariée avec sa compagne. Et elle adorait me provoquer. C'est un soir d'hiver, alors qu'on marchait sur le boulevard Saint-Laurent, « la face dans'neige », comme ils disent, qu'elle m'avait fait cette confidence :

— Tsé, Mat, faut que j'te dise de quoi. J'suis aux femmes aussi.

— Hmmm… D'accord.

— Pis toi ? qu'elle m'avait demandé en souriant.

— Puis moi, quoi ?

Sa question m'avait choqué. Moi ? « Aux hommes » ? Certainement pas ! Et pourtant, l'idée qu'elle puisse ainsi naviguer entre les deux sexes me charmait. M'attirait même, peut-être. Je trouvais qu'il y avait quelque chose de poétique à l'amour entre femmes. Je le lui ai dit, et elle m'a traité de « maudit Français sexiste ». Elle avait sans doute raison. « De toute manière, après deux bières, vous devenez toutes des tapettes, vous autres », qu'elle avait décrété en riant. Je ne me rappelle pas avoir ri. Car nous venons, tu le verras, d'une famille somme toute assez conservatrice. Ta mère plus encore que moi. Et l'idée d'être intime avec un homme, autrement qu'amicalement, me répugnait très clairement. Mais ce n'était pas là je crois une forme d'intolérance, sinon que je n'y voyais aucun attrait.

« *Anyways*, t'as maudtement tort ! qu'elle avait rajouté, libre d'esprit comme elle était. Tsé, la prostate d'un gars, c'est presque comme le point G d'une femme. Y a rien de plus normal que l'homosexualité. Après tout, c'est peut-être les *straights* qui sont contre nature ? »

Et du coup elle m'avait bien fait rire, petite.

Je serai honnête avec toi et te dirai que j'ai longuement hésité à inclure dans ce recueil les passages du carnet berlinois de mon père qui concernent Hans. Il s'agissait là clairement d'un sujet qui le rendait mal à l'aise. Et je partage son inconfort, car je ne peux que partiellement imaginer la souffrance qui a dû être la sienne. En réalité, ses carnets berlinois le montrent sous un angle si vulnérable et humain qu'il m'inspire pitié. Et le biographe que je suis devenu a longuement

pesé le pour et le contre de cette intrusion bien involontaire dans le saint des saints de mon père.

Parce que Hans, c'est le paradoxe. C'est un peu ce
qui ne colle avec rien, sinon avec un Oren en trame de
fond et bien mal assumé. Mais Hans, c'est aussi l'aveu
de vulnérabilité. Bien plus qu'Oren. Et la vulnérabilité,
c'est l'humain – la matière première du travail du biographe. Paradoxal, oui, mais ne le sommes-nous pas
tous ? Bref, plus de questions à creuser. Mais une pause
s'impose. Tu seras bientôt des nôtres, et ta mère – hor-
riblement enceinte – menace de ne plus m'adresser la
parole si je ne l'aide pas à peindre ta chambre. Rose,
qu'elle a choisi. Pas très original, je sais.

MATISSE

2. Malala

Mai 2040. Tu t'en viens dans quelques jours, petite, et il me faut te parler de ta mère. Car elle te dira bien des conneries sur nous deux, et je dois prévoir le coup. En plus, ton grand-père, c'est bien, mais ta mère, c'est mieux. Il faut dire d'emblée qu'elle parle peu, et ne dit pas toujours tout ce qui doit être dit. Ni de la plus belle manière qui soit. Tu verras bien assez vite que c'est moi qui ai toujours été le plus romantique des deux. Alors rappelle-toi qu'il y a toujours deux faces à une même médaille. Elle te dira, sourire en coin, que je l'ai tellement harcelée qu'elle a fini par succomber à mes charmes afin que je la laisse tranquille. Et il faut que tu saches que c'est vrai. Mais laisse-moi quand même te raconter.

Nous aimons tous deux la musique, ta mère et moi, et c'est un peu comme ça qu'on s'est rencontrés. Elle finissait ses études à McGill et moi, les miennes à l'Université de Montréal. C'était un superbe soir de juin, sur l'esplanade de la Place des Arts. J'y étais avec des copains, et elle était seule, assise une marche en bas de nous. Le Festival de jazz avait organisé une rétrospective en plein air des œuvres de Stromae, un chanteur belge décédé prématurément quelques mois plus tôt. Autour de nous, des milliers de Montréalais attendaient impatiemment le début du spectacle.

À la main, elle avait un petit carnet où elle esquissait les bâtiments environnants. Je l'observais d'un œil attentif, sans qu'elle s'en aperçoive. Mes amis devaient parler un brin trop fort, car elle ne cessait de se retourner pour nous épier furtivement. Peut-être qu'on la dérangeait? Je ne sais pas. Nous n'en avons jamais reparlé.

Quand nos yeux se sont finalement croisés, je l'ai abordée.

— Tu dessines pour le plaisir?

Elle a souri, puis m'a demandé très sérieusement:

— Qu'est-ce que le plaisir?

Je terminais à ce moment-là ma licence en droit, plus que jamais amoureux de la philo. J'ai tout de suite su qu'il fallait que j'obtienne son numéro.

Nous nous sommes revus à plusieurs reprises dans les semaines qui ont suivi. Elle habitait près du centre-ville, et moi, de l'autre côté de la montagne. Cet été-là, on a passé presque toutes nos soirées à déambuler dans les forêts du mont Royal. De là-haut, on dominait la ville et les millions de vies qui fourmillaient en dessous de nous. Ça te paraîtra cliché, mais on se sentait réellement comme les rois du monde.

Ça faisait déjà quatre ans que Malala vivait à Montréal. Après ses études préuniversitaires à Herāt, elle avait obtenu une bourse pour étudier l'architecture à Téhéran. Puis elle était venue faire une maîtrise en Amérique. C'était étrange parce qu'on fréquentait tous les deux les mêmes endroits, sans jamais s'être croisés auparavant ; les mêmes trous à rats où on jouait du piano en fin de soirée, les mêmes salles d'exposition où on présentait des artistes underground, les mêmes terrasses où on refaisait le monde avec nos groupes d'amis respectifs. Montréal est une petite ville, mais comme dans n'importe quelle autre, on peut se frôler les uns les autres sans jamais se remarquer. Il en va souvent ainsi des grandes agrégations humaines. Tous croient qu'ils font partie d'une communauté alors qu'ils n'y sont en réalité jamais plus isolés d'eux-mêmes et des autres.

C'est dire que ta mère et moi avons eu bien de la chance. Lentement, on a su rassembler nos deux mondes, aussi séparés l'un de l'autre qu'ils aient initialement pu nous paraître.

Parce que tu sais, je faisais partie de ces jeunes hommes qui n'aiment pas attendre trop longtemps. Et ta mère, avec ses six ans d'avance sur moi, disait avoir tout son temps. Ce qui fait que la cour a été bien longue. On a lentement valsé l'un et l'autre, moi qui faisais un pas vers elle, et elle qui reculait au même instant. Plus je m'ouvrais, plus elle se fermait. Plus nous nous voyions, et moins elle semblait s'intéresser à moi. J'étais son ami. Un des multiples hommes à tenter de la séduire. Un confident, peut-être. Mais elle demeurait à l'intérieur de ses limites. Bien confinée dans son jardin secret. Et moi, tenace comme tu apprendras à me connaître, j'allais chaque soir admirer la rose qui s'y trouvait. Une rose meurtrie, qui ne se déployait qu'à l'abri des regards indiscrets.

Les coins sombres de son histoire, elle te les racontera si elle le veut bien. Mais lorsque vint finalement le temps pour elle de me laisser accéder à son monde, lorsque nous sommes partis ensemble découvrir ce qui restait du chez-soi qui l'avait vue naître, lorsque nous avons parcouru le chemin inverse qui l'avait menée jusqu'à Montréal, moi, je décidai de toujours l'aimer et la protéger. Parce que ta mère, petite, est de ces femmes qui ont souffert de la haine des hommes dans leur chair. Elle ne te le dira peut-être jamais, mais tu le ressentiras bien, toi qui viens. Et tu prendras soin d'elle, toi aussi.

MATISSE

3. Jour J

12 juin 2040. Menton. Hôpital. Maternité. Un petit bout de paradis dans tes yeux.

Je te souhaite d'un jour connaître ce gouffre béant de bonheur et d'incertitude, petite. Et moi qui croyais savoir. Et toi qui nous as si magnifiquement surpris. Tu es finalement arrivée hier, à 22 h 46.

Que dire ? Que dire, sinon que tu es le plus beau dénouement qui puisse être à l'enfer bien involontaire des neuf derniers mois. Ta mère est épuisée. Mais quel sourire fut le sien lorsqu'elle a enfin pu te prendre dans ses bras !

Quant à moi, je ne sais trop que penser. Tu es si fragile que le simple fait de te regarder dormir m'angoisse. Tu n'étais jusqu'ici, mis à part les crises hormonales de ta mère, qu'une réalité abstraite. Et d'ainsi finalement te voir et te connaître m'inquiète. Tu me mets face à mes responsabilités. Et elles sont effarantes.

On m'avait toujours dit qu'on ne pouvait pas comprendre ce que signifiait être père avant de le devenir. Et Lambert, sans être autre chose qu'un père adoptif, m'avait prévenu de tout ce que cela impliquait : les sacrifices, la peur, la colère, mais par-dessus tout, un amour indéfectible, instinctif et d'une puissance inégalée. Je ne saurais aujourd'hui que lui donner raison, et j'espère que tu connaîtras un jour toi aussi ce cocktail explosif de fierté et d'inquiétude qui survient lorsque naît finalement celui ou celle qui nous survivra.

En l'espace de neuf mois à peine, je me suis découvert un père et une fille. Et je ne sais encore trop que faire de ces nouvelles réalités. Mais ce que je sais, c'est que je ferai de mon mieux pour ne pas répéter les erreurs du premier.

Et quelles erreurs, par ailleurs. Tu sais, petite, le pire, c'est sans doute de se dire que je ne saurai jamais le connaître qu'à travers ce qu'il a laissé. Et on ne laisse jamais que le meilleur. Et son meilleur, à lui, tu en jugeras par toi-même. Après tout, c'est bien pour toi que je fais tout ça. Et un peu pour moi.

Ce sera différent, toi et moi. Je nous le promets.

MATISSE

4. Nuages

Août 2040. Fort-de-France. Retour à la case départ. Maison coquette. Plages. Poisson. Véranda. Ma mère. Lambert. La verdure. Le ciel bleu. Tes yeux bleus à toi. Et notre bonheur qui s'amenuise, chaque jour un peu plus.

Dès notre arrivée, ta mère s'est isolée trois heures avec la mienne, nous laissant seuls, Lambert, toi et moi. Et ce n'est pas que ça m'a dérangé. Elles ont certainement bien des choses à se dire. Des trucs à échanger.

Mais si elle fait ça, je sais au fond que c'est pour s'éloigner de toi. S'éloigner de nous. Elle ne supporte pas de me voir travailler sur ce recueil paternel. Et je t'avouerai que je l'aurais souhaitée plus ouverte face à cette quête qui nous concerne tous en tant que famille. « Pourquoi remuer le passé si le passé n'a pas voulu de toi ? » qu'elle me demande à tout moment. Et qu'elle dise ça ainsi me blesse sans que je puisse le lui avouer. Car ces derniers temps, tout en moi semble l'exaspérer. Mes vêtements, mon travail, la manière dont je te tiens, ce que je nous cuisine, ce que je dis et ce que je ne dis pas – elle trouve toujours matière à critique.

J'aime ta mère plus que tout au monde, petite. Mais l'amour entre deux individus, celui qui n'est ni filial ni forcé par le cours des choses, celui qu'on choisit et qu'on construit, cet amour-là est fragile et précieux. Et surtout, il se doit d'offrir autant qu'il reçoit. Ce n'est qu'ainsi qu'il parvient à se surpasser, chaque jour un peu plus. Car on dit de l'amour qu'il doit croître, n'est-ce pas ? Mais crois-moi lorsque je te dis qu'il s'agit d'une lutte de tous les jours. Il n'y a pas d'amour facile, petite.

Tu le sais déjà si tu me lis : ta venue dans notre vie nous a tous les deux surpris. La plus belle surprise qui soit – n'en doute jamais. Mais une surprise néan-moins, qui a occasionné chez ta mère comme chez moi des réflexions fort pénibles quant au passé et à l'ave-nir. Car ta mère a beaucoup souffert, et elle garde pro-fondément enfouies en elle les séquelles des blessures que lui ont infligées des gens qui prétendaient vouloir son bien. Elle se protège, et c'est normal. C'est normal, petite, mais il n'empêche que cela me blesse. Car elle sait mieux que quiconque les sentiments que j'ai pour elle, les sacrifices que j'ai endurés afin de la conqué-rir et l'absolue pureté de mes intentions à son égard. Mais malgré tout ça, elle ne cesse de douter et de tout remettre en question. Ça me fatigue.

J'ai tenté de lui en parler hier soir. Mais comme tout ce que je fais actuellement, ça s'est plutôt mal terminé.

MATISSE

5. Maman

Août 2040. Fort-de-France. On s'est installés sur la véranda, ma mère et moi. Lorsque j'étais gamin, c'est là que nous avions toutes nos discussions les plus importantes : les filles, les peines d'amour, les études, le départ vers Montréal. C'est là que ma mère m'a appris l'existence d'Antoine il y a quelque mois. Dieu sait qu'elle me connaît mieux que moi-même, cette véranda. Et je te le promets, on trouvera un endroit similaire, toi et moi.

« Je n'ai jamais voulu t'en parler car son souvenir m'a longtemps blessée. Je peux imaginer que tu m'en veuilles, mais tu ne peux pas même imaginer à quel point il m'a fait souffrir, Matisse. Tu le sais maintenant : en tant que parent, on a le devoir de protéger ses enfants. Et il n'y a rien de pire que de réaliser que la plus grande menace au bien-être de ton enfant est l'homme qui l'a conçu avec toi. Antoine, il n'a jamais vécu que pour lui-même. Et il est probablement mort seul, comme il le mérite… Je sais que m'entendre te dire ça te blesse. Je te connais mieux que quiconque.

Ton serrement de mâchoire, je le connais. Mais crois-moi, Matisse, j'ai fait de mon mieux et on ne fait jamais qu'avec ce qu'on a à portée de main. Et Antoine était un père absent. J'espère que tu sauras faire mieux avec Shams et Malala qu'Antoine ne l'a fait avec nous deux.

Je comprends ton désir de reconnaître son existence et de retracer les chemins qu'il a parcourus, mais tu as devant toi un avenir souriant. Ne te laisse pas détourner au profit de la recherche d'un passé qui ne te concerne pas. Tu n'es pas Antoine. Lambert t'a élevé et aimé comme un père. Si tu te trouves où tu es maintenant, c'est grâce à lui, pas à Antoine. Ton géniteur – parce qu'il n'était rien d'autre qu'un géniteur – n'était pas un homme bon.

Certes, il avait un charme bien à lui. Je n'ai pas passé neuf ans avec lui sans raison. Lorsque nous nous sommes rencontrés, j'ai été soufflée par son intelligence et son talent. Mais surtout par son anticonformisme. Tu le sais maintenant, il venait d'une famille très bien établie, et pourtant, il vivait comme un véritable bohème. Et c'était là au fond son vrai problème, tu vois ? Il n'a jamais su se poser nulle part. Il n'a jamais accepté de tenir en place plus longtemps que quelques instants, alors tu t'imagines bien que l'idée de construire un foyer avec moi et pour toi n'était pas le genre de chose qui lui venait spontanément à l'esprit.

Matisse, que cherches-tu ? Ta femme ne te comprend pas, je ne te comprends pas, et tu nous blesses toutes les deux avec ces histoires. Tu es le plus complet des hommes que j'aie connus, Matisse. Tu es intègre, et persévérant, et bon. Ton cœur est bon. Ne mets pas des choses qui te sont importantes en jeu à cause d'un homme qui ne t'a jamais réellement aimé et qui n'a pas su s'occuper de toi comme il se doit. Tu sais, on a tendance à idéaliser ce qu'on ne connaît pas. Et je te vois foncer tout droit vers un mur avec cette histoire. Pour l'avoir connu, fréquenté et aimé pendant près d'une décennie, je te supplie de m'écouter et de ne pas te laisser charmer par lui, ne serait-ce que par ce qu'il a laissé derrière lui. C'est poison, tout ça. Oui, je les ai lus, ses satanés carnets. Et au-delà de toutes les bêtises et de tous les mensonges qu'il y raconte, je dois comme toujours lui reconnaître un certain talent. Ton père a bâti sa vie sur sa capacité à raconter des histoires. À se raconter des histoires à lui-même. Alors tu imagines bien… Évidemment que tout ça est attirant et intrigant et fascinant. Mais nom de Dieu, Matisse, ne te laisse pas prendre au piège ! Malala me dit que tu ne travailles pratiquement plus, que tu passes tout ton temps à lire, à faire des appels et des recherches. Mais il faut savoir s'arrêter quelque part, mon amour.

Oui, oui… Évidemment que je l'ai aimé, Matisse ! Je te l'ai dit, je n'ai pas souffert neuf ans de vie commune avec lui sans l'aimer. Évidemment que je l'ai aimé. Mais on peut parfois aimer des choses qui ne sont pas bonnes pour nous. Tu le sais ça, non ? Des choses nocives. Regarde ton père, Lambert, avec ses cigarettes. Tu lui as dit d'arrêter des milliers de fois, et moi aussi, et pourtant il continue à fumer. Il fume parce qu'il en tire un certain plaisir. C'était la même chose pour moi avec Antoine. Évidemment, c'était génial d'être la copine d'un journaliste comme lui. Je rencontrais des tonnes de gens intéressants. Les conversations que nous avions, quand nous en avions encore de véritables, étaient d'une rare profondeur. Nous vivions une passion que je n'ai jamais connue à nouveau. Quelque chose que je n'ai jamais retrouvé, même avec Lambert. Ton père m'amenait au musée, au cinéma, en voyage dans des lieux absolument impensables. Et il m'impressionnait toujours. Où que nous allions, il connaissait des gens, se faisait inviter à dîner, rencontrait des intellectuels, des professeurs, des ministres, des ambassadeurs. Il me faisait constamment rêver. Mais ça, c'était avant que tu arrives. Parce qu'à ta naissance, tout a changé. Il trouvait tous les prétextes pour partir en reportage, pour nous laisser seuls tous les deux. Et tu ne t'en es peut-être pas aperçu, mais élever un enfant, ce n'est pas facile lorsqu'on est seule. Malala est épuisée, tu sais ? Ou peut-être que tu ne t'en rends pas encore bien compte ? Car tu sais, elle ne te dit pas tout.

Je sais, mon chaton, toi non plus. Et je sais que tu fais de ton mieux. Et tu le fais bien. Mais ta femme souffre de ton absence et ça m'inquiète. Je sais que tu n'aimes pas que je me mêle de votre vie conjugale. Et crois-moi, je ne le fais pas de gaieté de cœur. Mais je te vois sur le point de répéter les mêmes erreurs qu'Antoine, à te laisser ainsi mener par tes peurs en te justifiant par un quelconque impératif pseudo-rationnel et idéaliste. Matisse, reviens vers nous et laisse le passé tranquille ! Shams va grandir très vite, tu verras. Et tu veux profiter de tous les moments que tu peux avoir avec elle, crois-moi. Antoine, tu ne le retrouveras jamais. Mais à force de le chercher, tu risques de les perdre toutes les deux. Et ça me tuerait si ça devait se produire. Antoine a déjà fait suffisamment de mal à cette famille. Ne le laisse pas continuer à travers toi, nom de Dieu ! »

MATISSE

Antoine
Carnets 2011-2012

21. Vacances

Les derniers jours ont été quelque peu chaotiques. J'ai bien dû donner une vingtaine d'entrevues concernant l'affaire Krassowitz. Tout ça en plus de préparer mon propre article sur les répercussions du scandale – l'arrivée de Shafie aux ministères des Affaires étrangères et de la Défense, la perception des Israélos de la rue quant aux rumeurs de guerre, les inquiétudes des organisations de défense des droits de la personne, etc. Et, maintenant, comme c'est Roch Hachana, Matisse et moi avons décidé de prendre quelques jours de vacances. « T'es d'accord, fiston ? » que je lui ai demandé. « Oui, papa », qu'il a répondu. Remarquez, il n'avait pas tellement le choix.

On se demandait où on irait, le petit et moi, quand Oren m'a appelé pour nous inviter à la fermette de sa grand-mère sur la rive de la mer de Galilée, près de Bet Yerah. Ça tombait bien, je n'y étais jamais allé. Faut dire aussi que la dernière fois qu'il s'y est passé quelque chose d'intéressant, c'était probablement en 67…

Comme il y était déjà, Oren, je me suis loué une petite Peugeot – on est Français ou on ne l'est pas ! –, puis on a roulé deux bonnes heures vers le nord, le gosse et moi. Ça nous a donné la chance de parler un peu, vu que la semaine dernière m'était rentrée dedans comme un bulldozer et que je ne suis pas bavard de nature.

— Alors, Matisse, ça te plaît ici ?

— Oui, papa.

— Tu ne trouves pas ça trop difficile ?

— Non, papa.

— Et tu parviens à t'amuser quand même ?

— Oui, papa.

— Ils t'ont appris à faire des phrases complètes, en France ?

— Oui, papa.

— Eh ben quoi ? Tu sais que dire « oui, papa » et « non, papa » ?

— Non, papa.

Lui non plus, il n'est pas trop bavard. Je me suis retourné pour l'enguirlander, le môme, histoire de lui dire qu'« on fait au moins un effort pour paraître s'intéresser à ce que dit son père quand il pose des questions, d'accord ? » mais j'ai vu qu'il feuilletait *Babar*, alors je me suis calmé.

— Regarde au moins un peu par la fenêtre, comme c'est beau ! Y en a pas, des citronniers, à Paris !

J'ai ajusté le rétroviseur. Il a hoché la tête, jeté un coup d'œil, puis s'est replongé dans sa bande dessinée. Il est quand même beau, mon gosse, avec son petit front plissé et ses yeux curieux.

On est arrivés vers les 13 h hier, le jour d'Erev Roch Hachana, et ça vaut bien la peine de les décrire, les lieux, comme je ne suis pas certain d'y retourner de sitôt. L'endroit est spectaculaire : une vieille maison aux murs de cèdre et de chaux sur deux étages, nichée au cœur d'un verger garni d'orangers, de palmiers dattiers et de rhododendrons en fleur, à près de cent mètres du lac azur de l'autre côté duquel, tranchant avec le vert oasis environnant, s'élèvent les poussiéreuses collines du Golan. Y a pas à dire, c'est beau.

Oren est venu nous accueillir à l'entrée de la route privée qui mène à la maison. Il était torse nu, pioche à la main, arrivant sans doute du jardin.

— *Shana tova !* que je lui ai lancé de la voiture.

— *Ketiva ve-hatima tova !* qu'il m'a répondu, tout essoufflé.

Je croyais que sa famille y serait, mais on était seuls.

— Ils ont décidé de rester à Tel-Aviv. C'est qu'on s'est engueulés, eux et moi.

Dommage… J'aurais bien souhaité faire connaissance avec sa sœur. Il nous a fait faire le tour du proprio, et c'était bien plus grand que je m'imaginais. Moi qui pensais que c'était une famille de prolos…

— La ferme est dans la famille depuis trois générations. C'est mon grand-père qui l'a rénovée et qui a planté le verger quand il est arrivé de Montréal.

— Ben, c'est réussi ! Et y avait des Arabes ici, avant ?

— Ouais, la maison était déjà construite quand il est arrivé. On a de vieilles photos, quelque part dans l'annexe. C'étaient des al-Sayyef qui vivaient ici. Ils ont laissé beaucoup de trucs, en partant, alors c'est comme ça qu'on sait. Mais on ne les a jamais vus.

Sans trop tarder, Matisse et Oren ont mis leurs maillots de bain, histoire de profiter du beau temps qu'il faisait.

— Mets bien ta veste de sauvetage, Matisse ! que je lui ai crié alors qu'ils s'élançaient vers la plage.

Comme moi, l'eau… ben, je suis resté à l'intérieur, histoire de leur préparer une bouchée, aux gosses, pour quand ils rentreraient. J'ai fait des sandwichs, puis je me suis tapé une sieste sur le sofa. J'ai rêvé. Ça faisait longtemps… Y avait une môme, les cheveux bruns, les jambes arrachées, qui criait. Elle criait grave, et moi je la regardais sans bouger, et j'avais les mains pleines de sang. Et y avait *Petite* de Ferré qui résonnait, et ça allait comme suit : « *Quand tu es sortie de l'école/Tu m'as lancé tes p'tits yeux doux/Et regardé pas n'importe où/Et regardé pas n'importe où/Ah ! petite, Ah ! petite/Je t'apprendrai à tant mourir/À t'en aller tout doucement/Loin des jaloux et des tourments/Comme le jour qui va mourant/Comme le jour qui va mourant.* » Et ça sentait la cigarette, et je savais d'instinct qu'il y avait Sophie, derrière, qui fumait, mais je ne parvenais pas à me retourner. Et la petite continuait à me regarder, criant, criant. Et ç'a duré une bonne heure, ce cirque. Quand ils sont rentrés, les mômes, j'en pleurais dans mon sommeil.

Ce soir-là, on a allumé un feu sur la plage, et Oren a sorti sa guitare et deux bières. Le vent tombait, ça sentait la paille brûlée, le thym et les fleurs sauvages. Matisse était hypnotisé par le feu qui dansait. Et moi, je regardais ce mec qui jouait comme un dieu. Les étoiles dérivaient au-dessus de nos têtes, et on entendait au loin l'écho des chants religieux. C'était paisible, d'une paix que je n'avais pas ressentie depuis longtemps.

Vers 23 h, Oren nous a montré nos quartiers, puis sans trop y croire on s'est souhaité la bonne année avant d'aller se coucher.

Tôt ce matin, avant la récitation des piyyoutim à la synagogue de Bet Yerah, on a tous les trois emprunté le bateau du voisin pour aller pêcher.

— Ah, tu vois Matisse, on s'en va attraper des poissons comme Pierre, que je lui ai dit.

Il n'a pas trop compris.

— C'est qui, Pierre, papa ?

— Ben, saint Pierre… le disciple de Jésus !

Il ne pigeait toujours pas. Je ne me suis pas étendu sur le sujet. Faut pas les embêter, les gamins, avec ces histoires à dormir debout. Du coup qu'ils se mettent à y croire. On ne s'y attend pas, et hop ! ils se mettent à essayer d'imiter l'autre type sans veste de sauvetage. *Les disciples avaient déjà parcouru cinq ou six kilomètres, quand ils virent Jésus marcher sur l'eau et s'approcher de leur bateau. L'épouvante les saisit.* Mais on les comprend, les pauvres ! Le trip de champignons qu'ils avaient dû se faire… Plus sérieusement, faut pas trop leur monter la tête, aux gosses – surtout que les fils, ils les prennent tous pour des dieux, leurs pères. Alors ça se répète vite, ces histoires de Messie et compagnie.

Sauf que Dieu, pas Dieu, on a décollé bien vite et on les a oubliés sur la plage, les vers de terre. Et malgré tous mes miracles à ce jour, ben, on n'a rien pris, quoi ! On a bien ri quand même.

Au retour, on s'est arrêtés à Bet Yerah, histoire qu'Oren fasse ses prières. Matisse et moi, on est restés à la porte de la synagogue. On les entendait réciter l'*Ounetanè Toqef*, et ça semblait un tantinet trop adapté au contexte des jours présents :

L'humanité passera devant Toi comme un troupeau de moutons. Comme un berger faisant paître son troupeau, Tu les compteras, les calculeras et considéreras l'âme de tous les vivants. Et Tu répartiras la destinée de toutes créatures, inscrivant leurs destinées.

À Roch Hachana il sera écrit et à Yom Kippour il sera scellé combien passeront sur Terre et combien seront créés, qui vivra et qui mourra, qui mourra au moment prédestiné et qui mourra avant son temps, qui par l'eau et qui par le feu, qui par l'épée et qui par la bête, qui par la famine et qui par la soif, qui par le soulèvement et qui par la peste, qui par strangulation et qui par lapidation. Qui se reposera et qui errera, qui vivra en paix et qui sera harcelé, qui profitera de la tranquillité et qui souffrira, qui sera appauvri et qui sera enrichi, qui sera réduit et qui sera élevé. Mais la repentance, la prière et la charité aident à éviter le décret sévère.

On espérait bien que Shafie et MiMi comprennent le message. La prière terminée, on s'est acheté un beau tilapia bien frais, puis on est rentrés à la ferme en bateau. Oren a cueilli des dattes et des pommes grenades du verger pendant que je préparais le poisson et des *rodanchas* pour le seder. Matisse, lui, ben, il courait dehors en essayant d'attraper des papillons. Malgré des débuts quelque peu traumatisants, ils s'entendaient bien, les jeunes, finalement. J'étais content.

« *Yehi Ratzon* », qu'on s'est dit en brisant la croûte pour le seder, et ils avaient l'air heureux que je sache si bien cuisiner. On a fait un petit feu à nouveau, parce que le gamin le demandait, puis on est rentrés le coucher. Oren lui a raconté une histoire, parce que moi, je ne m'y connais pas en conte, et quand il s'est endormi, on a sorti la bouteille de scotch que j'avais apportée de TLV, et un jeu d'échecs.

— Tu sais, dans moins de quarante-huit heures, je dois me rapporter à la base.

— Ouais, je m'en souviens. Et tu te sens comment ?

— Bien, c'est un peu difficile, je trouve. Comme on sera en période d'entraînement, ma prochaine permission, elle ne sera pas avant un bon mois. Ça, c'est si la guerre n'est pas déclarée d'ici là. Et comme je n'ai pas vraiment d'amis, dans le coin de Netanya, ça m'embête un peu, quand même.

— Ouais, je vois. Mais je suis toujours pas con-vaincu qu'il y aura une guerre, moi. Et puis, même s'ils décident d'attaquer les centrales des airs, c'est loin d'être assuré que l'infanterie soit jamais appelée à jouer un rôle quelconque… À part peut-être évacuer les civils des grandes villes s'il y a une vague d'attaques par missiles. Mais sinon, je doute que ça vire bien *auch*. Vous êtes quand même à au moins mille trois cents kilos de l'Iran, alors ça me surprendrait fichtre-ment qu'il y ait des campagnes au sol. Je roque.

— Peut-être… mais au Liban ? Et en Syrie ? Et même en Irak à travers la Jordanie ? Et à Gaza ? Il y a Gaza, aussi.

— Ouais, ben Gaza, vous les avez quand même vachement bien déglingués l'an dernier. J'y étais, y a cinq semaines, et il reste plus beaucoup d'édifices qui tiennent… Alors, vraiment, c'est pas très crédible comme menace.

— Mais tu oublies qu'ils n'ont pas besoin d'im-meubles pour lancer des roquettes sur Israël ! Et puis… il y a le Hezbollah. Et puis Assad, aussi. Ça lui ferait quand même du bien, à lui, une petite guerre avec nous. Histoire de leur faire oublier, aux Syriens… Tu n'as pas vu dans le *JPost*, l'enquête qu'ils ont faite sur le trafic d'armes entre Téhéran et Damas à travers le Kurdistan et le port de Lattaquié ? Échec, en passant !

— Oui, oui, j'ai vu ! T'excite pas trop… Mais le *JPost*, mon vieux, c'est au moins aussi crédible comme source que RT et Press TV. C'est de la *hasbara* en puissance… Comme je t'ai dit, je m'en ferais pas trop pour l'instant. D'autant plus qu'y a aucun moyen de savoir… On peut élaborer des scénarios tant qu'on veut, s'il y a une chose de certaine avec la guerre, c'est qu'y a pas de scénario qui tienne.

— Clausewitz ?

— Non ! Tolstoï… Échec et mat !

— *Ben Zonah* de mes deux…

— *Ben Zonah* toi-même !

On a ri, puis on est sortis se balader. Ça sentait toujours la paille brûlée, le thym et les fleurs sauvages. Et lui, il sentait toujours le soleil. La lune trônait dans le ciel, et ça tombait bien, comme Bet Yerah, c'est ce que ça veut dire, « maison de la lune ».

Bet Yerah, 18 septembre 2012

22. La route

Oren insistait pour prendre le bus, mais je l'ai forcé à monter avec nous dans la voiture. J'irais moi-même le reconduire à Netanya, que je lui ai dit. «Tu nous as si bien accueillis, laisse-moi au moins te retourner la faveur. Et puis, ce n'est pas un grand détour.» Il a fini par accepter. On a mis les bagages dans le coffre et on a pris la route. Comme il était encore tôt, je me suis dit en arrivant à Bet She'an qu'on devrait continuer sur la 90, plutôt que de couper à l'ouest sur la 71. Ça nous amenait à travers les territoires occupés, et c'était justement le but. Je voulais que le petit, qui est ici depuis déjà près de quatre mois, ait une idée, même vague, de ce qui se passe de l'autre côté de la clôture. Oren n'a pas protesté. Mais on s'est quand même arrêtés avant d'arriver au *checkpoint* de Sdei Trumot, qui marque l'entrée en Cisjordanie, histoire qu'il enfile des habits civils. La route était déserte; il n'y avait personne pour s'offenser de le voir en slip, le temps qu'il mette son jeans.

Au *checkpoint*, on a présenté nos papiers, et c'est Oren qui a fait le blabla avec les pauvres mecs qui y étaient, au milieu de nulle part. Passé la frontière, on a tout de suite compris qu'on entrait en Palestine : le sol virait soudainement du vert au beige. C'est pas qu'ils ne connaissent pas l'irrigation, les Palestos, seulement qu'ils n'ont souvent pas l'argent. Ni l'eau d'ailleurs. Les Israélos, ils ne l'ont pas trop comprise, l'idée du partage. Bref, on a roulé comme ça un bon moment, à travers des paysages désertiques, et aucun mot ne sortait de nos bouches asséchées pour empoisonner l'atmosphère. Les sons superbes de *The Tel Aviv Session,* du Collectif Touré-Raichel, envahissaient l'habitacle, et on aurait bien pu être en route vers Bamako qu'on ne s'en serait pas rendu compte. On observait. Le bitume se déroulait à nos pieds et des crevasses herbeuses déchiraient les collines poussiéreuses, là où les *wadis* passent et les dromadaires boivent.

On s'est arrêtés à Marj Naje, histoire de se rafraîchir un peu. Fallait aussi que je m'achète des cigarettes, comme on les avait presque toutes fumées hier soir sur la plage, Oren et moi. On a garé la voiture sur le bord de la 90, vu que le village n'a que des chemins de terre battue, puis on est tous les trois sortis de la bagnole. À vrai dire, je l'ai un peu forcé, Oren. Ça ne lui disait pas du tout.

— *Salaam alaikum*, que j'ai lancé aux vieux qui buvaient leur thé brûlant devant une échoppe.

— *Alaikum as-Salaam, ya l'Faransiy !*, qu'ils m'ont répondu.

Et les petits des environs se sont tout de suite massés autour de Matisse, qui ne semblait plus trop savoir où donner de la tête. Oren demeurait coi. On le dévisageait. Il faisait chaud. La sueur perlait à son front.

J'ai pris le petit par la main et on s'est approchés du comptoir. Le tenancier mal rasé lui a lancé un « *Marhaba* », suivi d'un grand sourire édenté.

— Tu veux quoi à boire ?

— Du Pepsi… Je peux papa ?

— Bien sûr, fiston !

« *'tnayn bebsi, min fadlik* », que je lui ai demandé, au tenancier, en mettant bien l'accent sur les *b*, parce qu'ici, c'est comme ça.

Matisse m'a regardé, interloqué, puis s'est mis à rire sans pouvoir se retenir.

— Mais… papa ! C'est « Pepsi » qu'on dit, pas « Bebsi » !

Et sur la leçon d'arabe que je lui ai donnée, au gosse, on est retournés à la voiture et on a repris le chemin du retour. On a dépassé Jéricho, puis on a tourné vers l'ouest, histoire de rentrer par Jérusalem.

La route 1, qui traverse la Cisjordanie et Israël d'ouest en est, passe assez près de Ramallah, le QG du Fatah. On n'était pas au courant, Oren et moi, mais depuis l'arrivée des Mauves au gouvernement, les Israélos ont renforcé les mesures de sécurité à l'entrée de la Ville sainte. Tellement, en fait, que c'est devenu pratiquement impossible de rejoindre Al-Quds depuis la Cisjordanie. Même sur la 1. Tellement que des mecs avaient prévu une manif ce jour-là. Alors une fois près de Shuafat, c'est devenu long. Très long. Bien trop long, même. Il y avait une cinquantaine de voitures devant, et autant derrière. Ça n'avançait pas. Le soleil tapait et on s'impatientait. Ça klaxonnait et on n'avait qu'à ouvrir les fenêtres pour entendre récité le lexique des gros mots arabes et hébreux, alors que les mecs en treillis et M16 défilaient tranquillement entre les voitures. On a bien dû rester coincés là une heure, et c'est là que les choses se sont corsées. Les mecs de la manif sont arrivés, marchant comme une armée de sans-culottes sur l'autoroute. Comme on pouvait s'y attendre, y a eu des *boums* et des cliquetis d'armes. Des cris, des pleurs, du sang.

Je n'ai eu les détails que tout à l'heure, en rentrant sur TLV, mais selon le *Haaretz*, des manifestants pacifiques avaient prévu une marche du mausolée d'Arafat à l'esplanade des Mosquées, histoire de démontrer clairement que les nouvelles directives mises en place par Shafie les empêchent de se rendre à Jéru-Est. Parmi la trentaine de manifestants, il y avait un jeune – Hussein bin'Abdullah – qui étudie à Bir Zeit. Le genre de mec qui se préoccupe de politique, de justice sociale et d'égalité sans réellement avoir les moyens de se le permettre. La manif a dégénéré près de notre voiture. Tsahal a tiré en l'air. Le petit et Oren se sont affolés. Les manifestants ne se sont pas découragés. Ils ont continué à avancer. Et comme on pouvait s'y attendre, Hussein s'en est pris une dans l'œil, à deux pas de la Peugeot. Il s'est effondré sur notre coffre arrière. Le petit s'est retourné et a crié. Longtemps.

On a fini par laisser Oren à Netanya au couchant. On s'est dit qu'on s'écrirait. Puis je suis rentré à Tel-Aviv et je me suis engueulé avec les mecs de la location. Ils n'avaient qu'à le nettoyer eux-mêmes, ce fichu coffre arrière. On est retournés à l'appart en taxi, puis j'ai couché le gamin dans mon lit. Je suis étendu à côté de lui. Il pleure encore.

Tel-Aviv, 19 septembre 2012

23. La dame

Comme je dois partir dans quelques jours sur Eilat pour le baptême des nouveaux jouets de MiMi et que le gosse, ben, il est encore traumatisé par l'incident de la 1, fallait que je me trouve une nana pour le surveiller. Je ne peux pas toujours le traîner avec moi, surtout que l'idée de reprendre la route semble grave le perturber, et puis, il faut bien qu'il continue d'aller au jardin d'enfants. Alors j'ai posé des affiches en français un peu partout dans le quartier. *Père célibataire recherche gouvernante francophone pour jeune garçon français de quatre ans.* J'espérais bien qu'une jeune collégienne en manque de fric réponde, mais je n'ai reçu que des appels de vieilles meufs palestos et juives. J'en ai rencontré quelques-unes.

Il y a eu l'ignare exaltée :

— Merci de vous être déplacée, madame.

— Non ! Merci à vous de me recevoir ! J'adore les enfants ! J'en ai moi-même eu six ! Mais ils sont grands maintenant ! Ça me manque, un petit bébé à serrer dans mes bras ! J'adore les petits bébés, monsieur !

Je serai une excellente maman pour votre enfant! Il s'appelle comment?

— Matisse.

— Aah! Comme l'écrivain! Mais c'est absolument charmant comme nom! Quand est-ce que je commence?

— Merci de vous être déplacée, madame.

— Mais…

— Merci.

Puis il y a eu la Yiddish Mame:

— *Shalom.*

— *Shalom*, madame.

— Où est le petit? Mon fils avocat et mon fils médecin ont très hâte de le rencontrer!

— Euh… il est au jardin d'enfants, madame.

— Au jardin d'enfants? Mais qu'est-ce que c'est que ces histoires? Madame Finkelstein est là! Plus besoin de *kindergarten*!

— C'est que vous n'êtes pas encore embauchée, madame.

— *Auchhh*, vous me faites venir pour des jérémiades en plus!

— Mais je ne vous retiens pas non plus!

— C'est ça, on met la vieille dehors après qu'elle a marché pendant deux heures, et sans même lui offrir un verre d'eau en plus! *Shegetz! Finstere leyd zol nor di mame oyf im zen…*

Et aussi la meuf voilée tout droit sortie d'un film d'Asghar Farhadi, l'Irano oscarisé:

— Bonjour.

— *Salaam alaikum, ya akhi.*

— *Wa alaikum as-salaam, ya ukhti.*

— Je suis désolée, mon frère, mais je ne parle pas français... Je sais que tu cherches une femme de ménage qui parle français, mais j'ai vraiment besoin de travailler. J'ai cinq bouches à nourrir et aucune famille israélienne ne veut m'embaucher. C'est très difficile, et mon mari est en prison, à cause de ses dettes. S'il te plaît, mon frère, laisse-moi travailler, je t'en supplie.

Et blablabla...

Je lui ai donné un billet de 20 shekels et je l'ai raccompagnée à la porte. Elle ne m'a même pas remercié. Au moins, je ne l'ai pas poussée en bas de l'escalier, sait-on jamais...

Je m'étais presque résolu à amener Matisse avec moi cette semaine quand elle est venue, celle qui m'a sauvé la vie. La dame, parce qu'à son âge on ne peut plus la qualifier de meuf, s'appelle Mme Simonyi – parce qu'à son âge on ne lui demande plus son prénom. Elle est née à Budapest au temps de l'Autriche-Hongrie, parce qu'à son âge, c'est tout à fait possible. Elle a les cheveux courts teints en brun grand-mère, des habits Pravda des années soixante, et la démarche, l'œil vif et le vocabulaire d'une famille d'aristocrates génocidés.

J'avais la mort dans l'âme, le jour où elle s'est pointée. C'était l'anniversaire. Je n'avais pas imaginé... Je n'avais pas accepté, plutôt, à quel point elle me manque. À quel point je m'en veux. À quel point je souhaiterais l'avoir à mes côtés ces jours-ci, Sophie... Elle me manque et j'avais des idées d'encre. Des images de ce missile qui frappe devant mes yeux. Des souvenirs de ces jours passés aux Halles. De ces moments passés à boire et à ne plus savoir que faire de moi, de mes idées, de mon corps défaillant et de cette tête qui m'abreuvait d'enfers absurdes et de folies obscènes. Elle a sonné à la porte, donc, et je lui ai ouvert. Elle était toute menue et avait dans les yeux toute la force de la femme de quatre-vingt-dix-sept ans qu'elle est. Je l'ai invitée à s'asseoir, lui ai servi un café, puis on a discuté. Elle me fascinait d'emblée.

— Vous semblez déconcerté, monsieur Antoine. Y a-t-il quelque chose qui vous trouble ?

— Oh, ce n'est rien. Des histoires personnelles...

Je lui ai sorti mon sourire prêt-à-porter. Elle est restée de marbre.

— Monsieur Antoine, j'ai appris qu'il vaut mieux dire les choses dans la vie que de les garder pour soi. Ça ne sert strictement à rien de laisser de vieilles idées et de vieux souvenirs pourrir au fond de son âme. Et il en va de même de la perception parfois erronée que nous pouvons avoir de nous-même... Vous savez, le linge qu'on lave, on ne peut pas le laisser dans le lave-linge une fois le cycle terminé, même une fois qu'on croit qu'il est propre. Il faut le sortir à l'extérieur et le faire sécher au soleil et au grand vent. Il n'y a que là qu'on voit s'il y a des taches qui demeurent. C'est la même chose pour les idées et les sentiments. Si on ne les exprime pas, peu importe la perception qu'on en a, on ne peut pas savoir s'ils possèdent un quelconque sens, une quelconque logique. Le totalitarisme, monsieur Antoine, on peut parfois le vivre en dedans de soi, vous savez. Si on n'y laisse entrer personne et qu'on n'en laisse rien sortir, on devient esclave de notre perception de nous-même. Et il arrive souvent que celle-ci soit beaucoup trop sévère pour notre propre bien, et notre propre bonheur.

Le vieil Antoine lui aurait sans doute montré la porte. Mais pour une raison ou pour une autre, il y aurait maintenant un «vieil Antoine»... Enfin, pour revenir à Mme Simonyi...

— Oui, vous avez sans doute raison, madame Simonyi. Mais je doute que vous puissiez comprendre... Et je ne souhaiterais certainement pas vous embêter avec cela.

— Écoutez-moi bien, histoire que je vous embête un peu, moi. Mes parents sont morts devant mes yeux. On les a traînés à l'extérieur du train. Ma mère tenait mon plus jeune frère, Balynt, dans ses bras. Il n'avait pas deux ans. Il pleurait et *anyuka* criait... On les a assassinés de sang-froid sur le bord du chemin de fer. J'avais alors vingt-sept ans et j'étais l'aînée d'une fratrie de douze...

— Je suis désolé...

— Tst, tst, je n'ai pas terminé. Il faut que vous sachiez que c'est à ce moment, monsieur, que je me suis décidée à faire tout mon possible pour survivre et protéger mes frères et sœurs. J'en ai perdu trois en chemin, et je ne suis pas fière de le dire. Mais j'ai travaillé dur et j'ai subi les sévices des capos sans broncher. Les coups, les humiliations journalières, le viol puis la terreur communiste. Et monsieur, je n'ai jamais fléchi. Parce que j'ai une foi inébranlable en la vie. Parce que même dans les champs de la mort nazis, il y avait ces petites fleurs bleues et vermeilles qui poussaient lorsque fondaient les neiges. Parce que même dans les arbres qui avoisinaient les chambres à gaz, il y avait des oiseaux qui chantaient et sifflaient. Et parce que même dans la promiscuité des baraques, aux temps les plus lourds où nous n'avions de nourriture que celle que nous nous volions entre nous, il y avait des actes d'amour et d'humanité qui transperçaient le voile noir qui nous recouvrait pour nous rappeler qu'il ne faut jamais perdre confiance en nos frères et sœurs humains. Qu'il ne faut jamais oublier à quel point la vie est un cadeau à ne pas prendre à la légère. Un cadeau qui porte en lui la responsabilité de continuer d'avancer, de témoigner et de partager. Alors monsieur, ne l'oubliez jamais. La vie est une responsabilité, et seuls les lâches ne savent l'accepter. Et je vous regarde, monsieur Antoine, et je vois bien dans vos yeux que vous n'avez rien d'un lâche. Je vois bien dans vos yeux que vous êtes de ces battants, qui obstacle après obstacle persévèrent. Il ne faut jamais se laisser abattre, monsieur Antoine. Jamais. Mais il faut aussi savoir partager pour avancer. Et cela vaut pour vous comme pour le petit, d'ailleurs. Alors dites…

J'en avais presque les larmes aux yeux. Elle a pris un mouchoir, est venue s'asseoir à mes côtés et m'a fait l'accolade de ses maigres bras plissés. J'ai fondu. Ça faisait longtemps que personne ne m'avait ainsi tenu dans ses bras. Qu'on m'avait donné l'occasion de… enfin. D'habitude, c'est toujours moi qui…

Bref, je l'ai embauchée. Ce n'est pas qu'elle manque d'argent – son défunt mari lui a laissé une très bonne rente, mais ses enfants et petits-enfants ne viennent plus la visiter, qu'elle m'a expliqué, et elle souhaite remettre un peu de vie dans son quotidien, parce que vivre, c'est aussi ça : persévérer, continuer, avancer.

Tel-Aviv, 29 septembre 2012

24. Le jeune marin

« Faudra traiter la dame avec respect, et l'écouter, et ne pas rire de ses rides et de ses réflexes vieillots pendant que je serai parti à Eilat, hein ? » que je lui ai dit, au petit-déj, à Matisse. Et il ne semblait pas trop comprendre pourquoi je lui demandais tout ça. C'est qu'il est mature et bien élevé pour son âge, le gamin. Et tranquille comme il ne s'en fait pas. Pas comme moi. Ça m'inquiète pratiquement.

Quand j'étais gosse, fallait me retenir pour que je ne saute pas de toit en toit à travers le quartier. Faudrait pas non plus qu'il devienne une mauviette, le petit. J'ai l'impression que l'incident de la semaine dernière n'a rien pour le raffermir non plus, d'ailleurs. Elles m'ont même appelé hier, les meufs du jardin d'enfants, pour savoir ce qui clochait avec lui. Il reste dans son coin à dessiner, à ce qu'on me dit. Et des dessins qui n'ont rien à voir avec Babar… On m'a même dit qu'il y avait beaucoup de rouge. Et beaucoup de larmes. Donc je lui en ai parlé de ça aussi, ce matin, parce qu'il le faut bien, et que j'ai l'impression d'avoir un peu abdiqué sur la psychologie quand on est rentrés à TLV après l'incident. Des bonbons et du MacDo, ça ne suffit plus… On ne les amadoue pas facilement, les gosses, de nos jours.

— Bon, Matisse, alors tu peux me dire ce qui se passe ? Tu ne me parles pratiquement plus, et j'ai cru comprendre que ça ne va pas très bien à l'école.

— Y a rien papa… Je vais très bien…

Il m'a sorti un de ces sourires qu'il a dû m'emprunter. Ce n'est quand même pas le fils du voisin, le gosse. Enfin, j'espère.

— Tu ne veux pas qu'on parle un peu ?

Il s'est mis à sucer son pouce.

— Ôte ton pouce de ta bouche ! T'es plus un gamin ! Et réponds-moi quand je te parle !

— Je veux pas parler !

— Et ce jeune Palestinien que t'as vu se faire descendre la semaine dernière, ça ne te fait rien, ça ? Tu ne veux pas en parler, de lui ?

C'était mon approche bulldozer, certifiée par l'école de psychologie du KGB. Ça l'a braqué. Je n'aurais pas cru que ça se braque, à cet âge !

— J'ai dit je veux pas parler ! Bon !

Et il a violemment jeté le livre qu'il tenait entre ses mains avant de se lever pour aller dans sa chambre. Enfin, la mienne – je sais, je ne lui en ai pas encore préparé une.

— Eh oh ! Un instant. Rassieds-toi immédiatement !

Il m'a jeté un regard du tonnerre, dans le sens explosif du terme, et s'est rassis. Je ne l'avais jamais vu comme ça. Faut dire qu'avant le mois dernier, je ne l'avais pas beaucoup vu non plus.

— Écoute, Matisse, je sais que ce n'est pas facile ce que tu as vu. J'aurais souhaité que tu n'aies jamais à voir ça. À vivre ça. Mais maintenant, c'est terminé et c'est extrêmement important que tu t'ouvres et que tu m'en parles, autrement, ça ne sortira jamais de ta tête. C'est ton père qui te le dit. Et il le sait, crois-moi.

— J'ai pas envie…

— Écoute, mon grand, papa non plus, souvent, il n'a pas envie d'en parler, de ses problèmes. Mais il se force, parce que c'est important. Si je ne m'étais pas ouvert, tu sais, on ne serait pas ensemble en ce moment. Papa serait au ciel, comme ta mère t'avait dit, et on ne pourrait pas partager ces moments ensemble toi et moi.

Il avait la larme à l'œil. Je suis allé le cueillir pour l'asseoir sur mes genoux.

— Tu sais ce qu'elle m'a dit, hier, la dame qui s'en vient?

— Non.

— Elle m'a dit que les idées, c'est un peu comme le linge sale. Tu peux le garder dans le lave-linge aussi longtemps que tu veux et croire qu'il est propre, mais il ne le sera jamais réellement que lorsque tu le sortiras pour l'étendre et le faire sécher au soleil. Tu comprends?

— Mais papa, on a un sèche-linge, nous…

— Ouais… bon, tu vois, à l'époque, ils séchaient le linge au soleil, quoi. Alors c'est la même chose avec les idées. Il faut les sortir et les exposer au soleil en en parlant, parce que sinon, elles restent enfermées dans ta tête et te pourrissent dans le cerveau, quoi.

— Mon cerveau pourrit ?

— Mais non… enfin, c'est une expression ! Ce que je veux dire, c'est que si tu ne me parles pas de ce que t'as vécu, on ne pourra jamais surmonter ce problème toi et moi.

— Mais… mais pourquoi ils lui ont fait mal, au monsieur, papa ?

— C'est compliqué, mon grand. Tu sais, dans la vie, il y a des gens qui prennent des risques pour faire la démonstration de ce en quoi ils croient. Et le jeune que t'as vu se faire tirer dessus, il a pris ce risque. Il connaissait les risques. Il savait qu'il était possible qu'on lui fasse mal. Et c'est ce qui s'est passé. C'est ce que tu as vu. On lui a fait très mal, c'est vrai. Mais ce faisant, il est devenu un symbole pour ceux qui pensent comme lui, tu vois ?

Il ne pigeait pas.

— Humm… Ils t'ont parlé de Jésus, au jardin d'enfants ?

— Moui…

Les salauds !

— Bon… Alors tu vois, Jésus, les Romains lui ont fait mal aussi. Parce qu'il croyait en quelque chose.

Parce qu'il avait des convictions. Et ce faisant, il est devenu un symbole pour sa cause. C'est ce qu'on appelle un martyr. Le jeune homme que tu as vu, c'est un peu la même chose, tu comprends ?

— Il va ressusciter ?

— Euh…

Ç'a frappé à la porte. J'ai ouvert, c'était M\ :sup:me Simonyi. Vraiment, j'espère qu'elle prendra l'habitude de me sauver la vie comme ça. J'ai fait les présentations. Le petit s'accrochait à ma jambe. Elle lui avait apporté des galettes. Il a fait la moue. Ça ne s'amadoue vraiment plus, ces petits.

— Alors, c'est Matisse ton prénom ?

— Moui, madame…

— Tu sais, tu me fais penser au *Jeune marin* peint par ton homonyme, avec cette grimace que tu me fais.

Enfin, quelqu'un qui a pigé !

— Papa, c'est quoi… un homomime ?

— Madame Simonyi va t'expliquer. Je dois filer, moi. Tu seras sage, d'accord ?

— Mais… mais je veux pas que tu partes, moi…

Il était sur le point de pleurer.

— Allons, mon petit Matisse, il faut laisser son papa partir. Il a du travail. Tu verras, il reviendra très bientôt. Dès demain, n'est-ce pas monsieur Antoine ?

— C'est ça, dès demain. Vous m'appelez s'il y a un problème. Allez, fiston, sois sage. Je t'aime.

Je l'ai embrassé. Il a chialé. Elle l'a pris par la main.

— Viens avec moi, qu'on goûte ces galettes que je t'ai apportées. Tu vas les adorer. Il y a des morceaux de chocolat dedans. Tu aimes le chocolat, Matisse ?

Décidément je l'aime bien, moi, cette arrière-arrière-arrière-grand-mère.

Eilat, 1er octobre 2012

25. Saint-Tropez

Il fait beau. Il fait chaud. La mer est belle. Les filles sont jolies. Mais il y a trop de Russes. Ah, ce qu'il y en a des Russes ! Parce que ç'aurait pu être quelque chose de bien, Eilat. Quelque chose comme Saint-Tropez, même. Coincée entre l'Égypte et la Jordanie, avec le golfe d'Aqaba en fond d'écran qui déchire les masses montagneuses de la péninsule arabique et du Sinaï, faut dire qu'elle est bien située. Superbe panorama, excepté la ville elle-même, qui est d'une laideur tout droit sortie d'un péplum des années quatre-vingt, en plus d'être remplie de Russes... Si le Hamas modifiait un peu sa charte, pour dire qu'il ne détruirait qu'Eilat, je l'achèterais bien, ma carte de membre, tiens.

Parlant du Hamas et des autres sempiternels, nombreux et barbares ennemis de l'État hébreu, ils baptisaient les nouvelles frégates de la marine aujourd'hui. MiMi et Shafie y étaient. « Israël se réserve en tout temps le droit de se défendre, où que ce soit... » et blablabla encore une fois. Même quand ils débitent des conneries, faut les écrire, quoi. J'ai croisé Shafie. Je lui

214

ai dit qu'il me devait bien une entrevue, avec le service involontaire que je lui ai rendu. Il a accepté. On s'est installés dans les bureaux du commandant de la flotte du Sud.

Je ne m'embêterai pas à tout retranscrire. De toute façon, ce sera dans *France Mag* la semaine prochaine. Mais il en a dit, des trucs d'intérêt. Et contrairement aux autres idiots du cabinet qui ont tous peur de leur ombre, Shafie n'a pas hésité à déroger de la ligne officielle établie par MiMi. Ça faisait bien changement, tiens. Il m'a même parlé des nouvelles preuves que le Mossad avait recueillies en Iran. Il m'a dit qu'il espérait mettre en place les éléments nécessaires aux frappes préventives avant le mois prochain. Et il m'a dit que la coordination avec l'OTAN n'avait jamais été aussi bonne. Les États-Unis, la France, la Grande-Bretagne et le Canada se joindraient à Israël si celui-ci était attaqué. C'était pas trop mal comme matériel. Ça fera un bon article, je crois.

Je suis allé me manger une *chakchouka* près de la gare de bus, et il y avait encore bien des Russes. La galère. Je retourne tout à l'heure sur TLV.

Eilat, 2 octobre 2012

26. Oren

On s'était dit qu'on s'écrirait, et il m'a écrit. Moi, pas vraiment. Pas que je ne voulais pas, mais bon, j'ai du taf, moi. Et j'ai passé l'âge des missives de trente-deux pages… En tout cas, il était en permission hier, alors il est venu faire un tour par chez moi. Je l'ai invité. Je me suis dit que ce serait intéressant de savoir comment elle allait, cette guéguerre qu'il nous promettait. Comme ce n'était qu'une permission de vingt-quatre heures, on a décidé d'avance d'aller faire la tournée des bars. Depuis que Matisse était là, je n'étais pas réellement sorti. Et comme on s'est déjà cassé la gueule, Oren et moi, je me suis dit qu'il ferait un bon compagnon de beuverie. Le seul défi, c'était de trouver un endroit qui nous plairait à tous les deux, comme il est homo et moi pas.

Je suis donc allé reconduire Matisse chez Mme Simonyi, avec qui il s'entend très bien à ce qu'il paraît, et je suis retourné à l'appart, histoire de me mettre sur mon trente et un. Quand on sort avec un jeunot de dix-neuf ou vingt ans, qu'on le veuille ou non, l'âge nous rattrape. Alors pour paraître potable aux yeux de ces demoiselles, je me suis rasé, j'ai mis ma plus belle chemise, mes pantalons les plus propres et me suis donné un petit air de macho invétéré bien qu'artistique en me dépeignant soigneusement les cheveux. Oren s'est pointé vers 19 h 30, en uniforme, les traits tirés et les cheveux poussiéreux. Je l'ai invité à prendre sa douche. Il en était bien reconnaissant.

Je nous ai fait du café, comme on souhaitait danser jusqu'aux petites heures du matin, puis je l'ai regardé ne pas fermer la porte de la salle de bain et se déshabiller. Je me suis dit qu'il était bien exhibi. Mais j'ai gardé ma remarque pour moi.

— On est entre gars, non ? qu'il m'a lancé.

Et moi j'ai pensé que ça devait faire un moment qu'il avait baisé. Ou s'était fait baiser. Enfin…

Quand il est sorti de la douche, tout frais, il m'a dit qu'on devrait aller au Lima Lima.

— Au quoi ?

— Au Lima Lima. C'est un bar où on peut danser. Un *pick-up bar if you will.*

— Je vois… mais… c'est pédé, ce truc ?

— Bon, Antoine, tu es à Tel-Aviv, mon vieux. Il y a des homos partout. Faut t'y faire, quoi. C'est plein de fils de mères juives ici !

— Ouais, bon, ça je sais. Mais je veux dire, c'est un bar exclusivement pour hommes, ou y a aussi des meufs ?

— *Come on !* Au risque de me répéter, tu es en Israël, ici ! Pas en Syrie ou en Arabistan… Des endroits pour hommes seulement, ça n'existe pas. Et puis, tu sauras que les gars gais comme moi, ils sortent toujours avec des filles. Et que les plus belles filles ! Elles aiment bien les bars gais parce qu'il n'y a pratiquement pas d'hétéros déplacés. Pourtant, tu vois, elles n'arrêtent pas de flirter. Alors je crois que tu aimeras ça. Mais c'est un peu chic comme endroit. Faudra que tu changes de chemise.

— Que je change de chemise ? Mais c'est la plus belle que j'ai !

Il s'est mis à rire !

— Ta chemise, elle était peut-être belle au début des années deux mille, mon vieux, mais ça fait un peu dépassé, ça. Tu n'as rien de mieux, tu es sérieux ?

— Bah... J'ai quelques chemises blanches, dans le pire des cas.

— Non ! Il faut quelque chose de coloré ! Ou noir. Tu n'as pas une chemise noire ?

— Euh, oui, je dois avoir ça quelque part.

Je suis allé voir. J'avais une chemise noire à manches courtes. Je déteste les manches courtes. On dirait mon père en vacances. En tout cas, je l'ai mise. Il m'a lancé un sourire de Beach Boy. J'imagine que j'avais reçu le sceau d'approbation du pédé en chef. Et comme ils aiment les mêmes choses, les homos et les meufs, je me suis dit que c'était bon signe.

Vers minuit, on s'est donc mis en route. Il m'a guidé jusqu'au bar, et ça avait de la gueule. La musique était décente – de la pop américaine – et ça sentait le parfum, l'alcool et le fric. Il y avait de belles filles, en tenues légères, et comme j'étais le seul véritable homme de l'endroit, je me suis dit que je saurais certainement faire une bonne pêche. Peut-être même en ramener deux, tiens, comme elles sont sans doute toutes un peu lesbiennes.

Mais ça ne s'est pas vraiment passé comme prévu.

— Alors, tu ne danses pas ?

— Oh, très peu pour moi… Mais vas-y ! J'ai vu de beaux mecs te regarder !

— Oh ! Depuis quand ça existe, des « beaux mecs », dans ton vocabulaire ?

— Ah, va te faire foutre, toi ! Justement, mets ton plus beau sourire, y en a un qui s'approche.

Et c'est vrai qu'il était beau, le mec. Les cheveux bruns. La barbe courte. Les yeux d'encre. Le corps d'un type de vingt ans. Il s'est placé entre Oren et moi pour commander une bière.

— T'en veux une ? qu'il lui a demandé, à Oren.

— Pourquoi pas !

Sur ce, je me suis éloigné, histoire d'aller draguer moi aussi. Il y avait deux petites demoiselles au bar, pas trop loin. Elles discutaient avec un type.

— Bonsoir, mesdemoiselles, que je leur ai lancé en hébreu.

— Tu veux quoi ? qu'il m'a répondu.

— Je crois que c'est à tes amies que je parle…

— Mes amies, ce sont mes sœurs, du con. T'approche pas.

— Avi, s'il te plaît, calme-toi, il a rien fait de mal, le vieux.

Le vieux… Je suis parti. Elles ont pouffé de rire.

Oren et le brun dansaient. Il n'était que 1 h du mat'et je voulais déjà rentrer. Plus pour moi ces trucs, que je me disais. Oren a dû me voir déprimer, car il s'est approché pour me demander ce qui n'allait pas. Je lui ai dit que tout allait, et il m'a présenté son Roméo à grosse queue. Enfin, c'est ainsi que je me l'imaginais.

— Lui, c'est Sebastian. Il est Américain. *Here's Antoine. He's a French journalist. A friend of mine.*

— *Hi, Antoine. Pleased to meet you.*

He didn't mean it, comme on dit.

— *Likewise, bro.*

I didn't mean it non plus, faut dire.

— *So where're you from in the States?*

— *Boston.*

— *Boston! That's great! I've been there a couple of times! So… you're a faggot like my good friend here?*

Il a ri, mal à l'aise.

— *Well, I guess you could say that!*

— *No, I mean, that's interesting. Cause I've always wondered… like, how do you guys know who fucks and who gets fucked? I mean, I'm looking at Oren here, and really, I just can't fucking guess.*

Ils ont ri, clairement mal à l'aise.

— *Oh well, that depends, you know.*

Il a haussé les épaules puis a regardé Oren.

— *D'you wanna hit back the dancefloor?*

— *Hey, one second here! I mean, you didn't really answer. So what... I mean, as to you... Do you prefer having a cock up your ass? You're like a woman somehow, right? You put it up your hole and you moan? Do you swallow too?*

— *Hey Oren, what's with your friend? Is he retarded or somethin'?*

— Hé Antoine, ça suffit... C'est quoi ces questions?

— Mais je fais que discuter, moi! Qu'est-ce qu'y a? On peut plus poser de questions ici?

J'ai regardé l'Amerloque. Il s'impatientait.

— *So, what is it? You can't fucking answer the damn question? Man... You're such a fucking puss...*

Il m'a foutu son poing dans la gueule. J'ai riposté. Oren s'est interposé en criant. On s'est battus comme ça une bonne petite minute, en cassant les verres alentour, jusqu'à ce que la sécurité se pointe et nous foute tous les trois dehors.

On a continué à se battre dehors. Puis les gyrophares sont apparus au loin. C'est là qu'Oren et moi avons pris nos jambes à notre cou.

— Mais c'était quoi tout ça?

— Tout quoi?

— Ces questions! T'es fou ou quoi? Qu'est-ce qui t'a pris? Et puis les coups de poing et tout... Il était sympa!

— Je te ferai remarquer que c'est lui qui a commencé.

— Peut-être, mais tu l'as provoqué quand même ! Qu'est-ce qui t'a pris, Antoine ?

— Il était pas bien pour toi, ce mec…

— Pas bien pour moi ?

Il a arrêté de courir.

— Mais tu n'es pas sérieux ? Pas bien pour moi… Qu'est-ce que c'est que ces conneries ? Tu te prends pour ma mère ou quoi ?

— Bah, t'as vu comment il m'a frappé quand même ! Tu veux vraiment d'un mec qui s'énerve si facilement ? Je le testais moi, c'est tout… N'importe qui ferait ça !

— Non, Antoine, pas n'importe qui… Tu es jaloux ou quoi ?

— Dis pas de conneries… Jaloux… Allez, marche un peu qu'on rentre, nom de Dieu !

— Non, mais je suis sérieux, Antoine… C'était quoi cette réaction ?

— Mais je te l'ai dit, merde ! Allez, tu rentres avec moi à l'appart, oui ou non ?

On est rentrés sans dire un mot. Je nous ai servi un verre de rhum à chacun.

— Et puis, ta guerre, on dirait qu'elle viendra pas, au final, hein ?

Il m'a embrassé. Je ne l'ai pas repoussé. Relents berlinois.

Tel-Aviv, 20 octobre 2012

27. Le calme

Je me demande bien ce qui a pu se passer pour que tout change ainsi. Pourquoi j'en suis là. Pourquoi tout dégringole comme ça. Putain qu'il n'y a pas de quoi être fier.

Il est 23 h 30, le petit dort, je suis sur le balcon, je sirote un Hendrick's sec et je me grille une Gauloise, parce que des soirs comme ce soir, il n'y a rien de mieux à faire. Parce que des soirs comme ce soir, on aimerait être ailleurs, en d'autres lieux, avec d'autres gens, à faire autre chose.

Ce matin, dans le *Haaretz*, on indiquait que le colonel tueur de fillettes palestiniennes serait exécuté à 5 h 36. Il doit être bien mort et enterré au moment où j'écris ces lignes.

On se dit qu'on ne fait que notre boulot. Que notre responsabilité se limite à sortir l'info et c'est tout. Que ceux qui parlent parlent et que ceux qui se taisent se taisent et qu'on ne peut pas toujours protéger la veuve et l'orphelin, et l'assassin encore moins.

On se dit que quand nos amis meurent, ils meurent et que voilà c'est tout, parce que ce sont les risques du métier et qu'on y passe tous un jour.

On se dit que quand nos relations prennent l'eau, c'est normal parce qu'on est incompréhensible à nos propres yeux et que le commun des mortels, de toute manière, ne s'y démêlerait jamais.

Je me demande bien ce qu'elle aurait eu à dire, Sophie, pour me contredire. Ou ce qu'elle aurait à me dire, la mère du gosse, pour me maudire.

J'ai reçu un texto d'Oren un peu plus tôt dans la soirée. *2main. xxx*, qu'il m'a écrit. J'imagine que ça signifie que tout prendra feu au levant… Je finis par croire qu'il a eu raison sur toute la ligne, le mec. Deux cent cinquante mille réservistes ont été mobilisés hier. Il y aura du pain sur la planche…

Tel-Aviv, 23 octobre 2012

28. Tolstoï

Au courant de la nuit, les nouvelles frégates de MiMi ont pénétré dans le golfe Persique sous escorte américaine et britannique alors que les F-16 de l'État hébreu traversaient illégalement les espaces aériens jordanien et irakien à basse altitude. Israël a simultanément bombardé les installations nucléaires d'Arak, de Qom, de Natanz, de Parchin, de Bouchehr et compagnie, des airs et de la mer, alors que Tsahal commençait à pilonner puis à envahir le sud du Liban et Gaza de manière préventive, tout en renforçant la sécurité sur le plateau du Golan. La rédac m'a demandé par courriel à 6 h du mat' d'immédiatement partir couvrir les opérations terrestres dans le Nord. Mon cellulaire a sonné tout le matin. Les sirènes d'alerte aussi. Les rues étaient désertes quand je suis allé nous chercher des pâtisseries. C'était fermé, d'ailleurs. On s'est contentés de céréales au lait en poudre, le petit et moi, pendant que j'analysais comment je procéderais.

— Pourquoi y a du bruit comme ça?

Il suçait son pouce.

— C'est pour avertir les gens du danger, mon p'tit. Faudra garder l'oreille ouverte quand tu seras avec Mme Simonyi. Ce sera très, très, très important que tu écoutes tout ce qu'elle aura à te dire et que tu la suives quand ce sera nécessaire, d'accord?

— Oui…

— Papa va devoir partir pour quelques jours faire son travail… et ce sera mieux que tu n'ailles pas au jardin d'enfants non plus, d'accord? Madame Simonyi et toi, vous ferez un peu comme du camping. Tu en as déjà fait, du camping?

— Non…

— Ben… ce sera une première, tiens! Moi je vous appellerai tous les jours…

— Mais pourquoi tu pars encore? Moi je veux pas que tu partes!

— Mais Matisse, c'est le travail. Tu le sais, non? On n'est pas tous des rois comme Babar, tu vois? Il faut que papa parte parfois pour pouvoir payer pour ton école, et la nourriture et les cadeaux que le père Noël t'apportera cet hiver…

— Mais… mais moi je veux pas… Tu pars tout le temps… Je… je m'ennuie de maman.

Ouch.

— Eh, mon beau… Tu verras, on sera ensemble à nouveau d'ici quelques jours.

La sirène s'est mise à retentir.

— On va être très prudents tous les deux et tout ira bien, tu verras. Et puis, tu pourras me faire des dessins

226

pendant que je serai parti. Ça ira bien, tu verras, mon bonhomme.

On a entendu une explosion lointaine. Une roquette lancée depuis Gaza, sans doute. On a tous les deux sursauté.

— Bon, il est temps d'aller chez Mme Simonyi. Tu as bien fait tes bagages ?

— Moui…

On est sortis. Il y avait un *checkpoint* de Tsahal au bout de la rue. Je n'avais jamais vu ça !

— Monsieur, la rue est fermée. N'avance pas ! qu'il m'a dit en hébreu, un des soldats.

— C'est quoi, ce bazar ? Je dois aller reconduire mon petit chez sa gardienne, moi !

— Ce sont les instructions qu'on a reçues, monsieur. Retourne chez toi, s'il te plaît.

Je me suis approché pour l'engueuler, il a levé son Galil ACE vers moi.

— Recule, monsieur !

Le petit s'accrochait à ma jambe. Ses ongles dans ma cuisse. C'était la première fois, je crois, qu'il revoyait une arme depuis l'incident… La sirène a retenti à nouveau alors qu'on retournait vers l'appartement. J'ai pris le petit par la main et on a couru se mettre à l'abri. Ça commençait vite et bien, que je me suis dit. Et je n'avais encore rien vu. Ou entendu.

En rentrant, j'ai tout de suite ouvert la radio, comme je n'ai pas de télé. Sur toutes les chaînes, la même voix morne, intransigeante, martiale. On y passait en boucle le même foutu communiqué. De quoi enrager.

« Citoyens ! L'État d'Israël vit actuellement des heures d'une extrême gravité, alors que nos soldats, au pays, dans le golfe Persique comme aux frontières, s'efforcent d'assurer le succès de l'opération Colère divine, visant à éliminer de manière définitive toute menace à court et moyen termes envers la patrie et ses habitants. En ces temps d'urgence, le gouvernement se voit forcé de prendre des mesures d'exception afin de protéger la population civile. Dans le but de coordonner tous les efforts de l'État, le premier ministre et le président délèguent à partir de ce jour l'ensemble de leurs pouvoirs et prérogatives au président du Haut Conseil militaire, le général Yossi Shafie. En accord avec la Constitution, le cabinet de guerre a décidé ce matin, à 7 h 30, de décréter l'état d'urgence. Pour votre sécurité et celle de vos familles et de la nation, veuillez suivre l'ensemble des directives qui vous seront communiquées dans les prochaines heures. »

Ça m'a semblé assez clair d'emblée. Ce salaud de Shafie s'était servi de l'attaque pour renverser le gouvernement. Échec et mat ! Sauf qu'on n'est pas aux échecs, et tout le monde se retrouve baisé grave. J'ai tout de suite ouvert mon ordi pour en informer la rédac, mais je me suis retrouvé à rassurer Valérie à la place. Elle s'inquiétait grave. Et pour une fois, je la comprenais.

Antoine,

Je ne sais pas ce qui se passe. Je ne comprends pas comment tu n'as pas vu venir ça. Je n'imagine même pas à quel point tu dois être malade mental pour avoir traîné ton gosse dans ce merdier. Mais écoute-moi bien : si jamais quoi que ce soit arrive à Matisse – quoi que ce soit –, je peux t'assurer que je te tuerai de mes propres mains. Et je prendrai plaisir à te faire souffrir au moins tout autant que l'idée que mon fils se trouve actuellement en pleine zone de guerre avec son irresponsable de géniteur à la con me fait souffrir.

On s'est connus neuf ans, Antoine. Neuf ans. Et en neuf ans, je n'ai jamais su ce qui te tenait le plus à cœur : ton boulot, ta queue ? Mais sois certain d'une chose : si jamais mon fils revient au pays traumatisé, blessé ou tué, je t'assure que je me chargerai personnellement de te faire perdre tout ce qu'il te reste. Tout.

Maintenant je t'en supplie, veille sur Matisse comme tu veillerais sur la prunelle de tes yeux – voire plus encore. J'ai cru comprendre que tu l'aimes. Démontre-le pour une fois.

Valérie

Ça m'a fait mal. Surtout qu'elle avait plutôt raison. Mais ça ne m'a pas empêché de lui mentir grave pour la rassurer. C'était ridicule, mais je n'avais pas le temps de me taper de la psycho pour mamans. Et puis, elle est plus du genre *Vogue* que *Le Monde diplomatique*, alors elle gobe plus facilement.

Valérie,

Ma pauvre, mais ne t'en fais donc pas! C'est commun ici, ces missiles. J'ai vécu ça une bonne dizaine de fois depuis que je suis à Tel-Aviv. C'est vrai, maintenant on en parle, comme c'est un peu exceptionnel et qu'ils ont attaqué l'Iran. Mais ça ne fera pas long feu, tu verras. Et puis, on a un bunker merveilleux à deux pas d'ici. Un quatre-étoiles. Et j'ai une bonne tonne de provisions – de quoi tenir plusieurs mois si besoin est. Ce qui, de toute évidence, ne sera pas nécessaire, puisque tout sera fini dans les prochaines heures. De toute façon, je reste avec le petit, moi, alors y a pas de problème. Je sais quoi faire en cas de pépin. D'ailleurs pour l'instant, il ne s'inquiète pas du tout – il lit même son Babar. Alors cesse tout de suite de te ronger les sangs et va te reposer les méninges un peu. Un spa scandinave, tiens! Ça te ferait du bien. Je te rembourserai si tu veux. Tu m'enverras la facture.

Matisse t'embrasse.

Ton ex et fier de l'être

x

Et sur ces distractions familiales, je me suis mis au boulot. Et c'était vrai, le petit lisait son Babar.

Salut boss,

Alors ça devient vachement compliqué ici, comme tu dois déjà le savoir grâce à nos potes de l'AFP.

Tu t'en doutes probablement, mais je crois que ce transfert de pouvoir n'a strictement rien de volontaire. *Je commence à assez bien connaître MiMi pour savoir qu'il n'aurait jamais acquiescé à une telle mesure si on ne lui avait pas mis un fusil – voire deux – sur la tempe. Quant au président Repez, il est si gaga depuis un moment qu'il n'a même pas dû comprendre ce qu'il signait. Bref, au premier abord, cette « dévolution de pouvoir » a tout du coup d'État. Je ne suis toutefois pas encore sûr de la manière dont le tout s'est opéré en coulisses. Chose certaine, ç'a dû être bien sale.*

Ce serait encore amusant, tout ça, si ça ne me laissait pas dans une situation précaire. Il y a un checkpoint *au bout de ma rue et on ne laisse sortir personne. Selon ce que j'ai capté à la radio, on a instauré les mesures d'urgence et je ne suis pas certain de l'état dans lequel cela laisse les journalistes étrangers. J'ai essayé d'appeler la personne responsable au bureau du PM mais la ligne est constamment occupée. Même chose à l'ambassade française. Et comme je ne suis pas en mesure d'aller reconduire mon fils chez sa gardienne, je ne peux même pas tenter de m'enfuir par le toit. Je blague, mais tu vois ce que je veux dire...*

Pour ajouter au plaisir, les sirènes ne cessent de résonner à travers la ville et on entend une explosion de roquette toutes les demi-heures sans pour autant pouvoir se rendre sur les lieux d'impact. C'est plutôt frustrant. Je ne pourrai donc vraisemblablement pas partir aujourd'hui pour le Nord, mais je tiens à t'assurer que j'y déploie tous mes efforts.

Je te tiens au courant dès que quelque chose débloque.
Amicalement,
Antoine

J'ai appelé, puis rappelé, puis rappelé au bureau du PM, sans succès, puis ç'a cogné à la porte. C'étaient les voisins du dessous. Ils voulaient qu'on aille avec eux au bunker. « C'est très dangereux, monsieur Antoine, vous êtes au dernier étage ! Si un missile frappe, vous êtes morts, tu sais ? » Eh oui, je savais. Ils sont bien sympas, ces voisins. Des trentenaires juifs de Carthage qui ont fait leur *alya* après la révolution du jasmin. Ils s'engueulent tous les soirs mais ça embaume la cannelle et la cardamome dans tout le building quand ils préparent le tajine d'agneau pour sabbat. Tout ça pour dire que j'ai failli leur envoyer le petit, mais il n'aurait pas voulu. Alors on est restés tous les deux, parce que moi, les trous à rats...

Pour le moment, donc, on est toujours en vie. Même que j'ai pu l'envoyer se faire foutre, la bonne mère, lorsqu'elle m'a répondu tout à l'heure qu'« *et puis on sait bien : les missiles et toi, ça finit toujours avec tous les autres aux funérailles et toi qui ne veux pas y aller* ».

Tel-Aviv, 29 octobre 2012

29. Intersections

Exception faite des missiles qui explosent à tout moment et des sirènes assidues qui en font décidément beaucoup, du boucan, on s'emmerde grave dans cette cité paralysée qui s'embellit néanmoins, sans doute d'heure en heure, de buildings éventrés et de corps déchiquetés. Les Iraniens ont promis hier qu'ils détruiraient l'ensemble du pays s'il le fallait, Jéru y compris, et je me dis que s'ils pouvaient à tout le moins faire disparaître les quelques *checkpoints* entre moi et le Nord, où je devrais être depuis un bon moment déjà, je les remercierais peut-être de leurs ambitions génocidaires. Sauf que pour l'instant leurs menaces vengeresses me font plutôt l'effet du *phone sex* : c'est bandant à l'oreille au début, mais faute de ne pas voir grand-chose, après quelque temps, même le Viagra n'y fait plus.

Même sur le Web, qui est censuré depuis minuit hier, c'est difficile de trouver des images de ce qui se passe au-delà du petit demi-kilomètre carré où nous enferment ces foutus *checkpoints* de mes deux. Si j'ai bien compris, rien ne sort du pays en termes d'info. Même les journos de la BBC et compagnie n'ont rien pu produire à propos de ce qui se passe à TLV. Pour obtenir de l'info, il ne reste pratiquement plus que la radio, qui ne diffuse d'ailleurs que les mémos rédigés par l'armée, car apparemment même la télé ne présente plus grand-chose en dehors de Shalosh. C'est pas moi qui le dis, mais les voisins du dessous, les Carthaginois, qui sont tout à l'heure venus voir comment Matisse et moi nous portions. Ils s'en sont retournés penauds vers le bunker du quartier, pour se voir au final irrévocablement retirés de la circulation, ou enfin, hachés, malaxés, pulvérisés, émiettés, désarticulés, démembrés, bref, vachement tués sans espoir de retour par une roquette bien mal tombée alors qu'ils traversaient l'intersection d'à côté. C'est qu'elles tombent toujours bien mal d'ailleurs, ces roquettes. Les chirurgicales, celles qui ne tuent que les méchants, il n'y a que les Israéliens qui en ont, apparemment. Ils devraient penser à partager un peu.

Mais méchants, pas méchants, Hafiz Ben Shaïd et son épouse, la belle Salma aux yeux d'or, bien que Tunisiens, étaient surtout Israélos, et c'était sans doute suffisant pour que cette partisane du Hamas de roquette de mes deux leur fasse payer le gros prix. Elle aurait pu choisir MiMi ou Shafie, mais elle ne savait pas trop, la pauvre conne, où on l'envoyait.

Quand j'étais gosse, on me disait souvent pour me faire peur que, quand l'heure viendrait, la Grande Faucheuse arriverait sans bruit ni éclats. Ceux qui me disaient ça ne la connaissaient décidément pas bien, la Faucheuse. Ils ne les avaient pas vus, les vitres éclater, le souffle chaud s'engouffrer par toutes les embrasures, la poussière se loger dans chaque recoin et les bouts de chair fondue s'étaler comme du beurre rosâtre sur le trottoir poreux d'en bas. Ils ne les avaient pas entendus, les milliards de décibels catapultés au moins à la vitesse du son dans leurs oreilles de cons, les murs trembler, craquer, se déchirer, les femmelettes hurler à s'en arracher les cheveux et mon gosse pleurer comme jamais un gosse ne devrait pleurer avant d'avoir connu sa première peine d'amour.

Et c'est certain que les Ben Shaïd ne méritaient pas ça. Que la vie est parfois d'une grande injustice. Mais il y a des injustices dont il faut se réjouir et j'étais quand même fichtrement soulagé qu'au final ce soient eux qui y passent et non mon petit que je n'ai toujours pas eu l'intelligence d'amener au bunker. Certes, c'est dommage tout ça, car il n'y aura plus de tajines et qu'au lieu ça sentira le méchoui d'entrailles pour quelques jours encore, mais il faudra sans doute déménager de toute manière, comme l'hiver s'en vient et qu'il n'y a plus de fenêtres qui tiennent dans l'appart. La cellophane, ça fait pour la pluie mais pas pour l'isolation. De toute manière, ce ne sera que si je trouve un moyen de bouger de ce foutu quartier où nous maintient contre notre gré ce trouduc de Shafie.

Entre-temps, les Ben Shaïd me donnent au moins un premier prétexte à l'écriture. Ce qui veut aussi dire un peu de fric. Parce qu'il faut bien bosser comme on peut.

C'est le propre des guerres que de faire des victimes, et l'on ne peut espérer des éruptions de Vulcain qu'elles camouflent le lot de grands malheurs et de petites injustices qu'elles portent en elles. L'énième conflit qui sévit ces jours-ci au Moyen-Orient n'y fera pas exception. Cela malgré les récentes mesures visant à restreindre l'accès à l'information et la couverture journalistique au sein de l'État hébreu mises en place par le général Yossi Shafie, catapulté mardi dernier au sommet du pouvoir par ce qui a désormais toutes les apparences d'un coup d'État bien huilé. Si la première victime de ce conflit semble bien connue de tous – Israël ayant silencieusement sacrifié sa fière démocratie sur l'autel sanglant des inflexibles apôtres de Mars –, ce sont des petites gens, victimes sans histoire d'une guerre qui se veut propre et bien gérée, dont on risque de ne point se souvenir par la faute des ambitions dictatoriales d'un général Shafie prêt à tout pour ne laisser filtrer aucune information non censurée hors du pays. Des petites gens telles que Hafiz et Salma Ben Shaïd, qui ont eu le malheur d'êtres déchiquetés au pied de mon appartement cet avant-midi, au grand dam des autorités militaires, qui les auraient certainement préférés morts loin des yeux inquisiteurs d'un quelconque représentant des médias.

Si les roquettes lancées depuis Gaza par les partisans du Hamas, alliés de l'Iran dans cette lutte à mort

renouvelée contre Israël, parviennent désormais à péné-
trer le soi-disant « Dôme de fer » pour venir accomplir
leur macabre mission en plein centre-ville de Tel-Aviv, il
est à parier que de nombreuses failles existent au sein de
l'appareil de défense israélien. Des failles qui ont donc
permis à une roquette d'atomiser cet avant-midi les Ben
Shaïd, mes voisins du dessous, alors qu'ils retournaient
au bunker du quartier après m'avoir visité. Des failles
qui font mentir les messages propagandistes des forces
armées colportés en boucle par les médias israéliens,
affirmant toujours, plus de six heures après le décès des
Ben Shaïd, qu'aucune mort israélienne n'est encore à
déplorer. Des failles qui laissent présager, bien que nulle
confirmation ne soit à ce stade possible, que les Ben
Shaïd ne sont guère les seuls habitants du pays à avoir
péri dans les soixante-douze dernières heures, victimes
infortunées et silencieuses de l'incessante et explosive
vendetta des amis de Téhéran à l'endroit d'Israël.

Bon, c'est pompeux… mais j'écris pour la France,
et à la guerre comme à la guerre. Et ça continuera ainsi
pendant cinq mille signes de plus, où je m'étendrai
avec un soupçon de larmes saupoudrées de tragique
sur ces banalités dont parlent toujours les journalistes
quand des civils crèvent: que les Ben Shaïd étaient de
Carthage, qu'ils étaient de bonnes gens qui cuisinaient
bien, et qu'en fait ils n'étaient pas que deux à avoir été
pulvérisés, vu que la meuf, la belle Salma, attendait un
môme. Enfin, j'écrirai tout ça plus tard parce que la

priorité, c'est de sortir de mon appartement de merde pour aller dans le Nord, et que je viens d'avoir une saloperie de bonne idée en les entendant rire en bas, les gamins.

Tel-Aviv, 3 novembre 2012

**Matisse
Suivre les traces**

1. Soleil

Janvier 2041. Menton. Hiver pugnace. Nuages. Grisaille. Et au milieu de tout ça, tes rires qui seuls parviennent encore à nous égayer.

Tu l'apprendras bien assez tôt, mais mettre au monde, c'est déjà mourir. Je le dis sans amertume. Car mourir n'est pas la fin. C'est le début de tout, du meilleur comme du pire. Le départ qu'on offre à celui ou celle qui saura accomplir ce qu'on n'a pu pour et par soi-même créer. La vie renouvelée en quelque sorte. Une angoisse certaine et d'hypothétiques espoirs.

Shams – ce nom, c'est ta mère qui l'a voulu. En t'expliquant ton nom, elle te dira combien tu as éclairé sa nuit noire. Mais moi, tu m'as fait germer. Fleurir. Car il n'y a rien comme de se voir en quelqu'un qui vient de soi, et réaliser ce qu'on n'a pas. Et je ne parle pas de ce qu'on a perdu, comme c'est le cas pour ta mère. Mais de ce qu'on n'a pas encore eu. De ce qu'on n'a pas encore été.

Et tu constateras bien assez vite que les rêves non consommés et languissants trouvent toujours à remettre en question nos choix passés. Chimères, ils nous poursuivent en ricanant, jugeant et pestant contre les choix faits en ne cessant de rappeler à nos esprits tourmentés les hypothétiques possibilités autrefois rêvées et désormais hors d'atteinte. Et si j'avais ? Et si j'étais ? Et si je n'avais ? Et si je n'étais ? Tu constateras ainsi que tes rêves de jeunesse, éclaireurs de bonheurs enviés, peuvent rapidement se transformer, une fois irréalisés, en fossoyeurs d'espoirs et en harcelants aveux d'échec.

J'ai longuement sommeillé avant de te connaître. Car c'était là la vie que je m'étais pour moi-même et les autres créée. Une vie faite de devoirs et d'obligations et de sens des responsabilités. J'ai rêvé d'étudier la musique, la forêt, les êtres, les lettres et les vérités multiples et contradictoires. Je me suis rêvé vivre sans attaches, libre comme savent l'être ceux qui renoncent à leur humanité. J'ai espéré voir du monde plus que la surface, et faire plus que le voir ; le toucher, le sentir, le goûter, le souffrir et l'aimer. Mais j'ai surtout souhaité y laisser quelque chose. Et c'est à travers ta venue que je réalise que le soleil qui a longtemps couvé en moi sans parvenir à percer les cendres du feu qui s'éteint à mesure qu'on vieillit, c'est toi. Que tu es la matérialisation de ce qui m'a été légué et que je n'ai su réaliser en moi-même. Et c'est ainsi que survient ma mort. C'est ainsi que surviendra la tienne.

Car on meurt en réalisant combien piètres nous sommes. Et comment ne pas se sentir petit et piètre

en mettant au monde? Petit et piètre face à l'impla-
cable beauté de cette nature qui se régénère; petit et
piètre face à l'Éden qui couve dans les yeux de celui qui
n'a pas encore goûté les sucres amers de la pomme;
petit et piètre en pensant à ce qu'on a accompli à ce
jour et qui ne suffira pas pour donner l'exemple; petit
et piètre en se remémorant combien demain on peut
finalement mourir en paix, que le cours des choses est
là, accompli par la naissance de celui ou celle qui ne
comprend pas encore que rien n'arrête le temps. Et on
meurt de cette petitesse. Ou plutôt est-ce cette petitesse qui meurt. Cette petitesse qui constitue ce que
nous sommes, qui définit nos actes et nos pensées à
peine tournées vers l'avenir, la postérité et la mort. Et
on meurt donc pour mieux renaître, en prenant cette
fois conscience de la finitude de la vie et de la grandeur
qu'on se doit d'épouser.

J'ai souhaité savoir d'où je venais avant de t'accueillir. Me voilà maintenant sur le chemin des
réponses. Mais il me faut surtout savoir où j'irai. Et
faire les bons choix. Éviter les regrets et ces rêves non
consommés et languissants que je ne souhaiterais
jamais te transmettre. Nous portons le fardeau de nos
généalogies, mais que ne donnerais-je pour que tu
n'aies pas à emprunter les mêmes chemins que moi.

Ce recueil, c'est pour toi que je l'ai commencé.
Nous ne naissons pas chimpanzés, petite. Évidemment,
j'en sais maintenant bien plus que je n'ai initialement
souhaité en apprendre sur mon père. Mais il en reste

beaucoup à découvrir, à comprendre, et ta présence à nos côtés me ralentit désormais dans cette entreprise qui ne te sera utile qu'une fois terminée. Et il me faut décider.

MATISSE

2. Trous noirs

Mars 2041. Au-dessus des Alpes. Menton-Berlin. La fuite ? Ou la quête ? Je ne sais trop, mais tout est devenu trop lourd. Trop compliqué. J'ai besoin d'une pause. Je suis épuisé. Ta mère m'épuise, petite.

Parce que chaque fois qu'elle te regarde, elle ne peut s'empêcher de s'effondrer en sanglots. Lorsque tes cris affamés nous réveillent au fond des nuits creuses, elle m'abandonne souvent pour s'isoler dans son cabinet de travail et y écouter les plus sombres *Nocturnes* de Chopin. Et lorsque vient le temps de te consoler, de changer tes couches, de te nourrir ou de te sourire, c'est à moi que revient le rôle de jouer au père et à la mère. Ses yeux autrefois pétillants avalent désormais tout ce qu'elle regarde sans rien renvoyer en échange.

Son passé s'est transformé en trou noir. Et je souhaite l'aider. Je souhaite être là pour elle. Je souhaite la tirer hors de sa crainte du passé et la pousser à s'y confronter. Mais elle me rejette. Et pas que cela, mais bien tout ce qui me concerne. Je ne suis ni assez bon, ni assez présent, ni assez attentif, ni assez communicatif à ses yeux. Et je ne sais que lui répondre sans la blesser ou lui octroyer sa part du blâme. J'essaie, petite. Vraiment, j'essaie de mon mieux. Et rien n'y fait. J'ai besoin d'une pause.

S'il me faut être l'arbre qui soutient notre famille au moment où ta mère s'effondre, j'ai intérêt à me voir suffisamment ancré pour le faire. Et tu le sais bien, je fais moi-même face à ma part de soucis quant à mon passé. Il y a encore tant de choses à découvrir et à digérer. J'ai pu retrouver Hans, l'amant allemand. Il est toujours en vie, et impatient de partager ses souvenirs avec moi. Des souvenirs qui m'aideront peut-être finalement à comprendre.

Car il en va des hommes comme il en va des arbres, petite. On peut se croire libre tant qu'on le souhaite, mais on est à jamais attaché à la terre qui nous porte, à l'eau qu'on boit, à l'air qu'on respire et à ceux qui nous ont créés. C'est là tout ce qui nous permet de résister aux éléments. De survivre aux tremblements de terre et aux tempêtes.

Et ton arrivée dans nos vies ne saurait être comparée à autre chose qu'une tempête. Et c'est bien normal. Tant d'ajustements, de compromis et de concessions sont nécessaires au bon déroulement des choses. Et ces premiers mois n'ont pas été aisés. Ta mère et moi avons toujours été fort indépendants, et nous voilà désormais liés à quelque chose qui nous dépasse de loin tous les deux : ton bien-être. Tes rires, tes cris, tes pleurs, tes rots, tes excréments, voilà tant de choses auxquelles il nous faut aujourd'hui être attentifs. Et c'est lourd.

Évidemment, nous le faisons avec amour, et nous cherchons à bien le faire. Mais entre les conseils de tout un chacun, les obligations professionnelles et ménagères, nos obsessions personnelles respectives et notre désir de ne pas perdre de vue notre individualité, les tensions croissent constamment entre ta mère et moi. Mes potes de fac me disent que c'est normal, mais je m'inquiète.

Car ta mère et moi, c'est une grande histoire d'amour. Une fichue belle histoire d'amour. D'un type que je te souhaite d'un jour connaître. Mais il semble qu'il y ait des circonstances qui puissent affecter l'équilibre d'un tout. Et lorsqu'on n'a ni d'un côté ni de l'autre les racines suffisamment ancrées pour survivre à la tempête, il peut arriver que le tout se rompe. Mes racines à moi, je cherche présentement à les retrouver. À les comprendre. À confronter le passé afin de mieux préparer le futur – notre futur. Mais ta mère n'en a que faire. Son passé à elle est enfermé à double tour au fond des plus sombres recoins de sa mémoire. Et elle ne s'y aventure jamais. Et je vois bien que cela lui pourrit la vie.

Pourquoi m'a-t-il abandonné? Pourquoi n'est-il pas resté? Pourquoi n'a-t-il pas pu faire face à mon arrivée et construire quelque chose de durable avec ma mère? Je ne sais toujours pas comment répondre à ces questions. Et Dieu sait qu'il le faut. Dieu sait qu'il le faut parce que Dieu sait qu'elles me hantent, ces questions. Ce n'est pas facile, petite. Ce n'est vraiment pas facile. C'est beau, certes. C'est admirable et c'est sans doute sain. Mais elle n'est véritablement pas automatique, la paternité. Elle n'est pas instinctive, du moins. Elle se construit au fil des heures et des jours passés avec toi, et elle se raffermit et s'embellit, mais elle n'est pas automatique. Et avec ta mère dans l'état où elle est, je ne sais plus que penser, sinon que le plus tôt je saurai terminer ce projet de fou, le mieux ce sera pour nous trois.

MATISSE

3. Hans

Mars 2041. Berlin. C'est une des premières belles journées du printemps et les cerisiers et les pommiers sont en fleur. Dans la palmeraie, les cacatoès s'en donnent à cœur joie. Les suffocants vents de poussière orange venus de Russie se sont calmés. Hans m'a demandé de le rencontrer au Tiergarten, tout près du Philharmoniker. De jeunes amants se promènent dans les sentiers et je ne peux m'empêcher, en les voyant, de me dire que ta mère et moi leur ressemblions il n'y a pas si longtemps. Comme les choses ont changé depuis.

On s'est retrouvés près d'un étang. Je me l'étais imaginé plus grand. Plus beau, aussi. L'âge, peut-être ? Qu'importe – il avait une douceur dans la voix qui m'a vite fait comprendre ce qui attirait mon père chez lui.

« C'est brisé qu'Antoine est revenu d'Afrique. C'était un beau matin de juin 1994, si je me rappelle bien. Nous ne nous étions donné aucunes nouvelles depuis ce jour d'hiver où il m'avait quitté pour Moscou. Croyez-moi bien, je lui en avais terriblement voulu.

Il m'avait promis d'écrire. De revenir. Nous avions fait tant de plans, lui et moi. Il y avait cette maison, près du lac Müritz, où nous avions passé le Nouvel An avec Yvette. Nous ambitionnions de l'acheter, de la rénover et d'y vivre paisiblement. Il allait continuer d'écrire. J'allais y composer cette musique qu'il disait tant aimer. Et nous y passerions des jours heureux. L'amour que je lui portais alors était tel que je ne pouvais pas envisager qu'il puisse s'en aller pour si longtemps. Il avait promis de revenir. D'écrire. Puis les bourgeons ont succédé aux vents glaciaux, puis l'été est arrivé, puis une année entière s'est écoulée. J'ai beaucoup pleuré. Je l'ai maudit. Puis je suis presque parvenu à l'oublier. L'amour s'entretient, vous savez.

Parfois animé de nostalgie, il arrivait que je repasse par la boulangerie de Prinzenstraße au-dessus de laquelle Antoine et moi habitions. Ils y faisaient toujours d'aussi bons croissants, et même si ça constituait un détour pour moi, j'aimais y passer prendre le petit-déjeuner avant d'aller à l'orchestre. J'avais depuis terminé mes études, et on m'avait embauché en tant que pianiste substitut au Berliner Philharmoniker. Je fréquentais l'un des violoncellistes, Luukas – un grand Finlandais aux yeux verts. Nous venions d'emménager ensemble. Il avait jusqu'alors été le seul homme qui avait pu me faire oublier votre père. Leurs caractères étaient diamétralement opposés, et ça m'aidait grandement à apaiser les pulsions qui m'amenaient en pensée à revoir, à sentir et à désirer Antoine.

Lorsque je l'ai trouvé un matin sagement attablé au comptoir de cette boulangerie, je ne l'ai pas reconnu immédiatement. Sa barbe avait poussé et des cernes lui dévoraient le visage. Il semblait famélique et ses yeux vides m'observaient alors que je passais ma commande. C'est lui qui m'a intercepté alors que je sortais en le dévisageant. Ce n'est qu'au contact de sa main sur ma peau que j'ai compris. Que j'ai su que c'était lui. Je bégayais, incapable de saisir ce qui se passait. Il s'est levé et m'a fait une accolade dont j'ai toujours souvenir. Son odeur. Son corps contre le mien. Il avait changé, mais c'était toujours bel et bien lui.

Notre rencontre a été brève. J'étais en retard à l'orchestre, mais nous nous sommes promis de nous revoir au même endroit, en fin d'après-midi. J'ai écourté ma répétition dès que possible. Comme j'étais en avance, j'ai longuement erré dans les rues, observant les passants. Le soleil brillait toujours haut dans le ciel, et je me suis surpris à déambuler à travers les lieux où Antoine et moi avions quelques années plus tôt passé de si beaux moments. Des instants qui me paraissaient désormais lourds de signification alors que je remontais les allées et les avenues qui nous avaient vus nous découvrir l'un l'autre, perçant momentanément ou superficiellement des secrets que nous croyions alors dignes d'être gardés. Et ces souvenirs, ce chemin de croix que je parcourais éveillaient en moi des sentiments doux-amers. Pourquoi avait-il fallu qu'il parte ? N'avais-je été pour lui qu'une simple étape de son parcours? Ses sentiments à mon endroit avaient-ils même été sincères? Et si oui, pourquoi ne m'avait-il donc donné aucunes nouvelles au cours de ces longues années d'absence? C'étaient là les questions qui m'obsédaient. Mais n'était-il pas au final revenu m'attendre à cette boulangerie? N'était-ce pas moi qu'il était venu rejoindre? Je ne me suis pas tourmenté plus longuement et je suis parti le rejoindre à la boulangerie.

Il est arrivé en retard. La boulangerie était déjà sur le point de fermer et je m'apitoyais sur cette furtive rencontre du matin. Sans que je le voie, il m'a attrapé par-derrière et m'a fait sursauter. Nous avons ri, et son rire… Je ne sais pas si vous l'avez déjà entendu rire? J'en garde un précieux souvenir. Un rire clair et juvénile, mais néanmoins fort masculin. Enfin… Nous sommes sortis et avons refait le trajet que je venais d'effectuer. Je lui ai demandé alors pourquoi il m'avait quitté. Ce qu'il avait fait. Qui il avait rencontré. Ce qu'il avait vu et vécu et ressenti ces dernières années. Mes questions étaient nombreuses, mais il se faisait avare de réponses. C'était extrêmement frustrant, mais je percevais qu'au-delà de ses sourires rassurants se cachait un grand traumatisme. J'ai décidé de ne pas immédiatement le torturer, et je l'ai invité chez Luukas et moi. Mon copain était évidemment au courant de mes histoires avec Antoine, mais j'étais persuadé qu'il ne m'en voudrait pas d'accueillir brièvement chez nous un baroudeur tout juste revenu du Zaïre et du Rwanda. Comme bien d'autres, Luukas et moi avions suivi ce qui s'était passé là-bas. Le génocide, les horreurs quotidiennes, l'inaction de la communauté internationale. J'ai cru que Luukas serait ravi d'en discuter, et Antoine a accepté volontiers l'invitation.

Sauf que les choses n'ont pas été si simples. Dès que nous sommes entrés et qu'il a vu Luukas préparer le repas, Antoine a mis son masque. Un masque que je ne lui connaissais pas. Il est devenu distant, si ce n'est narquois. Alors que Luukas, visiblement mal à l'aise, faisait de son mieux pour l'accommoder, votre père devenait cassant à mesure que je lui reservais du vin. Il cherchait à nous choquer, décrivant par le menu détail les morts qu'il avait vus pourrir, à peine cachés par les hautes herbes au bord des routes, les enfants orphelins qui lui quémandaient quelques pièces, les nuits passées à sommeiller d'un œil en écoutant les explosions et les tirs par-ci, par-là. Et pendant tout ce temps, où étions-nous ? demandait Antoine. Où étais-je et que faisais-je, alors que se déroulaient en Afrique ces crimes que nous connaissions si bien, nous les Allemands ? Il nous a mortifiés… Ça semblait l'amuser. Je ne savais trop si je devais le prendre en pitié ou me châtier d'avoir été si insouciant envers ces situations qu'il avait vécues de près.

Antoine est resté quelques jours chez nous. Il dormait sur le canapé la nuit et rédigeait le jour venu. Ces journées ont été d'une extrême tension. Luukas ne semblait pas me pardonner de l'avoir introduit dans notre vie commune. Antoine continuait à jouer au pourfendeur de nos tranquilles consciences. Quant à moi, je désespérais de retrouver l'intimité que votre père et moi avions partagée avant que Luukas entre dans le décor. J'ai tenté de passer quelques moments seul avec Antoine, afin que nous puissions discuter à bâtons rompus comme auparavant. Mais dès que nous étions tous les deux, il se refermait comme une huître, résistant à mes avances et ne répondant à mes questions qu'à coups de vagues banalités. "Ce n'était pas si mal que ça", "On a fait avec ce qu'on avait", "Ça paraît toujours pire vu de loin", "On s'habitue à la mort comme à tout", etc. Et moi j'écoutais, ne souhaitant qu'une chose : qu'il m'embrasse, qu'il me fasse l'amour et qu'on s'étende tous les deux dans mon lit pour discuter de Marc Aurèle, de musique, du monde qui s'offrait à nous. Mais il avait vieilli. Bien plus encore que moi.

Un soir, j'ai décidé d'amener Antoine marcher avec moi le long de la Spree vers le Müggelsee. Il me fallait percer ce secret qu'il gardait pour lui. Découvrir ce traumatisme que je percevais au fond de ses yeux mais qu'il voulait visiblement occulter. Les feuilles étaient d'un vert tendre, et des familles marchaient comme nous au bord de la rivière. Nous avons trouvé un coin plus tranquille et nous nous sommes assis dans l'herbe fraîche. Nous n'avions pratiquement échangé aucune parole depuis que nous avions quitté mon appartement. Il observait les arbres et la paisible nature qui nous environnait. Son silence me pesait, mais je ne lui en faisais aucun reproche. Une lueur

orangée s'attardait à l'horizon, les eaux coulaient lentement vers l'ouest, et je lui ai finalement demandé
s'il m'aimait toujours. Il a soupiré, et m'a embrassé. Je
l'ai repoussé gentiment et me suis mis à pleurer. Je ne
comprenais pas pourquoi il était revenu si c'était pour
ainsi demeurer coi. Il m'a regardé, et s'est mis à siffler
My Funny Valentine de Richard Rodgers. Nous avons
fait l'amour sur la rive de la Spree dès la nuit tombée.
Puis, fumant une cigarette, il s'est finalement ouvert.

Il m'a longuement parlé de ses déceptions du
Congo, de ses disputes avec un Russe avec lequel il
s'était lié d'amitié et d'une femme rwandaise qu'il avait
aimée avant que le pire survienne. La brèche avait été
ouverte, et il était alors impossible d'arrêter ce flux de
peine et de colère qu'il déversait à mes côtés. Je le tenais
dans mes bras, et nous nous sommes endormis dans la
pénombre des buissons, bercés par la lente coulée de
la Spree. Le lendemain, à mon réveil, votre père avait
disparu. Je l'ai cherché à l'appartement, à la boulangerie, à la gare, mais je ne l'ai trouvé nulle part. En
rentrant finalement chez moi, désespéré et amer après
une journée éprouvante de recherches, j'ai découvert
ses carnets africains sur la table de la salle à manger.
Un mot les accompagnait. *Si tu m'aimes, oublie-moi.* »

MATISSE

4. Berlin-Bruxelles

Mars 2041. Le plat pays, ce n'est pas que la Belgique, n'en déplaise aux Belges. C'est aussi le Nord-Ouest allemand. Les Pays-Bas. Le nord de la France. Et mon pouls qui ne bat presque plus, cœur fendu que je suis. Il pleut, au-dedans comme au-dehors.

Ta mère me tue, petite. Si tu voyais les messages qu'elle m'envoie. Ces menaces, ces récriminations, cette jalousie qu'elle me crache au visage. Je n'ai plus le cœur d'y répondre. Si elle ne parvient toujours pas à réaliser par elle-même combien je l'aime après tout ce temps, combien je vous aime toutes les deux, je ne sais que penser. Surtout après ce passage berlinois. Après cette démonstration d'amour sincère et pur que m'a offerte Hans.

Parce que c'est un magnifique cadeau qu'il m'a fait, Hans. Ils sont nombreux ceux qui m'ont jusqu'ici parlé fort négativement de mon père. Il m'apparaît désormais clairement que Hans fut l'un des seuls à véritablement l'aimer. Antoine n'aura été aimé que par les hommes qui ont traversé sa vie. Et ça demeure vrai aujourd'hui.

Sa mère n'en avait que pour elle-même. Ma mère n'aura jamais vu de lui que ses absences. Et ta mère, petite, le maudira sans doute encore quand tu seras suffisamment grande pour lire ce recueil que je te prépare. Car elle en est jalouse. Elle ne me pardonne pas ces voyages. Cette quête, qu'elle qualifie d'absurde, elle ne veut ni s'y intéresser ni m'encourager à la mener à terme. Elle sait pourtant que je n'ai d'autre choix. Car c'est là tout ce qui me rattache au passé. Tout ce qui peut encore faire de moi qui je suis, et fera de toi qui tu deviendras.

Hans l'a bien compris, lui. Et les carnets africains d'Antoine qu'il m'a remis me semblent être un testament à la bonté et à la sagesse qui ont inspiré mon père. Mais ils sont également un avertissement, en quelque sorte. Un signal face aux dangers d'une vie qui peut rapidement nous forcer à traverser le Rubicon qui sépare l'idéalisme du cynisme.

Cet avertissement, petite, il nous faudra le prendre au pied de la lettre. L'idéalisme m'anime toujours à ce stade, mais je nous vois déjà vaciller, ta mère et moi, vers ce genre de fatalisme dont sont tissés les divorces…

MATISSE

**Antoine
Carnets 1992-1994**

1. Eldozaïre

Je ne sais plus si je suis fait pour le journalisme. Le journaliste se doit de mettre en contexte. D'expliquer. Parfois même de justifier. Et je n'ai plus envie d'expliquer. De mettre en contexte. De justifier, encore moins. Il y a des actes qui ne s'excusent tout simplement pas. Jamais. Qui ne sont pas même compatibles avec la nature humaine. Des actes de barbarie, qu'on se doit néanmoins d'attribuer à des représentants de notre immonde espèce alors qu'ils n'en sont pas dignes. Des Ceausescu, des Staline, des Mao, des Reagan et des Thatcher. Je me voudrais activiste, mais je n'ai pas les couilles. Parce que l'activisme, tel que je l'entends, ce n'est pas celui de Brigitte Bardot ou de cette anorexique d'actrice à la con qui sauve des enfants noirs. Un activisme pleurnichant, braillard et quémandeur.

Non.

Mon activisme, c'est celui du poseur de bombes, du tribunal d'exception, du haut-parleur sous le feu des balles, de l'assassinat politique. C'est l'activisme de la forêt de pins en montagne, de l'oued inondé sous l'orage, de la montagne givrée par le soleil blanc. Celui de la lutte qui marque le corps plus que l'esprit, mû tel qu'il est par une inflexible résolution. Je voudrais commettre et non décrire. Crier et non raconter. Tuer s'il le faut, et me faire tuer si nécessaire. L'idée est là, bien que floue, mais l'action ne parlerait-elle pas plus? Que suis-je au final sinon un simple scribe cultivant d'indéfinissables prétentions, incapable de sortir de la gaine protectrice d'un métier de lâches ne sachant avoir d'autre vie que celle que leur permet l'action des autres? Vivant pour décrire les grands sans pourtant jamais pouvoir en être.

Je suis de ces *Untermenschen* qui jalousent l'*Übermensch* en pensée, mais ne peuvent trouver en eux la force de franchir le gouffre. Je suis une plaie sur la conscience de l'inactif qui ne peut que rêver d'être de ceux que je fréquente sans en être. Une plaie réveillant en l'inactif d'animales ambitions de pouvoir, de richesse et de sang qui ne sauraient que se heurter à son intrinsèque peur de la vie. Une vie qui ne vaudrait pas la peine d'être portée, de peur de la tacher, de l'abîmer, de la déchirer. Une vie qu'on garde au fond d'un placard fermé à clé, bien protégée par de la naphtaline. Et le journaliste, au final, n'est à peine plus que le trou de la serrure de la commode. Il est celui à travers lequel on peut apercevoir ce fameux trésor qu'on a décidé de garder à l'abri.

Vivre sans réellement vivre. Les lumières s'éteignent. Mon verre est vide. Je ne lirai plus jamais Camus.

C'est Konstantin Gulevitch qui me l'a conseillé, Camus. Et je n'en ai toujours pas parlé, de ce con de Konst. On s'est « découverts » peu après mon arrivée à Moscou l'an dernier. Il faisait froid à s'en geler les balles, et il m'avait été assigné en tant que *fixer*. En réalité, il me l'a avoué plus tard, il était plutôt *minder* que *fixer*. C'est-à-dire que ce qui restait du ministère de la « Propagande » avait forcé le *Libé* à m'octroyer un « guide officiel » en échange du visa. Après, ça m'a bien aidé. Je ne parle pas russe, et il est un véritable francophile. On se demande bien pourquoi d'ailleurs… Enfin, on a bien connecté, lui et moi. En fait, quand il m'a vu débarquer du haut de mes vingt et un ans, il s'est bien foutu de ma gueule. Il avait raison. Je ne savais rien. Il m'a beaucoup appris au cours des dix-huit derniers mois. En commençant par les putes du Glavny Universalny Magazin et ce que signifie une vraie cuite. Puis en me parlant aussi du Congo et de Kabila et des pauvres qui souffrent là-bas. Bref, il est un peu fou, mais c'est un fou convaincant. Nous partons demain sur Bangui. Puis bientôt, très bientôt, au Zaïre.

Moscou, 23 septembre 1992

2. Non timbrée

Bangui, 4 octobre 1992

Hans,

Mes premiers mots sont pour toi. Il fait chaud et l'odeur de ta peau me manque. Konstantin et moi venons d'arriver à Bangui. Je dis que mes premiers mots sont pour toi. Et pourtant, les mots me manquent. Il faut admettre que c'est un peu fou. Tu rêves d'un endroit pendant tant de temps – l'Afrique, en l'occurrence –, et ça fait tout drôle que de finalement y être. C'est vert. Il y a du vert partout. Une grande colline à l'est. Et du rouge poussière sur le bitume. C'est un peu chaotique aussi. Mais moins que je l'aurais cru. De petites maisons en dur aux toits de tôle. D'étranges ronds-points. De grandes avenues. Des bâtisses coloniales. Et plein de Libanais. Je t'écris d'ailleurs depuis un de leurs cafés. Il y a des soldats français un peu partout. Les gens sont beaux. Souriants. Étrange, quand on sait que ce foutu pays n'a pas grand-chose pour lui.

Nous nous sommes quittés un peu rapidement, et je sais que tu m'en veux. J'espère que tu sauras me pardonner. Je sais que tu le sauras. Car tu sais ce qui me plaît le plus chez toi ? Ces yeux qui brillent avec l'éclat de deux saphirs plantés au milieu d'un glacier immaculé. Quel mal de tels yeux peuvent-ils exprimer ? Le connaissent-ils même, ce mal ? Je ne crois pas. Et c'est ce que j'aime tant chez toi. Tu me traiteras de « sale Français » en me lisant, je le sais, et je sais que ce sera avant de t'esclaffer légèrement comme toi seul sais le faire. Parce que tu ne connais pas la malice. Et je t'en protégerai tant que je vivrai.

Comme c'est drôle d'être ici, sachant ce que nous y avons fait et continuons d'y faire, nous les Français. Il y a plein de mômes qui mendient dans les rues. De beaux enfants, aux yeux qui auraient aussi aimé pouvoir espérer ce [...]

3. Zoomanitaires

Piscine. Près de l'amba de la mère patrie. Autant l'appeler la « présidence numéro deux ». On voit le Zaïre de l'autre côté de la rivière. C'est un club, ici. Un club qui coûte cher. Exclusif, quoi. Avec des serveurs en chemises blanches, et toute la dentelle. Dehors, à l'entrée, il y a des marmots beurrés de poussière et de morve qui quémandent. Sans doute pour s'acheter de la drogue. Enfin, de la cire à chaussures qu'ils inhaleront dans un sac de plastique, ou des petites pilules dont on dit qu'elles viennent du Nigéria et vous gèlent une vache d'une demi-tonne.

Ils me répugnent, ces gosses. Tu sors une pièce et ils s'agglutinent tous autour de toi comme des mouches sur un morceau de porc en décomposition, plaidant d'une voix geignarde, en pleine mue : « Papa ! Papa ! J'ai faim… Faut aider les enfants d'Afrique ! Sivousplaît. » J'ai l'air de quoi, moi ? MSF ? En plus, ils se battent après pour se l'arracher, l'aumône. Les plus vieux harcèlent les plus petits. Et moi, la violence, j'aime pas. Alors je donne pas.

À côté, sur la route, il y a des voitures blanches ornées de divers logos – *Save The Children*, Vision Mondiale, UNICEF, etc. – qui filent à toute allure. À l'intérieur des bagnoles climatisées, des petits Blancs qui se sentent bien mal d'être Blancs mais ne sont pas pour autant prêts à se mélanger de trop près à la négritude – en marchant dans les rues, par exemple. Et si un de ces gamins morveux devait tomber sur la route alors qu'un véhicule approche à grande vitesse, le sauverais-je ? Oui ? Alors pourquoi ne pas lui donner quelques pièces ? Mais au final, n'est-il pas déjà bien mort ? Un petit cadavre noirci marchant et chialant qui n'attend qu'à être enterré. Non ? Sais pas. Sais plus.

Bref, Konst et moi, on ne s'est pas trop posé de questions et on est entrés dans ce fichu club. Il fallait payer cinq mille francs par tête. On venait y rencontrer des mecs qui travaillent dans le coin depuis un moment. Le genre de mecs que tu ne te mets pas à dos, parce qu'ils ont des amis vachement puissants un peu partout. On ne sait pas trop d'où ils viennent. On ne connaît pas leurs vrais noms, ni leurs fonctions. Mais ils ont plein d'infos. Parfois trop, même. C'est si flippant, ce qu'ils disent, qu'on doute souvent d'eux, avant de finalement se rendre compte qu'ils ont raison. Pas du complot. Juste du bon sens. Bref, on les a retrouvés sur la terrasse à côté de la piscine. Il y avait quelques expats qui s'octroyaient une pause bien méritée du lourd labeur nécessaire pour sauver le monde en étant payés cinq cents fois le salaire de leurs employés locaux. Ils bronzaient tranquillement sous le doux soleil des tropiques. Leurs abdomens flasques emplis de trois repas par jour faisaient piètre figure à côté des jeunes Noirs à douze abdominaux qui parcouraient la rive en bas.

Et alors que je regardais tous ces gens, dans ce petit coin de pseudo-occidentalité bien caché derrière des murs barbelés, une rage sourde m'envahissait. Et il est vrai que ce vide me ronge. Cette absence d'action. De gestes. Cette inertie qui nous dévore ici à coups de banalités échangées à l'ombre d'arbres trop forts et trop majestueux pour cette terre molle et boueuse. Que faire ? Que dire ? On ne sait plus trop, sinon que des idées dictatoriales et criminelles se tracent un chemin dans nos imaginaires. Les laisser crever, ces Noirs d'au-dehors ? Les laisser disparaître à tout jamais ? Ne plus intervenir ? Ne plus dire ? Ne plus faire ? Et les abandonner dans ce pétrin absurde que nous avons créé pour eux ?

Et d'abord, qui c'est, « eux » ? Le Noir ? Celui aux dents blanches et au nez épaté ?

Est-ce que ça inclut l'Arabe ? Terroriste de naissance ?

Ou l'Asiatique fourbe ?

Le Blanc, qu'est-il sinon créateur de scénarios ?

Celui qui crée contrôle.

Celui qui dit fait naître.

Des jeux, des scénarios, des fictions, des mensonges. Ne nous aident-ils pas à remplir ce vide qui nous entoure ?

Nous.

Qui c'est, « nous » ?

Comment dire « on » ?

Quelle lâcheté ces mots cachent-ils ? Quels crimes ? Pourquoi pas « moi » ?

Est-ce du courage que de confronter les idées noires de racisme et d'intolérance qui m'habitent ? Qui nous habitent ? D'où viennent-elles ?

Comment font-ils ? Comment fais-je ? Bière à la main. Claquant des mains. « Tst. Tst. » Appelant le Centrafricain aux traits nobles. « Aux traits nobles... » Yeux d'intelligence courbée, forcée au service de ce *nous* dont je préférerais ne pas faire partie mais qui m'inclut néanmoins.

Les autres, ceux qui n'ont pas de nom :

— *Could I have the bill please ?*

— *The what ? Sorry. Bad English.*

— *The bill !* L'addition ! *¡La cuenta !* Merde, ça comprend jamais rien, ces gens... *Gindja. Gindja.*

Et ces autres qui acquiescent en riant. Et cette bouteille que le mec lui montre. Et ce signe reconnaissable partout, index contre pouce, frottés tel de l'argent sale qu'on tenterait de laver.

— Ah ! Mille francs, monsieur.

— Voilà ! C'était pas si compliqué...

Et ce serveur pourrait m'enseigner l'art, les mathématiques ou la physique quantique.

Mais je suis là où je suis et il est là où il est et on s'en sort très bien tous les deux – du moins, c'est ce que je m'efforce de croire. Car s'il me fallait être dans sa peau et lui dans la mienne, sans doute que je l'égorgerais... Sans honte. Sans remords. Et qu'il ne le fasse pas, voilà ce qui me fait comprendre que jamais il ne m'enseignera l'art, les mathématiques ou la physique quantique.

Le tuerais-je quant à moi sans honte ni remords du haut de ma peau blanche ? Certes pas. Mes ancêtres s'en sont chargés du temps béni des colonies. Je peux maintenant lui tendre la main pour l'aider. C'est bien mieux. Comme de lui retirer son humanité à coups de petits dollars.

Nous lui avons laissé un pourboire, histoire de le remercier de sa passivité.

Le vent se levait. Rageur. Impitoyable. Soulevant les branches et décrochant feuilles et mangues. Un orage montait au-dessus du Zaïre voisin, à quelques centaines de mètres de l'autre côté de la rivière. Il avançait vers nous, telle une coulée de lave anthracite et vengeresse venue du tréfonds de la forêt équatoriale. Du tréfonds de cette Afrique noire et effrayante vers laquelle nous irons sous peu. Et ce vent qui nous fouettait le visage, voilà qu'il faisait naître en moi une exaltation animale.

Au sortir du club, après un bon briefing sur le Zaïre, Mobutu et Kabila, les véhicules des agences onusiennes garés devant l'édifice partaient en trombe les uns après les autres, transportant leurs occupants qui espéraient ne pas être submergés par le déluge qui venait, impitoyable. Noirs ou Blancs, tous seraient mouillés.

Et traitez-moi de raciste si vous voulez, mais les Blancs d'Afrique me débectent grave. Moi y compris.

Bangui, 17 octobre 1992

4. *Heart of darkness*

Je n'ai pas eu beaucoup de temps pour écrire. Konstantin est un sacré organisateur, mais un vrai merdeur quand même. On a piaulé quelques nuits à Bangui, puis on a traversé de l'autre côté. On avait à ce moment-là deux motos, de l'eau, des vivres autant qu'en puissent porter nos deux vieilles BMW, l'équivalent de deux cent mille francs en francs d'ici, deux sacs à dos, un Polaroïd, nos fringues et deux petits jerricanes d'essence. C'était avant-hier. Aujourd'hui, on a deux paires de jambes, nos sacs à dos, nos fringues, environ un million de francs congolais et un peu d'eau. Konstantin a fichtrement merdé. Moi aussi, peut-être.

On a traversé l'Oubangui sans problème. Une belle rivière, qui coule entre deux grandes collines. Apparemment, quand les Français l'ont remontée depuis ce qui est maintenant le Congo-Brazza, ils sont restés çoincés aux rapides qui s'étendent entre les deux monts. Ils ont décidé de rejoindre la rive, et comme la gauche était contrôlée par les Belges, il se sont installés à droite comme de bons fachos. Et c'est à peu près comme ça qu'est née Bangui, il y a environ cent ou cent vingt ans, je ne sais plus. Bref, nous, on l'a traversée, cette foutue rivière. Le hic, c'est qu'évidemment on n'avait pas de visa. Parce qu'après tout, dans ces pays noirs, les Noirs ne contrôlent rien, qu'on s'était dit. Et pis merde, en fait, ils contrôlent vachement bien. Trop même. Alors il a fallu payer. Ils sont corrompus à l'os, les Zaïrois. On l'a bien vu. On y a goûté, je dirais même.

On venait d'arriver de l'autre côté, à Zongo, et on déchargeait les motos de la barque. Konstantin payait les mecs et moi je dessanglais nos maigres marchandises. On devait avoir l'air bien Blancs – forcément – parce que les gendarmes ou douaniers ou emmerdeurs de première, bref, ces trois Noirs en uniformes qui vous jettent impunément cent et quelques années de colonialisme merdeux à la gueule pour délit d'association avec Blanche-Neige, ben ces gens, ils sont vite arrivés pour nous contrôler. Alors que ceux qui disent qu'il n'y a pas d'État au Zaïre depuis que les Belges sont partis ou que Mobutu n'a pas d'autorité en dehors de Kinshasa se rentrent leurs arguments de petits bourgeois blancs morveux bien profond dans leurs culs bruxellois. De l'autorité, il y en a, et comme elles ne sont pas payées, les zootorités, ben elles se payent elles-mêmes. Le pire, c'est que le connard de caporal qui les commandait parlait un français impeccable. Et c'est fou comme la maîtrise de la langue française parvient à humaniser quelqu'un. C'était bien difficile de ne pas le respecter. Il a même fait l'Université libre, le mec. Ben ça, c'est ce qu'il nous a dit après.

Parce que d'abord, ça ressemblait à ça :

— Vos papiers, messieurs !

— Euh, ouais, euh… Vous voulez dire nos passeports ?

— Passeports, visas, ordres de mission et permis d'import, je vous prie.

— Euh… Konstantin ? On a nos permis d'import ?

— *Tovarich* !

Il avait l'air bien découragé…

— Euh… ben… on n'en a pas…

— Ah ! Vous n'avez pas de permis d'importation ?

— Euh… non… Mais de l'autre côté, on nous a dit qu'il n'y avait pas de problème.

— Et l'autre côté, monsieur, c'est où ?

— Euh… ben Bangui.

— Et Bangui, c'est au Zaïre ?

— Non, enfin… c'est à côté. C'est le Centrafrique.

— Oui, et ici, où sommes-nous ? Au Zaïre, n'est-ce pas ?

— En effet.

— Alors vos permis d'importation, je vous prie !

— Mais je viens de vous dire qu'on n'en a pas ! Faites chier, quoi. C'est à côté. On vient visiter. Dépenser du blé dans votre pays… Y a un problème avec ça ?

— Je vous prierais de bien vouloir vous calmer, monsieur, et d'immédiatement me présenter vos papiers d'identification.

J'ai sorti mon passeport, récupéré celui de Konstantin qui était resté figé près de la barque, et les

ai donnés à ce connard de Zaïrois bien en verve qui se
prenait pour Aimé Césaire. Il me les a gentiment pris
des mains, les a observés attentivement, puis nous a
poliment «conviés» à le suivre. Deux des Noirs vêtus
de bleu nous ont alors empoignés pour nous faire
suivre le capo. Ce dernier nous devançait impassi-
blement de quelques mètres, la tête plongée dans nos
documents de voyage, pendant qu'on se débattait derrière en sentant leurs sales mains empestant le poisson
séché s'emparer de nos bras.

— Hé! Et nos motos?

— Et nos sacs?

— Z'avez pas le droit de nous arrêter comme ça!

Le capo ne s'est pas retourné. Les deux Mohamed
Ali qui nous encadraient ont souri, dévoilant leurs
dents pourries. Ils ont pressé le pas. Des enfants noirs
courant nus sur la plage nous regardaient en nous poin-
tant du doigt, se foutant bien de notre gueule. Au loin,
de grands éphèbes d'ébène remontaient de longs filets
des eaux qui frétillaient avec la fougue de l'agonisant.
De lourds nuages menaçaient d'éclater à l'est. Le vent
se levait et le sable nous fouettait le visage. Trêve de
poésie. On est rentrés dans une baraque de paille qui
bourdonnait de moustiques. Le capo essayait de garder
son équilibre sur une chaise de fer à laquelle il manquait
une patte, posée devant un bureau qui n'existait pas.
Nous, on est restés debout, les deux molosses en retrait.

— J'ai bien étudié vos passeports, messieurs. Vous
êtes donc Français et Russe. Deux ressortissants de

pays nécessitant un visa pour visiter le Zaïre. Puis-je vous demander pourquoi vos passeports n'arborent pas le visa zaïrois ? Je vois un visa pour l'Allemagne de l'Est, l'Union soviétique et un autre pour la Roumanie, de même que des tampons d'entrée en Centrafrique. Je ne vois toutefois aucun visa zaïrois. Peut-être avez-vous un autre passeport ?

— Euh...

— Mon frère, nous croyons qu'il y a mésentente entre mon ami Antoine et toi. Nous avons bien fait nos devoirs et vérifié si nécessairement nous devions faire un visa pour ton pays, mais l'ambassade à Bangui nous dit que non. Il faut voir avec tes chefs, mon frère !

— Avec tout le respect que je vous dois, camarade – et il a bien mis l'accent sur le mot *camarade* –, le chef, ici, c'est moi. Et si je vous dis que vous avez besoin d'un visa, c'est que c'est bel et bien le cas. Mais peut-être que la qualité de votre français ne vous suffit pas à bien me comprendre. Je parle aussi le russe, comme j'ai fait des études de droit à Moscou, mais je ne souhaiterais pas offenser notre ami de l'Hexagone qui n'y comprendrait rien, n'est-ce pas ?

— Bon, ça va, fais pas ton trouduc avec ta politesse à la con. Qu'est-ce que tu veux de nous ? Du blé ? C'est ça, non ?

— Monsieur Antoine ! Nom de Dieu, mais pour qui vous prenez-vous ? On ne vient pas dans un pays pour y insulter ses gens, ni ses autorités ! Vous me verriez, à votre place, dans un commissariat du sixième en train d'essayer de corrompre un officier de police ? Combien d'années de prison cela me vaudrait-il en France ? Vous pouvez me le dire ?

— …

— Eh bien ?

— Je n'en sais rien, monsieur l'Autorité. Faut pardonner mon ami Antoine. Nous n'avons pas dormi. C'est un trop long voyage. On est très, très fatigués et pas très tolérants. Désolé vraiment pour ses mots. On veut seulement savoir ce qui se passe. On vient très gentiment pour voir le Zaïre, et tout de suite – pan pan ! – y a plein de problèmes avec vous. Pourquoi ? On veut juste savoir, monsieur des autorités.

— Je vais vous dire ce qui se passe, monsieur… *tovarich* Gulevitch. Vous êtes entrés illégalement au Zaïre. Vous avez importé des motos sans permis. Et vous avez tenté de corrompre un officier de l'ordre public. Sans oublier cette injure que vous m'avez faite, monsieur le Français. Voilà ce qui se passe.

— Bon, ça va, ça va. Je m'excuse, caporal. Il doit bien y avoir une façon de régler ce problème. On est tous des adultes. Qu'est-ce qu'on peut faire pour vous aider ?

— Encore ! Mais vous ne comprenez donc rien, monsieur Antoine. Il n'est pas question de « régler le problème » et je n'ai aucun besoin de votre aide. Gardez-la pour vous-mêmes. Vous en aurez besoin. Voyez-vous, vous avez commis plusieurs infractions, et vous devrez payer pour cela. Je dois maintenant consulter ma hiérarchie. Firmin! Dieudonné! Veuillez raccompagner ces deux gentilshommes à notre maison d'hôtes.

— Mais…

— Suffit! Je vous conseille de vous prévaloir de votre droit au silence, si vous ne souhaitez pas empirer la situation.

Je me suis tu. Les deux grands Noirs sont entrés, nous ont pris par les bras et nous ont fait sortir de la petite case. Le vent avait forci, on se croyait pris au milieu d'une tempête de sable. Des sacs de plastique, des feuilles mortes et des milliards de particules de poussière virevoltaient dans l'air, nous frappant au passage. Ça sentait la paille et le plastique brûlé. Des marmots jouaient avec un ballon de foot dégonflé, et des vagues se formaient sur le fleuve, pourtant si placide quelques instants auparavant. La foudre déchirait l'atmosphère et de grosses gouttes de pluie ont commencé à lourdement s'écraser sur le sol poussiéreux, créant de petits cratères débordant d'eaux rougeâtres.

Firmin et Dieudonné se sont mis à courir, nous entraînant avec eux, jusqu'à ce que nous arrivions à un petit édifice en brique couvert de tôle et entouré de manguiers surchargés de fruits. Un vieux Noir aux cheveux gris était nonchalamment assis devant la porte grillagée de notre «gîte», à l'abri de la pluie qui martelait maintenant le mince toit de tôle. Son uniforme bleu, duquel pendait une matraque en bois, était trop grand pour son corps décharné. À la main, il avait un petit transistor chinois qui diffusait un soukous entre-coupé de sons parasitaires. Il s'est lentement levé pour nous serrer la pince en ôtant sa casquette.

— Bienvenue à la prison de Zongo! Faites comme chez vous!

— …

Il a ri, d'un rire gras de fumeur qui dévoilait ses gencives dénuées de dents, puis a décadenassé la lourde porte de grillage rouillée avant de l'ouvrir, telle la gueule béante d'un fauve. Les deux matamores nous y ont poussés, et la mâchoire s'est refermée illico. À l'intérieur de la pièce sombre, ni lumière, ni lavabo, ni matelas, ni toilettes, ni moustiquaires. Seulement quatre nègres malpropres aux sourires de marchands algériens, accroupis dans un coin.

Zaïre, 20 octobre 1992

5. Nuit blanche

« L'homme blanc aussi croit en la magie. Aux grigris. Comme nos peuples. Seulement lui, il croit que c'est sa peau qui le rend intouchable. Invisible. Eh bien, vous aurez été servis. »

C'est ce qu'il nous a dit le lendemain, le capo, quand il s'est pointé à sa putain de « maison d'hôtes » pour voir comment on avait passé la nuit. Et la nuit, on l'avait mal passée. D'abord, il n'y avait pas de matelas. Pas de natte. Et pas de repas. Après, il pleuvait. Grave même. Et l'eau s'infiltrait, transformant le sol de terre battue en boueuse barboteuse. Des mangues arrachées par le vent venaient s'écraser sur la tôle, créant des explosions de fruits dignes des meilleures pubs de yaourt de l'Hexagone. Il y avait de quoi sursauter au son des juteuses détonations, pendant que les moustiques nous bouffaient sans pitié. Et après, il y avait aussi nos compagnons de cellule. Thomas-Paul, Béranger, Désiré et Dieu-le-veut. Et Dieu l'a voulu, parce qu'à quatre contre deux, même si Konst est un peu plus baraqué que moi, ils nous ont vite mis

K.-O., le visage dans la boue. Ils étaient simplement heureux de casser du Blanc, un peu comme nos mecs des banlieues lyonnaises ou marseillaises sont heureux de casser du Beur avant de l'étendre sur nos trottoirs-biscottes. Comme une bonne branlette, ça fait passer les frustrations.

Je ne sais plus trop pourquoi ou comment ç'a commencé. Sans doute quand ils se sont mis à se convaincre qu'on était Belges. Et ça m'a rassuré de savoir qu'on n'est pas les seuls à les détester. Ils parlaient un mélange de langue locale et de français. C'était trop incompréhensible pour que je puisse l'écrire. Mais ils avaient la haine. Comme si c'était eux précisément qu'on avait fait bosser dans les plantations de caoutchouc. J'ai essayé de leur demander un peu d'eau – parce que le vieux connard leur en avait donné, mais pas à nous –, et c'est là que tout a dû débuter. L'un d'eux s'est lancé sur moi comme une panthère avant de me faire goûter son poing. Konstantin nous a rejoints. Puis bref, ç'a dégénéré. Le vieux nous a regardés nous faire défoncer la gueule pendant une bonne quinzaine de minutes, nous éclairant avec sa torche électrique en riant, avant de finalement intervenir à coups de matraque. J'avais du sang dans les yeux et la gorge. Konstantin s'en était mieux sorti, mais semblait sur le point d'arracher la tête du vieil édenté. J'ai dû le calmer.

Le reste de la nuit s'est mieux déroulé. Je voyais leurs yeux briller dans l'obscurité, alors qu'ils attendaient qu'on s'endorme pour en finir avec nous.

Évidemment, on n'a pas dormi. Comment aurions-nous pu ?

Donc bref, on était bien chauds quand il s'est pointé, le capo. Heureusement, il venait principalement avec de bonnes nouvelles. Mais d'abord, il nous a fait sortir du cachot, histoire, a-t-il dit, « de prendre un café ». On s'est assis sous un des manguiers. Le soleil était de retour, faisant sécher l'immonde boue rouge qui nous avait tant emmerdés pendant la nuit. Le vieil édenté, transistor à la main – il y avait RFI qu'il écoutait avec des nouvelles de Mitterrand et d'autres conneries –, nous a apporté trois tasses de porcelaine chinoise, un pot de café instant et une bouilloire remplie d'eau tiède. Des araignées nous tombaient dessus, et de grosses puces jaunes sautaient sur la table basse posée entre les trois tabourets. Le capo s'est lancé dans un interminable monologue.

« Vous savez, messieurs, au temps des Belges, on envoyait les jeunes hommes les plus doués de chaque région à Bruxelles, afin qu'ils y apprennent les sciences des Blancs. Comme j'étais le meilleur de ma promotion au séminaire, on m'a gratifié d'une bourse d'entrée à l'ULB, d'un passeport et d'un billet d'avion. Vous n'imaginez même pas… Quelques années auparavant, lorsqu'on voyait passer ces grands engins au-dessus du village, les anciens nous parlaient de magie noire concoctée par les colonisateurs afin de mieux nous asservir. Et maintenant, je devais monter dans un de ces machins volants afin d'aller découvrir le pays de ces gens qui nous avaient supposément amené les lumières de votre civilisation. Mais croyez-le bien, pour nous, vos artifices technologiques, vos supposées bonnes manières, votre inflexible grammaire et votre Dieu vengeur constituaient de bien lourdes et complexes idées à assimiler. Et à ceux qui ne souhaitaient ou ne pouvaient pas les accepter, on faisait payer le gros prix. Mon grand-père, chef de village, avait été pendu quelques décennies auparavant, sous l'œil prétendument bienveillant de vos hommes en chasubles, parce qu'il avait incité ses concitoyens à la révolte contre le colonisateur. Mais ce dernier, maître dans la manipulation des masses, avait ensuite propagé des rumeurs au sein de la petite communauté selon lesquelles mon aïeul ensorcelait de jeunes vierges qui avaient en fait été violées par quelques colons flamands. Une affirmation qui était donc aussi fausse qu'infondée, croyez-le bien. Mais les voisins, amis et familiers de mon grand-père y ont cru. Un procès a été organisé, et on l'a condamné à la mort par pendaison. Il est resté accroché à l'arbre auquel on l'avait pendu des semaines entières. Mon père m'a d'ailleurs transmis de vives descriptions du cadavre de son père, imprimé au plus profond de sa mémoire. J'éviterai toutefois de vous embêter avec cela.

Tout cela pour dire que je suis parti pour Bruxelles, visiter ceux-là mêmes qui avaient assassiné mon grand-père quelque vingt ans plus tôt. On a d'abord passé par Léopoldville, puis par Alger, avant de rejoindre la capitale des Belges. J'ai découvert en chemin un monde insoupçonné et empli d'étranges coutumes. Tout d'abord, cette ville qui allait devenir notre capitale, où des centaines de Blancs allaient habillés tous les jours comme si c'était le dimanche, aidés de leurs serviteurs noirs. J'y découvrais des rues bien balayées, une police intolérante et soupçonneuse et de grandes maisons bien pourvues en eau courante, en électricité et en vivres. Il y avait un théâtre où se rassemblait le fleuron de la société coloniale. Des magasins remplis de marchandises. Un port en pleine ébullition et fourmillant de travailleurs au torse nu hélés par les contremaîtres coloniaux, peinant sous le poids de grandes caisses de bois par lesquelles s'échappaient les richesses de notre pays.

Puis ce fut Alger la blanche, en pleine ébullition elle aussi, où les Français retranchés dans leurs quartiers craignaient à tout moment les attaques meurtrières du FLN. Une Alger toujours occupée par des soldats qui revenaient d'Indochine, amenant avec eux de cruelles méthodes afin de faire parler leurs prisonniers. J'y ai sympathisé avec un soldat français, Victorien Salagnon, et avec sa compagne Eurydice, qui m'ont expliqué autour d'interminables tournées de pastis toute la complexité de cette lutte pour l'indépendance. Partout en Afrique, des mouvements réclamant l'émancipation nationale émergeaient des profondeurs de l'inconscient collectif, créant des remous qui n'allaient certes pas tarder à submerger le Congo belge. Et c'est dans les escaliers des casbahs d'Alger, gluants de sang et puants de peur, que j'ai découvert les réalités de l'enfer colonial dont on m'avait tant parlé chez moi, aux environs de Lubumbashi.

Je suis donc parti dégoûté sur Bruxelles. Dégoûté par ces Blancs qui partout se croyaient maîtres chez eux. Et quelle ne fut pas ma surprise de me voir reçu cordialement et respectueusement par ceux qui allaient vite devenir mes amis, collègues et professeurs. Tous, honteux des actes des leurs, me traitaient avec une déférence que je n'aurais jamais même pu envisager recevoir chez moi, moi qui étais fils de chef de village. J'ai ainsi étudié le droit. Et lorsque j'ai reçu mon diplôme, un an avant l'indépendance, je suis reparti pour le Congo rempli d'idées fraîches et d'espoir. Entre-temps, mon père avait disparu, et je suis resté dans la capitale, tentant sans succès d'ouvrir un cabinet sans le moindre capital. Les frustrations, les blessures d'orgueil et les échecs se sont accumulés. Moi, avocat, j'étais traité pis encore que ces fumiers de planteurs de caoutchouc blancs qui se croyaient rois en ma terre. Je me suis donc engagé dans la rébellion, aux côtés des hommes de Lumumba, qui allait devenir notre premier président. Je n'excellais guère au maniement des armes, mais l'organisation de Kinshasa cherchait des notables sachant compter et écrire. Je ne peux pas dire que ma contribution a été exceptionnelle. Elle ne l'a pas été. Mais je trouvais néanmoins du réconfort dans l'idée d'aider par ma présence à l'échec de ce plan colonial, si éloigné des réalités, des bonnes mœurs et de la bienveillance du Vieux Continent.

Nous avons obtenu l'indépendance en 1960, et un nouveau monde s'est ouvert pour ceux qui comme moi étaient alors considérés comme l'intelligentsia autochtone. J'ai rapidement intégré la fonction publique, au ministère de la Justice. Puis mon superviseur, un homme du Bas-Congo qui m'affectionnait, m'a inscrit sans que je le sache à un programme d'études en Union soviétique. C'est ainsi que, l'année suivante, je suis reparti en Europe. Cette fois sur Moscou, la capitale de cet alter-monde égalitaire que nous rêvions de rejoindre, loin des inégalités et des peines amères de l'exploitation capitaliste dont nous avions été les principales victimes, nous colonisés, depuis les débuts de vos supposées révolutions industrielles. Et c'est donc à l'Université de l'Amitié des Peuples que j'ai découvert Gramsci, Trotski et compagnie. Et c'est également là-bas que j'ai rencontré un certain Gulev Antonievitch, originaire d'Arkhangelsk. Votre père, n'est-ce pas, Konstantin ? »

Zaïre, 20 octobre 1992 (bis)

6. Forêts

Le capo nous a relâchés à cause du père de Konstantin. Mais comme je l'écrivais plus tôt, apparemment, nos motos, notre fric et quasiment tout le reste avaient disparu.

« J'ai une mauvaise nouvelle pour vous, qu'il nous a dit, ce connard de policier, à la fin de son interminable discours. Vos biens ont été volés durant la nuit. Mais soyez assurés que mes collègues et moi sommes sur une piste. Il y a des voleurs de grand chemin qui sévissent dans les parages, et nous connaissons bien un de leurs chefs. Nous ferons tout en notre pouvoir pour retrouver vos motos. Quant à l'argent, cela risque d'être plus difficile. Mais je ferai de mon mieux, au nom de tout ce que m'a appris votre père, Konstantin. »

Donc voilà. J'ai dû appeler mon père. Pour la tune. Encore la foutue tune. Il n'était pas content. Normal. Mais bon, qu'il aille au diable. Il m'a envoyé cent mille francs par la Western Union, et ça devrait être suffisant pour se louer des motos et tenir quelques semaines. De toute manière, dès qu'on aura rejoint le camp Kabila, on ne devrait plus avoir de dépenses, qu'il m'assure, Konstantin.

Alors pour fêter notre libération, notre bonne arrivée au Zaïre et pour tenter d'oublier le fiasco des motos, Konst et moi sommes sortis prendre une bière. Près de notre petit motel poussiéreux, aux matelas de mousse tachés de sperme et de sang séchés, il y avait un petit bar. Et comme la musique qui y jouait était si forte qu'on ne pouvait pas même essayer de dormir, on s'est dit qu'on devrait aller se boire un coup, et qui sait, peut-être se ramener quelques filles. Pour un village de cette taille, faut dire que les lieux étaient grouillants de monde. Surtout, il y avait de la qualité.

Sur la piste, posée sous une large paillote, des dizaines de filles en tenues plus ou moins légères se déhanchaient, frottant hardiment leur cul bien épanoui contre le boa de leurs cavaliers. Les mecs en question bougeaient bien, eux aussi, prouvant hors de tout doute la supériorité de leur race sur la nôtre en la matière. Et il faut bien qu'ils excellent en quelque chose de positif, non ? Bref, Konst et moi, on a bien vu que leur gent féminine excellait en d'autres choses également.

Marie-Amour est venue s'asseoir à nos côtés dans les dix minutes suivant notre arrivée. Elle était bien en chair, mais avait un joli sourire. Et puis, après dix jours de branlettes solitaires, le temps était venu pour nous de nous vider les couilles autrement. On s'est bu une dizaine de bières tous ensemble, on a fait danser la cavalière à tour de rôle, on a cassé la gueule du mec qui se prétendait son copain, puis on est rentrés au motel d'à côté. Et comme il n'y avait qu'une chambre, qu'un lit et qu'une fille, parce qu'il fallait bien économiser, eh ben, on se l'est partagée.

Konstantin m'avait raconté que c'était pratique courante au temps où il était dans l'Armée rouge. Particulièrement en Afghanistan. Il y avait eu ce moment, à Herāt, à la frontière iranienne, où il était tombé avec ses copains de patrouille sur une superbe Afghane aux yeux noirs comme le charbon. Elle avait de la gueule, et du caractère, qu'il m'a dit. Des traits nobles comme Cléopâtre, des seins comme Romy Schneider et un cul qui n'avait pas encore vu de queue afghane, comme les mecs de là-bas, qu'il m'a dit, sont trop occupés à se farcir à la grecque entre eux. Bref, elle vendait des fruits au bord de la route, enroulée dans un beau sari rose et noir. Ils se sont arrêtés pour lui acheter des melons. Puis ils lui ont rapidement fait comprendre qu'ils avaient envie d'un autre genre de fruit. Elle s'est laissé emmener dans une petite maison à côté, qu'ils ont pris soin de vider de ses occupants, puis ils se la sont partagée comme on se partagerait une orange. « Y avait Andreï qui se faisait sucer pendant que moi je rentrais dedans comme un sauvage, *tovarich* ! Elle avait le trou trop bien lubrifié. Ça faisait trois semaines que j'avais pas eu du sexe. T'imagines même pas le bien que ç'a fait. J'étais le sixième. »

Konst peut être con, parfois.

Bref. Marie-Amour s'est lentement dévêtue pendant que Konst et moi nous branlions. Elle ne portait pas de culotte, et ça sentait grave la sueur et la merde. On l'a envoyée se doucher. Konst n'était pas circoncis. Je ne l'avais pas encore vu nu. Une belle bite, quand même. Bien grasse.

— Tu me laisses y aller avant, hein Konst? Sinon tu vas trop la travailler.

Il m'a regardé en souriant.

— Tu peux l'enculer plutôt, qu'il m'a répondu.

Mais avec cette odeur de merde qu'elle exsudait, j'ai dit à Konst d'aller se faire foutre. Sauf qu'elle est revenue un peu plus propre, et alors qu'elle lui léchait le zob à quatre pattes, la Marie-Amour, je me suis agenouillé derrière elle en enfonçant ma barbe de deux jours dans sa forêt pubienne. Ç'a duré une bonne dizaine de minutes. Puis Konst s'est étendu sur le dos pour lui manger le sexe, pendant que je lui enfonçais mon pieu dans le cul. Et il aurait été un peu plus lourd, mon sac à trésors, qu'il l'aurait bien bouffé aussi. Elle gémissait en poussant de petits cris aigus, mais la musique du bar enterrait tout. Konstantin a pris ma place, et moi la sienne, puis sans m'avertir, ce con lui a envoyé son foutre au cul. Je m'en suis pris plein la gueule, avant de me venir dessus. La grosse s'est laissée tomber sur moi, et je me suis retrouvé quasiment étouffé par sa touffe mouillée. Ça puait le sexe à plein nez dans la petite pièce. Elle est allée se laver, et je me suis essuyé le visage dans les draps. « Désolé, *tovarich*. J'avais oublié que toi tu étais là », qu'il a dit en riant, le gros con. Je n'ai rien répondu et j'ai remis mon slip avant de fouiller dans les poches de mes pantalons pour lui donner son dû, à la fille. En sortant m'en griller une un peu plus tard, incapable de dormir à cause de la putain de musique, je l'ai revue dans le bar, la Marie-Amour, en train de se frotter le cul contre le connard de caporal qui ne devait pas se douter de ce qu'on lui avait laissé dedans. Quand je suis rentré, Konst ronflait. Il bandait toujours.

On s'est réveillés au chant du coq.

« C'est le bon temps pour partir, *tovarich* », qu'il m'a dit, Konst, en se douchant.

J'ai fait mes bagages. Il a fait les siens. Puis on est sortis se chercher des motos-taxis. Il n'était pas encore 8 h et on suait déjà à grosses gouttes. À côté du bar, il y avait deux soûlons étendus par terre, mordant la poussière. Et au loin, dans les airs, une bonne dizaine d'aigles – ou de buses, je suis nul en ornithologie – qui survolaient le marché. J'avais toujours aimé ces oiseaux, symboles de force, d'intelligence, d'acuité et de courage. Mais plus maintenant. Un après l'autre, qu'on a constaté en s'approchant du marché, ils s'acharnaient à coups de bec et de griffes sur les yeux, les joues et les seins de Marie-Amour. Ça devait faire moins de trois heures qu'elle était là, et les badauds vaquaient à leurs occupations tout autour, feignant de ne pas la remarquer.

Avec ce qui lui restait de visage tourné vers le ciel, ses grosses cuisses écartées et sa robe relevée, dévoilant sa vulve gonflée et empalée par un grotesque bout de bois, on a vite compris qu'elle avait dû être violée avant d'être tuée. Comme ça. Quelques heures à peine après que nous soyons entrés en elle. Et c'était soudainement comme si on nous volait une parcelle de nous-mêmes, à Konst et moi. Un heureux souvenir dégoulinant de sperme, de gémissements et de jus vaginaux, transformé en moins de deux en cette horrible vision de corps avachi sur le sol, dégoulinant de sang et de jus cérébraux. Et cette noire forêt que je m'étais tant plu à explorer, maintenant broutée par de petits asticots blancs sortis de Dieu sait où en se tortillant.

J'ai vomi.

On a trouvé nos motos-taxis.

Et à la sortie du village, à l'orée d'une belle forêt de manguiers et de bananiers, il y avait le capo qui nous envoyait la main, souriant de ses dents blanches, avec la pureté d'un enfant de chœur.

Zaïre, 21 octobre 1992

7. Singes hurleurs

« Tu vois, m'a dit Konstantin au bord du feu, hier, ce truc qui s'est passé avec le caporal et Marie-Amour, c'est le typique de la gouvernance Mobutu. C'est des gens qui font des massacres tout le temps. Des fous sans cœur. Ils violent et tuent et font beaucoup de mal à trop de gens. »

Il s'est tu. Puis a repris, un éclat noir dans les yeux.

« Quand on sera à Kinshasa avec Kabila, toi et moi, il faudra venger cette fille. »

Les deux chauffeurs, Achille et Sylvestre, deux mecs bien, ont hoché la tête. Et moi, je ne savais pas quoi penser de tout ça. Je revoyais toujours les orbites décharnées et les lèvres éclatées de Marie-Amour. Ces oiseaux de malheur qui lui déchiraient le visage, sans que personne intervienne. On a beau être une pute, on ne mérite pas ça.

Konstantin a continué.

« C'est le propre du capitalisme d'encourager ces événements. Les gens sont des loups pour les autres loups. »

J'ai repensé avec cynisme à son épopée afghane.

Et la colère est montée en moi. Je me suis laissé entraîner dans un véritable merdier par la faute de ce fils de pute. Pas de visa? À cause de ce con. Plus de motos? À cause de ce con. Plus de tune, et la prison, et maintenant cette pauvre fille? Lui, toujours. Je ne peux même plus me branler sans voir sa putain de vulve empalée dans ma tête. Et le capo, qui fera sans doute passer ça sur notre dos.

Pendant ce temps, ce connard de Russe pas rusé essaie de me citer Hobbes et de me faire de la grande putain de morale pseudo-philosophico-marxiste alors que ça n'a que dalle à voir et qu'on sait aussi bien l'un que l'autre qu'on est venus ici pour se faire du blé et rien d'autre. Mais je me suis tu et suis allé me coucher. Les singes ont hurlé à ma place.

Zaïre, 25 octobre 1992

8. Routes

La route devient monotone. Partout, les mêmes fichus paysages. Des arbres, des arbres, des arbres. Grandioses, certes. Mais la grandeur finit par ennuyer. Je rêve de plaines. De petits arbres. Frêles. De déserts maritimes, battus par le vent normand. Comme à Trouville, chez papa.

Nous traversons des immensités arboricoles, tissées de lianes, de fougères, de teck, de manguiers, de bambous et d'autres végétaux dont je ne connais pas le nom. De temps à autre, un village. Souvent, d'insondables flaques d'eaux boueuses. Constamment, cette lourdeur humide qui fait monter le noir orage dans le ciel, avec la précision de l'horloger.

Nous traversons des collines arbustées, toujours. Des ruisseaux d'eaux limpides, constellés d'enfants mouillés et de femmes aux lourdes poitrines frottant des tissus jaunes, rouges et verts contre les pierres brunes bordant le torrent. Des ponts de bois d'une autre époque, rongés par des milliards de termites dont les châteaux forts aux fines tourelles nous dépassent d'une tête. Et le soir, c'est dans la nuit la plus obscure que nous attachons nos hamacs, bâches et moustiquaires aux majestueux troncs d'arbres centenaires dont les écorces grouillent de vie.

Ce soir, Achille a tué une petite biche. À l'arc. « Ça, c'est pour demain ou après-demain ! Il faut que la viande faisande », qu'il nous a dit, la tenant par les jarrets. On a donc mangé quelques boîtes, et Konst a ouvert une petite bouteille de vin de palme qu'il a dénichée dans un village hier. Rien de bien compliqué à faire, qu'il nous a dit, Achille. On entaille le palmier puis on y accroche une vulgaire bouteille de plastique pour récolter la sève. Ça peut prendre deux ou trois jours avant qu'elle se remplisse. Puis on laisse ça fermenter au soleil et à la chaleur. C'est pétillant. Un peu âcre. Presque du vinaigre. Pas très bon. J'ai pas pu. L'alcool, oui, mais pas à tout prix. Konst et les chauffeurs ont terminé la bouteille à eux trois.

Zaïre, 28 octobre 1992

9. Moustiquaire

De petites mailles pendouillent au-dessus de ma tête. Les lueurs de la flamme dansent sur les contreforts de ma prison grillagée de fils blancs. Le hamac se balance, je ne sais pas pourquoi, et des fourmis kamikazes s'engluent sur ses cordages beurrés de miel empoisonné. La cathédrale végétale s'élance vers une lune qu'on ne voit pas. Et les singes hurleurs hurlent parce que c'est ce qu'ils font. Je sue. Des feuilles mortes tombent pour aller se poser sur d'autres plus mortes encore. Il doit être 1 h du matin, mais je n'en sais rien. Il y a longtemps que ma montre s'est arrêtée, embuée par ces torrents de boue et d'eaux stagnantes que nous traversons trop souvent. J'en sue, des torrents, et cette petite brise qui traverse les lianes mieux que nous m'a réveillé. Je crois être fiévreux. J'ai froid. Je gèle, même. Mes vêtements sont loin. Au fond du sac mouillé qui sent la pourriture, la sueur et la pisse. La flamme est loin. En fait, non. Ce n'est pas une flamme. Sinon Konstantin qui lit à côté. Pas la force de l'appeler.

Que fait-il ?

Les arbres craquent. J'ai un peu faim. Il est tard.

Je j'ai froid il fait froid j'écris sais pas pourquoi c'est étrange mon cahier est mouillé j'écris pourquoi je dors pas je suis fatigué j'ai froid fait chier????

putain de merde font chier ya pas àdire on est fini fini iici

jvoudrais bien du comté tiens avec de la soupe oignon suisse pquoi pas *tovarich*

plus de lumiere

froid!!! Putain de merdE

Zaïre, 2 décembre 1992

Matisse
Aboutissements de parcours entamés (1)

1. Bruxelles-Kigali

28 mars 2041. Quelque part entre Bruxelles et Kigali. Je le lui ai bien promis mille fois, et pourtant elle ne semble pas m'entendre. Si tu savais, ma petite Shams, toutes les obscénités qu'elle m'a balancées. Si tu savais, petite, à quel point ta mère sait me blesser. À quel point, sans s'en apercevoir, le pouvoir qu'elle a toujours exercé sur moi sait tout à la fois me noyer et me ressusciter. Car je le lui ai promis. Je n'ai eu de cesse de le lui dire. De le lui rappeler. Et pourtant, elle doute. Elle doute de mon amour. De mon retour.

Mais ta mère ne comprend jamais que ce qu'elle accepte *a priori* de comprendre. Et je te mentirais, mon soleil, si je te disais que c'est le cœur allègre, comme il se devrait d'être, que je me suis envolé hier soir vers Kigali. J'y ai retrouvé Konstantin. Il y vit toujours. Et je n'y vais que pour quatre jours. Mais ta mère ne semble pas y croire, ni me le pardonner. Elle ne semble pas croire que je dînerai avec vous tous dès ce vendredi. Que je te bercerai jusqu'à ce que tu t'endormes. Que je la gratifierai ensuite de tout l'amour que j'ai pour elle. Elle n'y croit plus.

Mais je serai honnête avec toi, petite : je ne sais moi-même plus si je peux toujours y croire. Si je peux toujours accepter tant de reproches, de silences tendus et de remarques acerbes. Je ne sais plus si je pourrai réparer les pots cassés et accepter de désormais retourner vers cette vie paisible qu'elle nous a construite. Le pourrai-je toujours ? Et elle ?

MATISSE

2. Konstantin

30 mars 2041. Kigali. C'est à l'église de Nyamata qu'il a souhaité me rencontrer. C'est dans cette église, à une dizaine de minutes en métro du centre-ville de la capitale rwandaise, que près de dix mille Tutsis ont été tués en 1994. Konstantin y vient souvent. Pour se souvenir, m'a-t-il dit en arrivant.

Il a une gueule de malfrat et des yeux comme j'en ai rarement vus. Des yeux d'un autre siècle. D'un siècle de misère et de grandes guerres. Il porte une large croix autour de son cou. En s'asseyant, il ne m'offre ni sourire ni poignée de main.

« Ton père est le pire homme que j'ai connu. Un homme monstrueux. Je ne sais pas pourquoi tu veux en connaître plus sur lui. Tu dis que tu n'as pas de souvenirs de lui. Peut-être que tu ne veux pas vraiment les avoir. Si tu savais ce que je sais, tu ne pourrais pas dire fièrement que tu es son fils. Ce n'est pas possible, ce qu'il a fait. Tu dois garder ça dans ta jeune tête.

Tu sais, je t'avertis déjà, mon garçon. Il y a des ténèbres au cœur de certains que même Dieu ne sait pas pardonner. Moi j'ai essayé. J'essaie encore. Pourtant, jamais je ne pourrais me pardonner. Jamais. Alors lui, encore moins. Quand il est parti, il a tout laissé derrière lui. Il a peut-être cru que ça effacerait tout. Qu'il pourrait oublier et recommencer à zéro. Qu'il emporterait tous ses petits secrets venimeux dans sa tombe... J'espère que sa mort a été violente. Dieu me pardonne de dire cela. Mais ce qu'il a fait, y a que le démon qui peut faire. Et en ces jours-là, les démons étaient partout.

On m'avait demandé à Moscou de m'occuper de lui. C'était au moment de la chute de l'URSS. Il avait pas connaissance de la Russie. Mais moi, je connais bien la France. J'ai beaucoup lu sur son pays. Lui, il ne connaissait en arrivant que les stéréotypes du mien. Alors je lui ai beaucoup appris. C'était quelqu'un de très intelligent, et il saisissait rapidement toutes les choses. Trop vite même. On avait eu beaucoup de plaisir ensemble à cette époque. Il disait aimer beaucoup les femmes. Moi aussi. On a partagé beaucoup. Lui, il me parlait de sa copine à Berlin, de ses parents qui étaient devenus très riches en vendant des armes, et de ses ambitions. Il voulait faire du politique. Être dirigeant. Devenir leader d'un pays. Moi, je riais bien en l'écoutant. Il se croyait lui-même. Mais c'était de bonne guerre. Moi, à l'époque, je voulais devenir riche. Alors l'ambition nous dévorait tous les deux.

Après le putsch manqué de décembre 1991, j'ai perdu mon travail. Il m'a beaucoup aidé alors. Donc c'est comme ça que je lui ai parlé de mon idée. Dans l'Armée rouge, en Afghanistan, je m'étais lié d'amitié avec un autre soldat. Il racontait tout plein d'histoires sur son père. C'était invraisemblable. Il racontait à qui entendait que son père avait été agent du KGB à l'époque. Il avait travaillé beaucoup en Afrique, apparemment. Et particulièrement au Congo. Le soldat racontait constamment comment son père avait aidé Patrice Lumumba à faire l'indépendance là-bas avant que les Américains le fassent tuer. Puis, selon le mec, son père avait fait la guérilla avec le Che. C'est vrai que nous ne nous entendions pas bien avec le Che, et son père avait le devoir de le surveiller. Bref… il nous racontait comment son père disait que c'était très riche comme pays. Qu'il y avait plein d'or et de diamants cachés sous des arbres qui en valaient autant. Il disait que celui qui présiderait le Congo serait l'homme le plus riche de la terre. Alors j'ai tout raconté ça à Antoine. Lui, il écoutait ça passionnément. Puis il a commencé à lire là-dessus. Moi aussi. Et c'est là que j'ai découvert qu'il y avait une rébellion socialiste dans l'Est. Un grand guerrier du nom de Kabila voulait renverser le fantoche des Américains ; un despote sanguinaire qui s'appelait Mobutu. Je me suis donc bien renseigné sur lui, puis j'en ai parlé à votre père. Je lui ai dit qu'avec mes connexions et les siennes, on pourrait leur apporter des armes en échange du diamant ou de l'or et qu'on deviendrait très riches. Évidemment, votre père, il avait tout l'argent du monde déjà, mais il a quand même voulu le faire. Je voyais bien le brillant dans ses yeux quand je lui parlais de mes expériences en Afghanistan. Alors on a décidé de partir.

Venir au Zaïre à l'époque, ce n'était pas facile. On a eu beaucoup de merdes avec beaucoup de gens. En route vers chez les rebelles, on est tombés très malades plein de fois. Avec Antoine, on s'est beaucoup disputés. On s'est même parfois battus. Il faisait très chaud et très humide. On a vu des endroits spectaculaires et des choses horribles. Des gens morts. Beaucoup. Et des villages vides. Des maisons brûlées. C'était vraiment la guerre. Mais pas clair du tout qui battait qui. On a quand même pu rejoindre les rebelles après plusieurs semaines. Votre père s'était mis dans la tête qu'on venait aider ces gens à se libérer. À vivre mieux. Moi je l'avais encouragé, mais c'est l'argent qui m'intéressait vraiment. Alors quand on est arrivés, on a tous les deux eu un choc. C'étaient des gamins surtout. Bien plus jeunes que vous. Avec des mauvaises kalachnikovs et des uniformes déchirés. Ils vivaient en pleine forêt, sous des bâches. Des femmes leur préparaient la nourriture – des racines et des feuilles surtout – et eux ils passaient la grande partie de la journée à dormir. Alors on a fait comme eux. On nous disait que Kabila n'allait pas tarder à venir visiter pour discuter. Mais on a attendu comme ça pendant beaucoup de semaines.

Votre père, pendant ce temps-là, il ruminait. Il était très impatient, vous savez ? Il se demandait pourquoi nous on était venus si c'était pour passer tout le jour à dormir. Alors il passait le temps en questionnant les jeunes mecs en uniformes autour de nous. Ils ne savaient rien et parlaient à peine français. La plupart ne savaient même pas pourquoi ils étaient là. Certains lui racontaient en privé qu'ils avaient été kidnappés la nuit, dans leur village ou en brousse. Ils racontaient aussi des tas d'histoires folles. Des légendes sur des esprits dans la forêt qui dévoraient les hommes. Des croyances selon quoi manger le cœur de ton ennemi te donnait sa force. Moi, ça me faisait bien rire. Mais Antoine, il enrageait. Il croyait arriver en nouveau Che Guevara, mais il a vite compris qu'il n'y avait rien à sauver là-bas. Sauf peut-être lui-même. Donc quand il est finalement arrivé, Kabila, Antoine et moi, nous n'étions pas vraiment dans le même humeur. Lui, il voulait l'engueuler. Le remettre sur le bon chemin. Lui dire toutes ses trois vérités. Moi, je voulais seulement qu'on s'entende sur le tarif pour les armes. On avait prévu signer d'abord l'entente puis récupérer les matériaux précieux à Kigali en lui envoyant la cargaison par avion. J'avais des potes venus exprès du Kazakhstan avec un avion qu'ils avaient volé après la chute de l'URSS. Ils avaient mis plein de munitions dedans et tout le reste. Ils nous attendaient au Rwanda déjà et étaient prêts à décoller pour leur livrer le tout dès qu'on arriverait. C'est Antoine qui avait fait le premier investissement. Si ça marchait bien, on allait recommencer. Mais les choses se sont un peu mal passées. Votre père nous a mis une balle dans le pied avec Kabila en lui disant qu'il allait tout raconter ce qu'il avait vu en brousse une fois à Kigali. Il lui a dit qu'il n'avait rien d'un socialiste. Qu'il était une honte. J'en passe…

Ce qui s'est passé ? Ah ! C'est qu'on a dû filer à l'anglaise, mon garçon. Kabila était très mécontent. Moi aussi. On ne s'est pratiquement pas parlé du trajet. Nous n'avions que cinq jours de moto à faire, mais c'était interminable. Nous essayions de traverser les villages la nuit parce que c'étaient beaucoup des endroits sous le contrôle de Kabila. Heureusement, ces temps-là, les moyens de communications rapides étaient inexistants là-bas. Mais on avait quand même beaucoup de trouille. Bref… En arrivant au Rwanda, on s'est séparés plusieurs semaines, votre père et moi. On était tous les deux très malades et on ne se supportait plus un à côté de l'autre. C'est lors de cette période qu'il a rencontré Fleur, car il ne me l'a présentée que lorsque je suis finalement venu le voir. Elle était vraiment très, très jolie. Je crois même qu'ils couchaient déjà ensemble à ce moment-là. C'était la fille de la propriétaire de la maison de passage où il habitait. Elle avait seize ans, je crois. Et jolie comme deux, je vous dis. Alors il était bien content. Mais moi, je commençais à m'impatienter. Mes camarades qui avaient apporté les armes voulaient être payés comme promis. Et moi, je voulais me barrer de là le plus rapidement possible. Ça sentait déjà mauvais. Il y avait des rebelles au nord qui étaient entrés depuis l'Ouganda, et le gouvernement des Hutus devenait de plus en plus paranoïaque. Mes camarades de l'armée me disaient qu'il y avait des gens tués presque tous les soirs. Et c'est vrai que, la nuit, on entendait parfois des grenades exploser. Mais le jour, tout était très, très normal. Très, très calme. Comme s'il ne se passait jamais rien.

Votre père a bien pris les choses entre ses mains. Il se sentait mal pour l'histoire de Kabila alors il a voulu faire juste pour mes camarades et moi. On a dû attendre quelques semaines de plus. Il a passé des coups de fil à son père à Paris pour lui parler de l'affaire. Je crois qu'il était très mécontent. Mais si j'ai bien compris, votre grand-père a finalement parlé de ça avec des amis de Mitterrand qui nous ont facilité les contacts à travers l'ambassade de France pour atteindre l'autorité rwandaise. C'était déjà vers le milieu de 1993, je crois. On a finalement rencontré un colonel de l'armée rwandaise qui nous a expliqué qu'il ne pouvait rien nous acheter officiellement. Par contre, il nous a parlé d'une milice de jeunes qui combattaient les rebelles au nord. Eux auraient besoin, qu'il a dit. Alors on a fait comme ça. Moi, je n'étais pas trop chaud pour ça. Mes camarades discutaient avec l'ambassade de Russie qui disait que ces jeunes tuaient beaucoup des civils. J'en ai parlé à Antoine mais il avait changé. Plus rien de ça ne l'intéressait, on aurait dit. Il passait ses journées à la piscine ou au lit avec Fleur. Il voulait se débarrasser du truc aussi vite que possible, rembourser son père et recommencer à écrire. Alors il a insisté en disant que son père assurait que ceux à qui on allait vendre étaient les gentils. Et on a vendu. Ça s'est conclu vers l'automne 1993. Mes potes sont repartis en Russie contents. Moi je suis resté. Antoine et moi on avait passé au-dessus de Kabila, et j'étais plein d'argent. Surtout, je me cherchais une fille aussi belle que Fleur.

Un jour de décembre, il est venu me voir très concerné. On s'assoit pour une bière, il me dit que Fleur est enceinte et qu'il ne sait pas quoi il peut faire. Moi, j'étais vraiment content pour lui. Je lui ai dit : "*Tovarich*, il faut célébrer !" Alors on est sortis tous les deux dans une boîte de nuit. Là-bas, y avait plein de gens. Plein d'humanitaires et des Casques bleus qui venaient d'arriver. La situation était vraiment rendue très dégradée à ce moment-là. Il y avait de plus en plus de gens morts qu'on trouvait les matins sur la route. Antoine disait que c'étaient des espions des rebelles. Mais moi, on me disait que c'étaient juste des Tutsis normaux. Des gens de la même race que Fleur. Mais bon, on a beaucoup bu et on a fait connaissance avec des soldats belges là-bas. C'est seulement après que j'ai appris que votre père avait trompé Fleur ce soir-là. Ça m'a dégoûté. Mais comme je dis, je n'ai appris ça que plus tard. Entre-temps, on a fait la Noël et le jour de l'An ensemble. Puis Antoine est devenu de plus en plus absent. On ne le voyait presque plus. Il ne rentrait pas le soir, me disait Fleur. Alors elle et moi, on se voyait de plus en plus souvent. Elle était très jeune, vous savez. Elle allait avoir son premier môme à dix-sept ans à peine et elle avait très peur. Elle disait qu'Antoine ne s'occupait plus d'elle. Qu'il passait son temps dehors et ne rentrait qu'au matin pour prendre la douche et partir encore. Moi je voulais la rassurer. Et c'est comme ça qu'un soir, bien passé minuit, on a couché ensemble une première fois. C'est la première femme que j'ai vraiment beaucoup aimée. Elle avait un très beau sourire. Et un très grand cœur surtout. Comme Antoine partait faire des reportages pendant des semaines entières, avec les massacres qui se multipliaient et les rebelles qui avançaient, Fleur et moi, on passait tous les jours ensemble. Elle cuisinait très bien et on discutait. Elle avait très peur déjà. Elle grossissait à vue d'œil et elle savait que le pire venait...

Un soir de la fin février 1994, Antoine est revenu de Gisenyi. Il était tombé sur plusieurs barricades en route et disait que les jeunes Hutus étaient très agressifs. Il était clairement affecté. Mais ils ne cherchaient que les espions tutsis, qu'il répétait. Fleur et moi, on se regardait, paniqués, pendant qu'il racontait son histoire. Elle lui a dit qu'il fallait partir. Qu'il restait vraiment peu de temps. Qu'à la radio les gens racontaient n'importe quoi. Et les Tutsis se cachaient de plus en plus. Elle-même ne sortait pratiquement plus de sa maison. Moi je rajoutais à ce que Fleur disait. Je voulais qu'Antoine aille chercher le visa pour elle et qu'ils partent en France. Mais il ne voulait vraiment rien entendre. Il disait que les contacts de son père étaient catégoriques: seuls les espions tutsis se feraient "emmerder" – vous imaginez les mots qu'il utilisait! – et que Fleur et lui allaient être protégés compte tenu de ses connexions…

Et puis… et puis un soir de la fin mars, alors que je ramenais Fleur de l'hôpital parce que votre père était "trop occupé" par ses articles, on est tombés nez à nez avec Antoine et un des soldats belges au lit. Je ne vous dis même pas combien j'étais très fâché. Je l'ai sorti du lit pendant que le Belge se rhabillait pour partir à la sauvette. Je lui ai foutu je ne sais pas combien de baffes, à votre père. Il pleurait comme un gamin et saignait de la tête, recroquevillé contre le lit. Un vrai connard, quoi. Fleur aussi pleurait dans le salon. Elle criait et j'ai cru qu'elle allait s'évanouir. Alors on est partis et j'ai laissé votre père là…

Fleur est venue vivre à la maison avec moi. Pendant des jours entiers, Antoine a appelé et rappelé. Il est même venu cogner plusieurs fois à la porte de chez moi. Il suppliait que je le laisse entrer pour s'expliquer. Et pendant tout ce temps, Fleur pleurait vraiment beaucoup. Puis un moment, il a cessé de venir et d'appeler. J'ai vraiment cru qu'il nous ficherait la paix. Puis j'ai entendu par des amis qu'il était reparti en Europe. C'était deux ou trois jours avant que l'avion du président Habyarimana se fasse descendre en plein vol par les rebelles tutsis. Puis ç'a été la grosse merde…

Ils sont venus comme ça vers les 3 h du matin. Ils ont défoncé le portail avant avec une bagnole et sont entrés chez moi avec des kalachnikovs et des machettes. Fleur et moi, on était au lit et je suis parti immédiatement la cacher dans la cuisine. Puis ils sont entrés. Ils étaient quatre ou cinq. Ils ont dit qu'il y avait un "cafard" ici, qu'on les avait prévenus qu'il y avait une "espionne tutsie" qui vivait chez moi. Je leur ai promis que non et je me suis engueulé avec eux. Puis y en a un qui est passé derrière moi et m'a fichu un coup de crosse sur la nuque. Je me suis évanoui. Plusieurs heures, je suis resté comme ça. Quand je me suis repris connaissance, c'était déjà bien loin dans l'après-midi. J'avais du sang séché dans les cheveux. Mais c'était pas le mien. Ça venait de la cuisine. J'ai pris un temps pour comprendre... Ne me regardez pas comme ça. Écoutez plutôt, vous qui vous dites son fils... Oui, écoutez bien car vous comprendrez que jamais le Seigneur n'aura pitié pour lui... Je me suis levé et suis allé dans la cuisine. Elle était là, assise contre le comptoir de l'évier, jambes contre terre. Elle me regardait, la bouche et les yeux ouverts. Un filet de sang avait séché sur son menton et son cou. Sa robe de chambre était remontée jusqu'à ses seins. Et par terre, à côté d'elle, il y avait une mare de sang gluant, étalée par les traces de leurs bottes. Il y avait de la boue, du sang, des morceaux d'intestin, et au milieu de tout ça, un petit fœtus rose qu'on avait coupé en deux. »

MATISSE

Antoine
Carnets 2011-2012

30. Repérages

Ce qu'il y a de bien la nuit, c'est que le nombre de roquettes passe d'une ou deux toutes les demi-heures à une toutes les deux ou trois heures – convention collective des combattants du Hamas oblige. Comme le petit se rendort vite après chaque explosion, ça me donne une bonne heure après chaque détonation pour m'absenter sans qu'il panique ou qu'il crève sans moi, auquel cas sa mère me passerait tout un savon.

C'est donc ce que je viens de faire, et ç'a été bien utile.

Alors pour donner une idée, il y a un *checkpoint* au coin d'Allenby, un autre au coin de Rothschild et sans doute un autre au nord. Au coin de Rothschild, ils sont une demi-douzaine avec du barbelé, un véhicule blindé et des bouilles de tueurs mal baisés semblant croire qu'*Inglourious Basterds* est basé sur des faits réels. Au coin d'Allenby, ils sont trois, écrasés sur des chaises de plastique appuyées contre une jeep de l'armée, leurs M16 entre les cuisses et le rire facile – je les entends régulièrement s'esclaffer depuis mon appartement. D'ailleurs, je les vois du balcon. Ils sont nouveaux ceux-là; je crois que les trois ou quatre autres qui faisaient à l'habitude les quarts d'après-midi et de soirée ont été amenés à l'hosto après s'être fait éclabousser par M., Mme et bébé Ben Shaïd.

Ça arrivait souvent en Israël, avant qu'il n'y ait soudainement « pas de victimes », qu'on les compte dans le lot, les traumatisés et les mauviettes. Ça donnait une belle idée de la virilité des sionistes, ça. Trois blessés à Gaza : un au crâne fracturé qui chie du sang comme une mémé en vacances chie sa diarrhée, une aux pieds arrachés qui vomit du jaune gluant par les oreilles et un qui ne pourra jamais voir dans le miroir la belle tête que lui ont faite les shrapnels de la frappe chirurgicale et plastique d'Israël. Trois blessés à Ashdod : une qui souffre d'ecchymoses à la tête après avoir sursauté quand une roquette a frappé à deux kilomètres de là, un qui fait une crise nerveuse après avoir vu sa haie de rosiers éventrée par une roquette et un autre qui s'est coupé le doigt en préparant une salade d'artichauts quand… quand quoi au juste ? Bon, et après il y a quand même des Ben Shaïd, mais… mais quoi d'ailleurs ?

C'est donc trois morveux qu'il y a au coin d'Allenby. Tant mieux, car ce qui est bien, avec les jeunes puceaux, c'est qu'ils sont aisément impressionnés. Et à défaut de la leur montrer, ma grosse queue, je suis descendu leur parler pendant l'un des entractes de notre théâtre de guerre, gracieusement offert par l'International Jihadists' Guild, histoire de leur montrer mes couilles de type qui sait ce que c'est que les conflits. J'étais d'ailleurs bien content de voir, en débouchant devant l'immeuble, que le trottoir où les Ben Shaïd avaient expiré avait été nettoyé.

Et comme même les chats de ruelle ne sortent pas des bunkers ces jours-ci, ils ont bien eu le temps de me voir arriver de l'intersection, sans doute illuminé par le clair de lune, parce qu'ils ont tout de suite arrêté de sourire pour soulever leurs M16 comme des pédés banderaient devant Tom Cruise. Ils étaient nerveux. Ça se comprend : ça fait trois jours que les rues sont bloquées, que rien n'entre ni ne sort, mais on ne sait jamais quand un kamikaze palesto pourrait décider de se télétransporter déguisé en blanc-bec en plein centre-ville de TLV...

— Hé, les mecs ! que je leur ai crié.

— On n'approche pas, monsieur ! qu'ils m'ont répondu en se levant.

— C'est qu'elle est vraiment ennuyeuse, votre guerre ! On m'avait dit que c'était sympa, Israël. Mais vraiment, ça m'emmerde grave, votre pays. Comme je vous entends vous éclater depuis tout à l'heure et que mon gosse dort là-haut, je me suis dit que je viendrais piquer un brin de conversation.

— Retourne chez toi, monsieur ! C'est dangereux, hors des murs...

— Ha ha ha ! Dangereux ? J'ai fait le Rwanda en 94 et l'Afghanistan en 2001, moi, les mecs... Et Falloujah, et Beyrouth, et Mogadiscio, et Le Caire, et le Yémen, et la Libye, et Ain el-Qasr… Alors vraiment, vous me faites bien rire avec vos «c'est dangereux»!

Ils avaient l'air abasourdis. Avec leurs lèvres entrouvertes qui semblaient hésiter entre laisser échapper un «wow!» bien senti ou me sucer la bite, ils semblaient fichtrement professionnels, ces jeunes puceaux. Celui qui portait deux barrettes aux épaules plutôt qu'une m'a invité à m'asseoir.

— Tu es journaliste, donc?

— *Keyn*… Mais de guerre, hein? Moi, les articles ennuyeux à propos de meufs détraquées qui se disent victimes de violence conjugale alors qu'elles se sont quand même mariées, c'est pas pour moi.

Ils ont ri, mais jaune, car je voyais bien que ce n'était pas leur genre d'humour d'adolescents progressistes. Ils s'efforçaient de ne pas me mettre mal à l'aise en critiquant mon humour de sale porc. Je les impressionnais bien trop déjà. C'était bien.

— Alors, ça vous ennuie pas trop, d'être pris aux *checkpoints* comme ça à faire chier vos concitoyens?

— C'est pour leur sécurité, monsieur. On obéit aux ordres, nous. C'est pas qu'on aime ça, toute cette merde. Mais quel choix on a?

— À l'armée comme à l'armée, vous avez raison! En tout cas, au moins vous avez un fichu bon chef à votre tête. Ce type, là… Comment il s'appelle encore?

— …

— Allez, le général truc-chose, là! Shafiq?

— Ah, Shafie?

— C'est ça! Shafie! Il est bien, ce type. Un vrai guerrier. Il a des couilles, lui, au moins…

— Un usurpateur, ouais…

Ça, c'était le brun à une barrette qui était demeuré à l'écart. Il les avait crachés, ses mots. Les deux autres en sont restés figés, ne sachant pas trop quoi répondre à leur camarade qui avait parlé un peu trop librement. C'est que l'à-plat-ventrisme effaré, ça s'assimile vite à l'aube des Reichs de mille ans. Et après les mille ans, il y a quoi, d'ailleurs? En tout cas… J'ai saisi la balle au bond avant que les deux bouches bées se débouchent.

— Un usurpateur, vraiment, vous croyez?

— Eh oh! C'est son opinion à lui, hein!

— Moshe, qu'est-ce qui te prend? T'es con ou quoi?

— Ça va, ça va, lui faites pas passer un mauvais quart d'heure pour ça. C'est pas parce qu'elle est suspendue, la démocratie, que vous avez plus droit à vos opinions, hein!

— C'est pas une question de droit mais une question de bon sens. On est en guerre. Y a des choses qui ne se disent pas, Moshe!

— Vous savez, les mecs, en pleine guerre, on le critiquait tout de même, Churchill. C'est pas pour autant qu'il a perdu la guerre, hein?

Le brun m'a fixé, ébahi. C'était comme si je venais de lui faire prendre conscience de son intelligence. Ça fait du bien, parfois, de se faire conforter dans ses idées par quelqu'un qui est sans l'ombre d'un doute plus rusé que soi-même. C'est aussi comme ça qu'on les impressionne, les puceaux. Je m'étais fait au moins un allié.

— Mais bon, on peut aussi changer de sujet…

— Ouais, faisons ça. Ça vaut mieux pour tout le monde.

Moshe opinait de la tête.

— C'est quoi ton nom en passant, monsieur ?

— Oh, moi c'est Antoine. Vous ?

— Moi c'est Chaïm, lui c'est Zohar… et puis lui c'est Moshe.

— Enchanté, les mecs.

— Enchantés.

— Alors tu es de quel endroit, monsieur Antoine ? Tu parles bien l'hébreu !

— Oh, je suis de Paris. Ça fait un moment que je travaille dans la région, et j'ai de la facilité avec les langues.

— Ça se voit, ça. Et tu es venu ici pour la guerre ?

— Ha ha ha ! Je vois mal comment j'aurais pu venir ici pour la guerre quand on ne laisse personne entrer ni sortir du quartier depuis le début des hostilités… Je suis ici depuis quelques mois déjà. Je suis correspondant pour *France Mag*.

— Non, j'y crois pas !

Là, ils étaient tous renversés. J'avais un peu gaffé.

— Oui.

— Alors c'est toi…

— … le salopard à cause de qui tout ça est arrivé ?

— Non, ça c'est la faute de MiMi et de votre général, là… Shafie.

Le brun se faisait craquer les poings, comme pour m'intimider.

— C'est quand même à cause de toi qu'on se retrouve dans cette merde !

Et ça recommençait : Oren, tome deux, multiplié par trois.

— Bon, les cocos, faut tout de suite que vous sachiez quelque chose que peu de gens comprennent à propos de cet article. Et de tous les autres que n'importe quel autre journaliste a écrit ou écrira. C'est pas notre responsabilité à nous, de prévoir ce qui se passera quand on publiera l'info. Tant qu'elle est recherchée, confirmée, objective et avérée, elle est publiable. Ce qu'ils en font après, ça ne nous regarde pas. C'est pour ça qu'on n'est pas des politiciens mais des observateurs. C'est ça, vivre en démocratie et exercer son droit à l'information et à la publication.

— Ouais, mais à cause de toi, on l'a perdue, notre démocratie.

Oh… ça devenait personnel. J'anticipais des mouvements à la Van Damme dans ma tête… Au final, du bon vieux Socrate a suffi.

— Laissez-moi vous poser une question toute simple, les mecs : qu'est-ce qu'une démocratie ?

Le deux barrettes allait répondre, mais Moshe l'a devancé. Il voulait faire plaisir à papa pour avoir d'autres compliments.

— Ben… la démocratie, c'est un système de gouvernement. C'est le peuple, pour le peuple et par le peuple… Non ?

Et c'était mignon, ce petit « non ? » en terminaison, à la recherche d'approbation.

— Exact ! Et le « C'est le peuple, pour le peuple et par le journaliste », vous le voyez où, les mecs ?

— …

— Y en a pas, voilà ! Parce qu'il n'existe pas. Parce que le journaliste n'est pas la souveraineté populaire. Il l'informe, il lui parle des magouilles qui se passent en haut, il lui donne une opinion facile à digérer si elle n'en a pas, mais jamais, au grand jamais, il ne la remplace. Je ne suis pas Israël. Je ne suis pas le peuple israélien. Je ne suis même pas citoyen israélien ! Alors s'il n'y a plus de démocratie, comme vous dites, cherchez nulle part ailleurs qu'au fond de vous-mêmes. C'est vous qui avez permis ça. C'est vous qui acceptez les ordres de ce type. C'est vous qui ne vous êtes pas soulevés pour la défendre, la Knesset et compagnie. Alors ne venez pas me rejeter ça à la figure, nom de merde ! J'ai rien à y voir, moi.

— Ouais…

Et c'était gagné. On a parlé encore un petit moment comme ça, et ils se sont révélés bien sympas. Puis la sirène s'est mise à retentir, je les ai salués et me suis précipité à l'appart où je suis arrivé tout essoufflé en me promettant de réduire la maudite cigarette. Le petit était réveillé, recroquevillé sous ses couvertures, pleurant et criant «papa!» comme si c'était mon nom. Il y a eu une explosion, comme je m'y attendais. D'autres M., Mme et bébé Ben Shaïd, peut-être?

Tel-Aviv, 5 novembre 2012

31. Nouvelles

C'est con, mais ça m'a frappé il y a trente minutes. Je n'ai pas eu de nouvelles du blondinet depuis le début de la guerre. Ça doit faire au moins deux semaines depuis son dernier texto, *2main. xxx.* Ils m'avaient horripilé, ces « xxx ». Pour qui il se prenait, du coup ? que je m'étais demandé. Je me le demande toujours, d'ailleurs. Ce n'est pas comme si ce qui s'est passé entre nous lui permettait d'écrire quoi que ce soit. Il n'y a pas de *nous*, d'ailleurs. Et puis bon, après, je peux peut-être comprendre. Il est un peu comme une meuf, au fond. Un accident de parcours, et on appelle ça de l'amour ? Quel mot répugnant. N'empêche que je me demande quand même bien où il est, ce pauvre mec. S'il m'a filé une saloperie, j'aimerais bien pouvoir le buter de mes mains avant que le Hezbollah ou un autre s'en charge à ma place.

Tel-Aviv, 5 novembre 2012 (bis)

32. La grande vadrouille

Pour bien préparer le gosse, je lui ai fait regarder deux fois *La Vita è bella* sur mon machin-tosh. Faudrait pas qu'il flanche, parce que sinon on serait tous les deux dans la merde. L'idée, c'était d'aller le reconduire chez Mme Simonyi et de rejoindre Jéru pour m'expliquer en direct avec ces connards de terroristes sionistes qui ont « hijacké » mon reportage dans le Nord avec leurs grandioses ambitions d'en mettre à tous les putains de coins de rue, des fichus *checkpoints*. Je l'ai donc appelée, la dame, et comme elle ne répondait pas, je me suis dit qu'elle devait être au bunker. Et je me suis dit que c'était tant mieux, car le petit y serait en sécurité. Avec elle bien plus qu'avec moi, d'ailleurs.

Comme je suis allé les voir deux soirs de suite, les gamins d'en bas, je me suis dit que ce soir, ce ne serait pas déplacé – de toute façon, ça faisait partie du plan dès le début – que d'apporter une petite flasque de Johnny Walker. J'ai pris le plus bas de gamme que j'ai, vu qu'ils ne sauraient pas de toute manière en apprécier la qualité avec leurs papilles de jeunots, et j'y ai mis deux, trois, quatre, cinq, six, sept, huit cachets de Valium bien écrasés. Quand l'entracte est venu, j'ai dit au petit de m'attendre et je suis descendu les rejoindre, comme c'était pratiquement devenu une habitude. Ils n'ont pas levé leurs armes et ont gardé leurs sourires débonnaires.

— Hé, Antoine !

— Hé, les mecs ! Ça va ?

— Oui, oui… On a eu bien de l'action cet après-midi, apparemment. Y a un immeuble de Jaffa qui a été complètement détruit… C'est bien triste tout ça.

— En effet… Tellement triste qu'ils en ont pas parlé à la radio, d'ailleurs. Quelle merde ! Des nouvelles du front nord ?

— Non, personne n'en a ici, à Tel-Aviv. Même à nous, ils ne disent pas grand-chose de ce qui se passe en dehors de la ville. Et y a pas moyen de savoir autrement. Raisons de « sécurité nationale », qu'ils nous disent.

— Quelle merde, hein ?

— Ouais ! Bref, on se démerde comme on peut. Tu veux jouer aux cartes ? On commençait une partie.

— Pas de refus, Chaïm ! D'ailleurs, regardez ce que je nous ai apporté !

J'ai sorti la flasque de ma poche. Ils l'ont regardée, les yeux ronds comme des billes.

— Euh… c'est de l'alcool, ça ?

— Du Johnny Walker. Le meilleur que vous boirez jamais !

Le deux barrettes s'est levé.

— Non, écoute, Antoine, c'est bien sympa comme attention, mais on ne peut pas. On travaille, là. Si un officier supérieur passe, on est dans la merde grave…

— Si un officier supérieur passe et qu'il vous voit discuter avec moi, vous êtes dans la merde aussi. Et puis qu'est-ce qu'ils vous feront? Un ou deux jours hors service. Vous aurez qu'à me remercier pour les belles vacances.

— Non, vraiment, n'insiste pas. C'est très gentil de ta part, mais on ne peut pas. S'il arrive quelque chose, on doit être en état de réagir, sinon on met possiblement la vie des civils en danger.

— Bon, bon, d'accord… Vous êtes pas faits comme vos camarades libanais, et c'est pas bien grave. Je vous forcerai pas… Alors, ce jeu de cartes?

— Attends, qu'est-ce que tu veux dire… nos camarades libanais?

— Oh… des histoires. Ça vous intéressera pas!

— Non, allez, raconte!

Les jeunes gens qui vont à la guerre sont toujours d'une touchante curiosité à l'endroit des jeunes gens qu'ils cherchent à buter de sang-froid.

— Oh… ben c'est pas pareil, hein. Ils sont faits un peu plus forts, les Libanais. Je veux pas vous embêter avec ça. Alors, les cartes?

— Non, non, non. T'as commencé l'histoire, tu dois raconter maintenant. Qu'est-ce qu'ils faisaient, les Libanais?

— Mais c'était en 2006, ç'a peut-être changé, vous savez...

— On s'en fiche! Allez, raconte un peu, qu'on sache!

Ils bouillaient d'impatience. Je me sentais comme un chef scout en train de raconter une légende à des gamins surexcités.

— Bon, bon, d'accord. Ben, c'est que ça arrivait souvent, lors des frappes israéliennes en 2006, qu'on se tape de ces soirées à n'en plus finir avec les combattants. Au gin, au scotch, au whisky et compagnie. Et ça buvait fort, peu importe les circonstances. Mais y a pas vraiment de comparaisons possibles. Les Libanais, et je parle bien du Hezbollah ici, ils ont bien plus de tolérance à l'alcool que vous, comme théoriquement ils ne boivent pas et qu'ils le font toujours en cachette, en s'éclatant si bien la gueule que forcément, après un moment, ils en deviennent presque immunisés. D'ailleurs, ils se battent bien mieux lorsqu'ils sont *auchs*.

— Non! Je te crois pas! Les Hezbos qui boivent! T'entends ça, Zohar?

— Ouais, ouais...

— Oui, et pas de la petite bière. Mais ils sont faits solides, les Libanais. Y a pas à être jaloux ou quoi que ce soit, ils ont simplement la peau plus dure que vous...

— Ha ha! Les Libanais? Arrête, tu blagues? Tu nous a pas vus boire, toi! Allez, Chaïm, qu'on en prenne un peu, de son truc... On s'emmerde grave, ici.

— ...

— Non, non. Vous aviez raison, les mecs. Vaut mieux pas, c'est certain que vous ne tiendriez pas. C'est de l'alcool pour hommes en plus, hein!

Reverse psychology 101, je m'exerçais pour quand il sera ado, mon gosse.

— Ferme-la, Antoine! Allez, passe la bouteille!

C'était Chaïm, le deux barrettes, et je me suis dit qu'il n'y avait que des puceaux pour ainsi vouloir «prouver» qu'ils étaient des hommes. Je lui ai donné la flasque, qu'il a débouchée nerveusement avant de s'en tirer un trait et d'exhaler un long râle pénible.

— Allez, Moshe, fais-nous honneur!

Et le petit intello s'en est lui aussi pris une bonne gorgée grimacée.

— Tiens, Zohar, à toi.

Et le con – *Hamduli'llah* – se l'est terminée à lui tout seul.

— Il en reste plus? Mais vous êtes barjos, les mecs!

— Merde, Zohar, t'as fini la bouteille?

— Ben, tu m'en as pas laissé beaucoup, Moshe!

— Connard, va! Y en reste plus pour Antoine, là?

— C'est pas grave, mes bonhommes. Ça va, je suis à deux pas de chez moi. Je vais chercher la bouteille. Attendez-moi!

— Fais vite, qu'on se la fasse, cette partie!

— Je fais vite, *mafish mushkila*, on stresse pas!

Et je suis reparti vers l'appart en prenant un air penaud, le temps que les pilules fassent effet. Quand

je suis redescendu, bouteille à la main, les trois bonhommes ronflaient déjà comme des ivrognes. Je suis
remonté au pas de course.

— T'es prêt, Matisse ?

— Oui, papa.

— Tu te souviens bien de ce qu'on a vu dans le
film, hein ?

— Oui.

— Et de ce que je t'ai dit ? Pas un mot. Jamais.
C'est clair ?

— Oui, papa.

— Parfait. Attends-moi ici, je reviens.

Je suis redescendu en courant. Et vraiment, faut
que j'arrête la cigarette. Les trois dormaient, bave au
menton. Zohar semblait de la même taille que moi,
mais Chaïm, le deux barrettes, était le plus suscep-
tible de conduire une jeep. Je l'ai pris par les aisselles
et l'ai traîné dans une ruelle. Ça m'a rappelé de bien
mauvais souvenirs. Les corps inanimés, morts ou vifs,
ils pèsent fichtrement lourd. C'est qu'elle était toute
menue, Sophie. Et puis, quand on l'avait retrouvée
sous les décombres, et que… Enfin. Je l'ai déshabillé, le
deux barrettes, et lui ai pris ses vêtements et ses cartes
d'identité. Quand je suis revenu, Matisse ne m'a pratiquement pas reconnu.

— C'est moi, fiston. Allez, on bouge. Tiens-toi
bien tranquille, tout ira bien. Si on te pose des questions, tu ne réponds pas. D'accord ?

— D'accord, papa !

— Parfait, allez, viens.

— Papa?

— Oui, mon beau?

— Je t'aime.

J'en ai eu le frisson.

— Moi aussi, mon trésor. Moi aussi.

Je l'ai installé dans la jeep et puis on est partis. J'enfilais cigarette sur cigarette. Malgré les apparences, je n'avais jamais fait ça. J'espérais ne pas trop en avoir mis, du Valium… Parce qu'avec le vol du véhicule et les autres accusations qu'ils trouveront sans doute à me coller si je me plante, je préférerais éviter celle d'homicide… Ça n'a pas été très long avant qu'on arrive au premier *checkpoint*.

— N'oublie pas! que je lui ai lancé, au môme, alors que les phares du véhicule traçaient de grands cercles lumineux sur les soldats d'infanterie qui pointaient leurs armes vers le pare-brise.

Le petit respirait nerveusement. Un gradé est arrivé tranquillement, cigarette au bec, me toisant à travers la vitre, dans laquelle il a finalement cogné pour me signifier de l'ouvrir. Ce que je me trouvais bien idiot de ne pas avoir déjà fait, moi-même cigarette au bec.

— Tu fais quoi ici, caporal?

— Je… j'ai trouvé ce jeune garçon dans la rue… Il est perdu et souhaite rentrer chez lui. Près du monument Yitzhak Rabin.

Il a regardé dans la voiture et a souri au môme.

— Tes papiers.

— Tout de suite… capitaine !

Ses sourcils ont bien dû déchirer ses paupières tant il les a étirés vers les astres.

— Sors du véhicule immédiatement !

— Mais…

— Sors, caporal !

J'avais gaffé. Grave. Je suis sorti. Le petit semblait terrorisé. Il s'est mis à chialer.

— On t'a appris des choses pendant ton entraîne-ment, caporal ?

— Oui, monsieur !

— Entre autres choses, on t'a parlé de la hiérarchie militaire ?

— Oui, monsieur !

— On t'a appris à distinguer les grades ?

— Oui, monsieur !

— Tu sais donc reconnaître l'insigne que je porte, caporal ?

— Oui, monsieur !

C'était non, mais bon… fallait que je me démerde.

— Alors, caporal, je n'ai pas fait six ans en tant qu'officier pour me faire appeler « capitaine » par un caporal mal rasé tel que toi ! N'est-ce pas ?

Six ans… Pouvait pas être colonel, alors forcément :

— Non, major !

— Très bien, caporal… Très bien… Tes papiers, maintenant !

— Oui, major ! Voici, major !

— Caporal Chaïm Zukkot, hein? T'as un drôle d'accent, caporal Zukkot, et je m'y connais en accents. T'es pas d'ici, toi…

Merde…

— Oui, major! Je suis né ici mais je suis Français, major! J'ai fait mon *alya* y a trois ans, major!

— Aah, Français… Drôle de nom pour un Juif de France, non?

— Non, major! Ma famille était très religieuse, major! Mais moi je suis laïque, major! J'ai gardé mon nom, major!

— Très bien. Très très bien. Bon, circulez, maintenant. Je te conseille d'éviter les petites rues et de continuer sur Rothschild. Vous serez moins embêtés tous les deux.

Les sirènes se sont remises à hurler.

— Allez, file ramener ce petit à sa maman avant qu'une roquette vous trouve!

— Oui, major! Merci, major!

Mes jambes tremblaient. Le moteur a étouffé quand j'ai appuyé sur l'accélérateur. J'ai dû le redémarrer, sous les éclats de rire généraux. Ma veste était trempée de sueur et mes lunettes se seraient embuées si j'en avais porté. On a écarté les barbelés, histoire de me laisser passer, puis j'ai filé en trombe. Ç'a explosé un peu plus loin, puis il y en a eu deux autres, des *checkpoints* comme ça, avant que j'arrive finalement à l'immeuble de Mme Simonyi. Je suis monté avec le petit pour voir si elle y était, mais elle n'y était pas. Alors on est redescendus et j'ai demandé aux soldats postés pas trop loin où se trouvait le bunker du quartier. Quand je l'ai finalement trouvé, Matisse et moi y sommes entrés. Ça sentait la salive séchée, l'haleine putréfiée et la sueur mal lavée. Un néon crépitait au loin, dans l'immensité de la chambre bétonnée où s'entassaient les corps nonchalants d'une bonne centaine de personnes qui lisaient des magazines à la lueur de leurs lampes de poche frontales.

— Monsieur Antoine! que je l'ai entendue crier du fin fond de la pénombre.

— Shhhhh! qu'on a chuchoté de partout.

Ils n'avaient vraiment aucune vergogne, ces mauviettes de mes deux, pour ainsi faire taire une survivante telle que Mme Simonyi. Quand on l'a finalement trouvée, elle m'a collé une sacrée gifle pour une dame de son âge.

— Qu'est-ce que c'est que ces idées de ne pas me donner de nouvelles? Je m'inquiétais, moi!

Et avant que je puisse lui répondre quoi que ce soit, elle s'est agenouillée face à Matisse.

— Mon petit trésor! Ce que je me suis ennuyée de toi, mon chaton! Comment vas-tu? qu'elle lui a demandé en lui pinçant les joues.

Ça le faisait rire, le môme. Rire comme ça faisait longtemps qu'il n'avait pas ri.

— Je vais très bien, Shoshannah. Toi, tu vas bien?

— Oui, mon trésor. Maintenant que tu es là, je vais beaucoup mieux.

Et apparemment, il connaissait son prénom et pouvait la tutoyer, mais moi pas. C'était tant mieux. Ça me faisait que l'aimer encore plus, cette grand-mère.

— Bon, c'est bien touchant, ces retrouvailles, mais le boulot m'attend, alors je vous laisse pour quelques jours, d'accord ?

— Bien entendu. Mais faites bien attention à vous. Y a-t-il un numéro où on peut vous joindre en cas d'urgence ?

Je lui ai laissé les coordonnées de Valérie, « à n'utiliser qu'en cas de vie ou de mort », et je suis parti après avoir embrassé le petit. C'est drôle, il va me manquer celui-là.

Il est maintenant 3 h 45 du mat' et je suis en train de me boire un petit café dans un Paz, au pied des collines qui annoncent Jéru. Ça va barder, je crois.

Jérusalem, 8 novembre 2012

Matisse
Aboutissements de
parcours entamés (2)

1. Grand-maman (2)

1er avril 2041. La route du retour est truffée d'embûches. Je n'ai jamais véritablement prié, petite. Et pourtant, hier dimanche, je suis allé à la messe. Et je prie encore. Konstantin m'y a invité. Il m'aura tout pris, celui-là. Tout volé. Tout détruit. Il aura brisé tous mes miroirs. Toutes mes illusions.

Mais ce n'était rien. Pendant la messe, j'ai reçu ce mail :

Cher Matisse,

Il ne me reste que très peu de temps. Je me sens déjà en train de voler des minutes à l'inévitable. Et je ne saurais quitter cet endroit sans clarifier quelques éléments de mon précédent témoignage.

C'était le 10 novembre 2012. Je m'en souviens comme si c'était hier. Je n'ai pas voulu vous en parler l'autre jour. Je n'ai pas pu. Il y a des souvenirs qui sont trop douloureux. Des sacrifices trop difficiles à assumer…

Je vous en prie, ne nous jugez pas trop amèrement. Ni trop rapidement. Si seulement vous pouviez voir, entendre ces tiraillements internes qui nous ont animés ces jours-là, Charles-Philippe et moi.

Car voyez-vous, la nouvelle ne nous est pas venue de l'Élysée. Ni du Quai d'Orsay. C'est le bureau du ministre israélien de la Défense qui nous a appelés. Il devait être 3 ou 4 h du matin – dans ces eaux-là. C'est qu'ils se connaissaient relativement bien, Charles-Philippe et Moshe Shafie. Quelques semaines plus tôt, évidemment sans qu'Antoine en sache quoi que ce soit, nous l'avions invité à passer quelques jours chez nous à Trouville. C'était une habitude, avec les bons clients. Et comme son ministère nous avait octroyé d'importants contrats de construction navale, nous nous étions fait un devoir de le traiter comme un membre de la famille, voyez-vous.

C'est pourquoi son ton de voix nous a tant surpris ce soir-là. Je pouvais l'entendre invectiver Charles-Philippe au bout du fil. «Antoine ceci, Antoine cela»… En raccrochant, mon époux était pâle comme jamais je ne l'avais vu auparavant.

Il me faut ici faire un court aparté. L'entreprise familiale employait à l'époque vingt-cinq mille travailleurs français, qui faisaient eux-mêmes vivre près de soixante-quinze mille citoyens français. Parmi tous ces employés, au moins huit mille travaillaient sur des projets directement reliés à nos ventes au Proche-Orient. Israël comptait pour au moins quatre-vingts pour cent de ces ventes. Et avec cette guerre qui venait de débuter, on envisageait déjà de pouvoir étendre nos opérations.

Cela signifiait l'embauche possible de milliers de travailleurs additionnels.

Vous voyez sans doute déjà où je souhaite en venir. Mais considérez cela de manière concrète, ainsi que nous l'avons fait. Car concrètement, ces emplois correspondaient au moins à une quarantaine de mois salariés pour des travailleurs originaires de régions fort peu avantagées en France. Une quarantaine de mois sans précarité. Des mois où il est possible d'épargner, d'acheter une maison ou d'en rénover une. Des mois où l'on peut se permettre de rêver un peu. Bref, du travail.

Shafie était inflexible. Antoine avait violé toutes les règles du jeu. Il avait abusé de la confiance de l'État israélien. Il avait vu des choses qu'il n'aurait pas dû voir. On nous a laissé le choix. Ou bien nous le faisions rapatrier en en subissant les conséquences. Ou bien nous maintenions les contrats.

Nous avons maintenu les contrats. Nous n'avons jamais su ce qu'il est advenu de lui.

Je m'en suis longtemps voulu. Il y a des sacrifices difficiles à faire, mais nécessaires.

Je sais que vous le comprendrez un jour.

Votre grand-mère

MATISSE

2. *Partum*

Avril 2041. Menton. Les jours allongent et sa disparition me laisse avec plus de papier que je n'ai d'encre.
Ta mère savait que je revenais ce jour-là de Kigali. Et
elle a choisi ce jour-là pour m'enfermer dans cette prison blanche. Sans me donner la chance de plaider ma
cause une dernière fois. Sans me donner la chance de
l'aider, une fois de plus. Elle m'a enfermé dans une prison blanche et froide. Égale aux sommets d'un fjord
norvégien en hiver, mais sans eau dans laquelle me
réfléchir, ni ciel vers lequel m'échapper, ni falaise de
laquelle me jeter. Le pire, c'est encore qu'elle ne puisse
pas contempler l'angoisse qu'elle m'a insufflée. Qu'elle
ne puisse même m'en délivrer pour de bon. Elle ne
reviendra pas.

Au coin des rues, ses sourires accrochés à des lèvres
qui ne lui appartiennent pas me font frissonner comme
une pluie grise au cœur d'un été ensoleillé. Mais nous
ne sommes pas en été, et je n'ai plus de goût pour le
soleil ni pour ses glaces ni pour son bonheur passager.
Je me sens amer et sec comme le charbon. Pourtant

tout est blanc et sans profondeur. Le goût du café me fait pleurer. Ta mère m'a transformé en éponge asséchée, gorgée d'air et privée de vie et d'utilité.

Tu vois, j'aimerais aujourd'hui pouvoir composer et jouer du piano pour écrire ce que ta mère m'inspire et qu'on ne peut dire avec des mots. Je briserais alors de mes doigts les touches, frénétiquement, une par une, jusqu'à ce qu'il ne reste plus rien de cet instrument et de ces sons mélancoliques qui demeureront maintenant toujours trop allègres face aux maux qu'elle m'a inoculés. J'aimerais ne créer que pour le plaisir d'ensuite détruire.

Je la revois avec sa robe noire, étendue sur les draps immaculés – avant que je ne comprenne. Je revois ses longs cheveux, telle une couronne de jais immobile cernant son visage. Et je revois toutes ces horreurs qui se heurtent à ces sourires qui étaient les siens, à ce rire dont elle nous arrosait, clair comme l'aube, frais comme le lilas. Je nous revois dansant sous les étoiles. Je revois cette douceur dont elle m'étreignait, le parfum entêtant de sa grand-mère sur la table de nuit, et je me remets à pleurer au coin d'une rue, immobile telle une statue chevrotante qu'on aurait livrée impuissante aux regards anonymes des passants.

Elle a toujours été bien plus forte que moi, même si je le lui cachais parce qu'on cache toujours ce qui nous rend faibles, et j'aimerais aujourd'hui comme hier pouvoir m'enfermer dans notre douche ruisselante pour y sangloter sans qu'elle le sache, tel l'enfant que j'ai toujours été sans qu'elle s'en doute. J'aimerais pleurer cette beauté inaccessible qu'elle m'a si longtemps refusée. Qu'elle me refuse désormais à jamais.

Elle savait que je revenais ce jour-là de Kigali. Et c'est tout ce qu'elle m'a laissé, ta mère. Sur la table de nuit : *Celui qui a le plus longtemps vécu et celui qui mourra le plus tôt font la même perte. C'est du seul présent, en effet, que l'on peut être privé, puisque c'est le seul présent qu'on a et qu'on ne peut perdre ce qu'on n'a point.* Marc Aurèle… Et je la déteste tant. Et je l'aimais tant.

Tu dors dans ton berceau et j'ai vidé une bouteille entière de scotch et tu souris béatement en dormant sans même savoir, et cela me met hors de moi. Mais comment t'en vouloir ? Et même si… Cela ne se dirait pas.

Tu souris toujours, petite, sans savoir que le sein qui te nourrissait ne sera plus là lorsque tu déchireras le silence pesant dans lequel je me suis enfermé. La mer gît calmement à nos pieds. Elle réfléchit la lune, béante de lumière, tel un phare appelant les âmes perdues. J'aimerais tant que nous puissions la rejoindre, petite. Tout deviendrait si facile. Trop.

La douleur, c'est tout ce que ta mère nous a laissé. Je serre la mâchoire à m'en faire craquer les dents tant cette douleur est tout ce qu'il me reste pour me rapprocher d'elle. Pour ne pas oublier.

Je voudrais souffrir encore plus avant que ne s'efface le souvenir qu'elle m'a laissé. Ses mains pâles. Ses paupières fardées. Ses lèvres ouvertes. Ses yeux vides. Cette odeur de poudre. Et ce trou béant qui déchirait son dos qui a tant porté, tant souffert, tant supporté. Et ces draps qui sous elle avaient bu sa vie alors qu'elle s'échappait. Et la poussière du kilim qui a accueilli mes cris et mes coups de poing. Et ces hommes en bleu marine venus la chercher. Et ce sac blanc dans lequel on l'a glissée. Et cette prison blanche dans laquelle elle m'a enfermé.

Je ne sais plus dormir. Je ne sais plus réfléchir. J'ai la haine, l'amour, l'incompréhension, le dégoût et le désir qui bouillonnent en moi. La haine et l'amour.

Et toi, petite? Que nous reste-t-il, à toi et moi? Dans quelques heures, tes petits yeux marins s'éveilleront à la sécheresse de mon monde. Au gouffre de ma peine. Et il me faudra te sourire. T'embrasser. T'aimer. C'est ce que j'aurais fait eût-elle encore été des nôtres. Mais elle n'est plus, et je ne saurai plus faire ou être.

J'ai maintenant plus d'encre que je n'ai de papier. Je déborderai. Ce n'est pas grave. Je ne cesse de me déverser. Je n'ai jamais cessé de déborder.

Puisses-tu, ma belle petite Shams, puisses-tu un jour nous pardonner. J'ai tenté de mon mieux de vous aimer.

MATISSE

Épilogue

C'est le silence qui m'a attirée ici. Tu sais, en bas, tout est trop bruyant. Nous sommes si bruyants…

Tes cris à toi, c'est différent. Je les respire. Je les attends. Ils sont clairs. Joyeux. Un peu comme ceux du goéland. Parce qu'ils respirent le beau. Et c'est à peu près tout ce qu'il en reste ici.

Parce que les montagnes nous en protègent, petit. Elles nous protègent de cette vie qui détruit et pervertit tout.

Les bleus du fjord. Le vert mouillé. Le blanc à l'infini. Le noir qui assoupit. L'orange des soleils de minuit. Nous avons tout de ce qui doit être et rien de ce qui n'est plus.

Si je suis venue ici, c'est qu'il le fallait. Tout de ce qui a fait ma vie antérieure a disparu. Ma grand-mère. Mes parents. Ton père. Nos amis. Tous ont été avalés par le néant. Je suis tout ce qu'il reste d'eux, et tu es tout ce qu'il reste de moi.

Les montagnes nous protégeront. Elles nous protégeront des autres. Nous protégeront de moi.

Parce que j'en ai eu du cul, jusqu'à présent. Le front d'Estonie, l'ascension du Mons Usov lors de la campagne de la mer des Crises, le génocide des Biotes, les Senkaku – j'ai survécu à des merdes qui en ont tué bien d'autres. Des gens bien, comme Piotr, Alex ou Claudine.

Grand-maman répétait toujours qu'on n'a jamais qu'une seule vie. Qu'il faut en prendre soin. Évidemment, je l'ai toujours su au fond de moi-même. Mais je ne l'ai véritablement réalisé que récemment.

C'est un métier bien ingrat que le mien. Un métier qui surprend toujours quand on ne s'y attend pas. Parce que vois-tu, ton père et moi, on l'aimait vraiment, ce pays, avec ses couchers de soleil embrasés, ses minarets centenaires et ce fleuve jugulaire qui lui apportait vie et paix.

Mais ça, c'était bien avant le début de la guerre. Et avant cette explosion de mes deux qui m'arracherait tout ce qui me tenait encore à cœur.

Il était simplement parti nous acheter du pain à la boulangerie du coin, pas trop loin d'Al-Azhar. J'avais vomi toute la nuit et ne me sentais pas bien.

«Tu verras ma belle, ça passera», qu'il m'avait susurré à l'oreille avant de partir, tout sourire. Et il avait un de ces sourires, mon Haruki. Un sourire tout en fossettes qu'il n'assumait jamais pleinement, ce petit mec toujours trop sérieux dont les cheveux gris en avaient déjà bien assez vu.

«J'ai vingt ans de plus que toi», qu'il n'avait cessé de me répéter au début de nos jours les plus heureux.

C'était en plein pendant la guerre des Senkaku, avant que les Américains n'interviennent.

Ton père et moi, on couvrait tous les deux le conflit, coincés qu'on était la plupart du temps à Okinawa. Il bossait alors pour ce qui restait du *Japan Times*, et moi comme photographe pour le *Match*.

On ne s'est jamais quittés ensuite. L'amour. Le vrai, quoi. Six années de pur bonheur, à Tōkyō puis à Londres.

Évidemment, ça ne pouvait pas durer. Rapidement, le terrain nous a manqué à tous les deux. Et quand grand-maman nous a quittés l'an dernier, on a décidé de bouger.

On est partis pour Le Caire. On sentait qu'une guerre se préparait avec le Soudan, et on avait grave envie d'être aux premières loges. Haru et moi, ç'a toujours été comme ça. L'adrénaline d'abord, les regrets ensuite.

Heureusement, il n'y en a eu que bien peu, des regrets. Tous les deux, on n'avait jamais été que parmi les plus chanceux. Et surtout, voilà, on s'appuyait toujours l'un l'autre. On s'est toujours appuyés l'un sur l'autre.

Elle nous en a toujours bien rebattu les oreilles, ma vieille, de l'importance de se faire confiance, de s'aimer, de s'encourager. « Promets-moi que vous ne deviendrez jamais amers et durs l'un envers l'autre », qu'elle me répétait toujours, ma mère-grand.

C'est peu de temps avant sa mort que j'ai finalement pu prendre toute la mesure de son conseil. C'est à ce moment qu'elle m'a remis le recueil qu'elle avait gardé pour moi depuis le suicide de mes parents.

Jusqu'à tout récemment – je serai honnête avec toi –, je n'avais jamais même envisagé de le publier. En fait, j'avais à peine réfléchi à tout ce que cela signifiait. Car je n'avais alors qu'une vie, comme le répétait constamment grand-maman. Et je n'avais aucune autre ambition que de la vivre pleinement sans m'encombrer du passé.

Mais il est vrai qu'elles sont fragiles, nos petites vies, mon bonhomme, et c'est là tout ce qu'elle avait toujours souhaité me faire comprendre, ma vieille.

« On n'a jamais qu'une seule vie », a toujours répété Valérie. Et ça ne m'a finalement frappée en plein cœur qu'au moment de l'explosion d'en bas.

Mon Haru aussi, il en avait eu du cul, jusqu'alors. Il en avait eu du cul, quand les Chinois avaient torpillé la frégate à bord de laquelle il se trouvait. Il en avait encore eu récemment quand les Soudanais ont pris Louxor.

Et puis... et puis il aura suffi d'une cigarette mal éteinte et de cette putain de conduite de gaz défaillante de mes deux. Il n'était parti que pour nous acheter du pain et cette putain de conduite de gaz en a décidé autrement...

« On a qu'une vie à vivre », qu'elle disait. Et je dois maintenant en vivre trois. La mienne, celle qu'Haru aurait souhaitée pour lui-même et nous, et celle que tu m'apporteras, mon fils.

Mais pour le moment, il nous faut prendre nos distances. De ton père, de moi, de ces aïeux maudits et de tous ceux d'en bas. Bjørndalen. Personne ici, que les ours et les renards, la mer et les montagnes, les oiseaux et le fjord, toi et moi.

Le temps de la réflexion. Du retour. De la recherche d'antan pour mieux construire l'avenir. C'est ce qu'a tenté de faire Matisse. C'est ce que j'achève pour lui.

Si je le publie, ce recueil, c'est pour tourner cette page sur nos vies. Pour la désamorcer, cette malédiction que je traîne involontairement et dont tu n'hériteras pas.

Mon père a laissé le sien prendre le contrôle de sa vie. Il l'a laissé prendre le contrôle de ma mère, et de moi, et de nous. Il s'est ouvert telle une page blanche, il a accepté qu'Antoine y jette son fiel. Accepté que ses mots prennent vie en lui. Au sein de ce qu'a été notre famille.

Je ne pourrai jamais faire que de mon mieux, mais je ferai tout pour que ce soit à ton père et non à ma famille que tu ressembles, petit. Cela, je te le promets.

Je t'apprendrai l'importance d'aimer. D'aimer les autres tout autant que toi-même. Parce qu'il était ainsi, ton père. Il aimait. Et toi aussi, mon fils. Toi aussi, tu sauras aimer.

MAMAN
Svalbard, 18 mars 2074

Table

Matisse
Legs

Antoine
Carnets 1989-1990

Antoine
Carnets 2011-2012

Matisse
Intermèdes

Suivez-nous :

Achevé d'imprimer en octobre deux mille dix-sept
sur les presses de l'imprimerie Gauvin,
Gatineau, Québec